U0093184

㉜ 倪匡珍藏限量紀念版

衛斯理傳奇之

異寶

（含：異寶・聚寶盆・筆友）

倪匡 著

衛斯理傳奇

CONTENTS

異寶

聚寶盆

筆友

異寶

序言

「異寶」自然不是「活俑」的繼續，兩者之間，一點關係也沒有，只是都根據神秘莫測的秦始皇墓所作的幻想故事——用同一個背景，可以寫出許多不同的故事，這兩個故事是很明顯的例證。

這個故事還設想了一種利用腦能量的啟動裝置，這種幻想，如果變成事實，那麼人類可以單憑思想就控制一切機械裝置了——現在的趨勢，離這種幻想甚遠，變成了人類通過了電腦來控制一切，這應該視之為人類的一種偷懶行為，不是好現象。

整個故事的結尾部分，外星人不知道「鑰匙扣」是什麼東西，自然大具深意。

地球人的行為，十分不堪，什麼時候，沒有了對他人的侵犯，才會沒有鎖和鑰匙。但，地球人什麼時候才會停止對他人的侵犯，真正懂得個體和個體之間的完全獨立？

或許，總會有這一天，但，實在太遙遠了！

倪匡

第一部：探驪得珠——盜墓第一法

門鈴響起，我恰好在門邊，順手打開門，門外是一個滿面風塵，連鬍子似乎都沾著疲憊的人，一身粗布衣服，他翻眼看了我一眼，就向內直闖了進去。

我連忙側了身子，讓他進來，他先來到放酒的櫃子之間，取了一瓶酒，然後，身子向沙發上一倒，打開酒瓶，就著瓶口，咕嘟咕嘟地不停地灌酒。

我看著他，心中又好氣又好笑，大聲喝著他：「喂，你以為你進入了什麼所在？一座無主的古墓？」

他又喝了幾口酒，才垂下手來，望著我，忽然長嘆了一聲。

能夠這樣把我的家當作是他自己家一樣的朋友，對我來說，為數也不少，可是像他這樣肆無忌憚的，倒也不多。

這個人，我已經很久沒見他了，而且平時，你想找他，還真不知道上哪兒去找才好，難得他自己摸上門來。所以我口中雖然呼喝著，心中著實怕他一放下酒瓶，跳起來就走。

及至聽到他嘆了一口氣，心事重重，我反倒放了心，因為這證明他並不是偶然路過，而是有事特地來找我的，那他就不會突然離去。

這個人的名字是齊白，看過我記述「盜墓」這個故事，一定可以知道，他是世界三大盜墓專家之一。

其餘兩個，一個曾是我的好朋友，單思，死在某國特務之手。

（這是我對各國特務都沒有好感的原因之一，單思死得很冤枉，很無辜，一直到現在，所有認識單思的朋友，都還感到深切的哀悼。）

另一個是埃及人「病毒」，「病毒」以九十六歲的高齡去世。所以，齊白這個怪人，可以說是如今世上，碩果僅存，唯一的盜墓專家。

我看到他出現，感到十分高興，原因很簡單，因為早些時，我曾進入過一個敢稱是人類歷史上最偉大的古墓，那簡直是不可思議的地下宮殿。齊白既然是盜墓專家，我就想和他談談這個超級古墓。

我走過去，在他旁邊坐下。只見他雙眼睜得老大，盯著大花板，失神落魄，過了半晌，又大口喝了三口酒，再長嘆一聲。

看到他這樣情形，我忍不住笑了起來：「怎麼一回事，借酒消愁？」

齊白苦澀地道：「人生真是太沒有意思了。」

我「哈哈」大笑，這種話，出自多愁善感的少年男女之口，尚且可笑，何況是齊白這種一生充滿了傳奇，生活多姿多采得難以形容的人，聽得他一本正經這樣說，真是沒法子不捧腹大笑。

齊白又嘆了一聲：「衛斯理，很多人說你沒有同情心，我還經常替你辯護。」

我聽得出他的聲音之中，充滿了懊喪，看來他真正有了煩惱，作為好朋友，自然不適宜在這種時刻過分取笑，所以我止住了笑聲：「好了，什麼事？是不是可以說出來，讓老朋友分擔一下？」

齊白陡然跳了起來，伸手直指著我：「一切全是你引起的。」

我怔了一怔，不明白何以他這樣指責我，我們沒有見面已經許久，而他的煩惱，看來是近期的事，那關我什麼事？

我沒有辯什麼，只是盯著他，等待他作進一步的解釋。他喘了幾口氣，又坐了下來，垂頭喪氣地道：「你那篇記述，『活俑』，你那篇記述！」

我陡地震動了一下，剎那之間，我完全明白發生什麼事了！

「活俑」記的正是我進入世界上最偉大古陵墓的經過：秦始皇的陵墓。

齊白是盜墓專家，他對於古代的陵墓，有著一種瘋狂的熱情，那種熱情，近乎變態。對他來說，沒有什麼再比秦始皇陵墓更可以吸引他！

或許由於看到了我的這個記述，或許是他早已有此「凌雲壯志」，不管是什麼，他一定去了那邊，想進入秦始皇的地下陵墓去。

而看他如今的樣子，這個偉大的盜墓專家，顯然在秦始皇陵墓前，遭到了巨大的挫折，他明知那麼偉大的陵墓就在腳下，可是他可能連入口處都找不到。

他受了那麼大的挫折，自然垂頭喪氣，覺得連人生也變成灰色了。

我想通了他之所以這樣子，就低聲問道：「你去過了？」

他點了點頭，我又問：「多久？」

齊白嘆了一聲：「說出來真丟人，足足一年。」

我作了一個手勢：「什麼也沒有得到？」

齊白瞪了我一眼，又低下頭去，雙手托著頭吸了一口氣：

「我本來以為自己比地鼠還要機靈，地底下有什麼地方是我去不到的？而且，我還有第六感，知道地下有著什麼，這是我作為一個盜墓者的天生異能。」

我笑著：「我還以為你有傳說中的法寶，譬如說，一面鏡子，向地下一照，就能看到三十六尺深地下所埋藏的一切。」

齊白用力揮了一下手：「我在那邊一年，公佈出來的陵墓面積是五十六平方公里，我幾乎踏遍了每一處，我清楚地知道，在我雙腳踏過之處，地下埋藏著不知多少寶藏，但是卻無法進入，這真是不可思議——」

我想起，卓齒，這個秦代的古人，曾向我詳細解釋過秦始皇陵墓中的種種防止外人進入的佈置，不禁吃驚於齊白的大膽。

因為齊白這樣說，他顯然曾用了各種方法，企圖進入地下宮殿。

我不禁搖著頭：「你太膽大妄為了，你能活著離開，已經算是你神通廣大了。」

齊白苦澀地笑了起來：「你是指墓中有著無數陷阱？嘿嘿，我要是有機會遇上那些陷阱，也心甘情願，事實上，我花了一年的時間，還是只在地面之上轉來轉去，你以為我會有什麼危險？」

聽得他這樣說，我也不禁有點替他難過，這個人，一生之中，不知進入過多少古墓，所有的古墓，只要是略具規模，或多或少，都有防止外人侵入的陷阱，那些陷阱，自然難不倒齊白。

可是這一次，他卻連碰到陷阱的機會都沒有，也就是說，明知有那麼大的地下陵墓在，連如何著手都不能，別說其他了。

我不知道該如何安慰他，因為那是他一生之中最大的挫折，足以令他懷疑自己盜墓的才能！

齊白這個人，如果不盜墓，不知道去做什麼好，難怪他要感嘆人生沒有意義了。

他長嗟短嘆，我想了一想：「那也不能怪你，當年窮數十萬人之力建成的陵墓，你想憑一己的力量去破解，當然沒有可能。」

齊白抬起頭來：「你不懂，這不是鬥人多，也不是鬥力，而是鬥智。」

他說著，指著自己的前額，用力戳了幾下：「是鬥智。這一年來，證明我的智力及不上三千年前建造陵墓的那些設計家。」

我只好道：「若由你設計一座隱秘的陵墓，讓他們去找，也未必能找得到。」

聽得我這樣說，齊白側頭想了一想，精神振作了一些：「也有道理，把東西藏起來容易，要找出來，就難得多了。」

我作了一個手勢，表示同意他的說法。他又道：「根據你的記述，那個入口處，如果我在，一定早可以找到入口處在什麼地方。」

我道：「我相信，當時我和白素都想起過，可是又不知道如何才能找到你，不然，一定會邀請你一起前去。」

一聽得我這樣說，齊白又現出了懊喪莫名的神情。

一個人只有在他認為錯失了一生之中最好的機會，或是認為錯失了一生之中最美好的物事，才會有這樣懊喪的神情。

他手捏著拳，在自己胸口搥打著：「當時我還不覺得什麼，自信可以在那裡至少找到三個以上的入口處。可是我踏遍了那個地方，卻一個都發現不了。

譬如說，如果再有一個九塊石板鋪成的所在，我一定可以發現。」

我皺著眉：「每一個出入口一定不一樣。隨便舉個例子說，在一叢灌木之下可能就是一個出入口，你總不能把周圍幾十公里之中的每一棵樹，都連根掘起來看看。」

齊白搔著頭，我又道：「你真應該慶祝，你沒有發現什麼出入口，不然，就算你找到了，只要進去的步驟有一點點不對，你早已死在那裡了。」

齊白長嘆了一聲：「真是鬼斧神工，衛斯理，這座陵墓，不是地球人建造的，策畫整個工程的，一定是外星人，一定是。」

他忽然轉換了話題，本來我想笑他幾句，但一想到，他如果覺得自己是輸在外星人手裡，或許心理上不會那麼難過，所以我不置可否。

齊白卻十分認真：「有過外星人在秦代出現過的記載，你是知道的了。」

我笑了起來：「沒有，我還是第一次聽人那樣說，你有什麼根據？」

齊白用訝異的神情望了我，彷彿我絕不可能不知道，我又作了一個手勢，表示我真的不知道，他才道：「真怪，我以為你早知道。晉朝干寶所作的《搜神記》，卷六就有一則記載著——」

他講到這裡，我已明白他說什麼了，所以我立時接了上去：「我知道了，那記載是『秦始皇二十六年，有大人長五丈，足履六尺，皆夷狄服，凡十二人，見於臨洮』……是不是？」

齊白道：「是啊，你知道。」

我笑了笑：「齊白，這一類的記載，中國的小說筆記之中，不知道有多少，那作不得準，更不能由此申引到那是外星人降落地球的記錄。」

齊白陡然叫了起來：「你怎麼啦，衛斯理，這記載雖然簡單，可是有時間，有地點，有人數，有這種異常人的身材大小，有他們的服飾，這麼詳細的記載若是作不得準，那還有什麼可以作準？」

他一口氣講了下來，我仔細想著他的話，倒真覺得很難反駁。

我只好道：「你喜歡作這樣的設想，那也無傷大雅。」

齊白大搖其頭：「不是設想，記載得明明白白，中國文字上的記載，很少有這樣明白的。臨洮就是如今甘肅省岷縣，這地方，是秦代築長城西面的起點，有著特殊的意義。」

我已經猜到他接下去要講什麼了，這令得我大是駭然，忙道：「你的想像力比我豐富，我承認，拜託，別把你想到的講出來，我怕受不了。」

齊白神采飛揚，和剛才的垂頭喪氣大不相同：「為什麼不能講出來？從來也沒有人這樣設想過，是不是？你當然知道，萬里長城是在太空中唯一可以用肉眼看到的建築物。」

我發出了一下悶哼聲，他將要講的，和我所料的一樣。

他果然講了出來：「萬里長城的真正功用，是作為外星太空船降落地球的指標，就如同今日飛機場跑道上的指示燈一樣。」

我只好看著他，聽他發表偉論。

他又道：「照這樣推測下去，整個地下宮殿，根本也不是作為陵墓用的，是外星人在地球上的一個基地，後來不知由於什麼原因，才變成了秦始皇陵。那十二個外星人，不知是來自什麼星體，他們一定有著極其超卓的能力，極發達的科技……由古代的度量衡推算，這十二個外星人的體型十分巨大，每一個都超過十公尺，而且他們的服飾一定十分怪異，當時人根本沒有見過，所以就只好籠統稱為『夷狄服』。」

我見他這樣堅持，也不想和他爭論下去，因為這種事，爭下去永遠沒有結果。

而齊白對這則簡短的記載，還真有不少獨特之見，他又道：「這十二個高大的外星人，一定曾和秦始皇見了面，而且，還一定幫了秦始皇什麼忙，所以秦始皇替他們立像，十二金人像，就是這十二個外星人的像，可惜十二金人歷史上雖有記載，卻不知道到什麼地方去了，記載說由於金屬的缺乏，要盡收天下兵刃來鑄這十二金人像，其巨大可知，這十二個金人像，恐怕也在陵墓裡面。」

我伸了一個懶腰：「秦始皇若是有外星人相助，他也不會那麼早就死了，一定會像他所想的樣，千秋萬世傳下去。」

齊白「嘿」地一聲：「誰知道其中又有了什麼意外？照我推測，秦始皇想求長生不老的靈藥，多半也是外星人的指點。可憐他以為蓬萊仙島是在地球上，據我看，所謂蓬萊仙島，自然是地球之外的另一個星球。」

我笑著：「是，有人說，《山海經》根本是一本宇宙航行志，現在人在考證『扶桑』是日本還是墨西哥，根本沒有意義，在《山海經》中記載的稀奇古怪的地方和那地方的生物，根本全是地球之外的，是浩渺宇宙之中別的星體上的情景。」

齊白十分興奮，說了一句中國北方土語：「照啊，這才有點意思，你現在承認在秦代的確是有外星人到過地球，曾和當時的人，尤其是高層人士，像秦始皇，有過接觸。」

我搖頭：「根據我所說的，不能達成這樣的結論。我至多承認，在那時候，中國歷史上秦、漢時代，神秘事件特別多，那倒是真的。」

齊白站了起來，來回走了幾步，我想了一想剛才的對話，感到他不會無緣無故提起這些問題來，一定另有原因，所以我道：「你有什麼話要說的，痛快一點說出來，比較好些。」

齊白停了下來：「好像瞞不過你，你知道，我那一年功夫，也不是一無所獲。」

我望著他，不知道他這樣說是什麼意思，剛才他還說，連一個入口處都找不到，那還會有什麼收穫？

齊白隨即解釋著：「在眾多的盜墓方法之中，有一種古老的方法源自中國的盜墓者，這種方法，叫作『探驪得珠法』。」

我笑了起來：「這是你那一行的行語，我聞所未聞，探驪得珠法？名稱何其大雅！」

齊白點頭：「是的，首先採用這個方法盜墓的，是中國四川一帶的盜墓者，據說，這種盜墓法是由四川自流井一帶鑿鹽井的技術中衍化而來。四川的鹽井開鑿技師，可以用特殊的工具深入地下好幾百公尺，將需要的鹽汁汲取上來。」

我有點駭然：「你的意思是，那種方法，是不必進入墓穴，也不必弄開墓穴，而使用特殊工具把墓中的東西取出來？」

齊白的神情很有點自傲：「正是如此。」

我又呆了半晌：「好，那你用了這種特殊的盜墓法，取得了什麼？」

齊白眨了眨眼，道：「你應該先聽聽我的經過，我想到，這麼大的陵墓，裡面幾乎有所有的一切，隨便找一個地方，用探驪得珠法，總可以找點東西出來的——」

我不等他講完，就道：「別對我說經過，你究竟找到了什麼？剛才你還說一點成績也沒有，你這滑賊。」

齊白狡猾地笑著：「要是我走一遭，花了一年的時間，竟然什麼也弄不到手，那早就一頭撞死在那裡了，這點能耐都沒有，還做什麼人。」

我的好奇心被他的話引至不可遏制的程度，大喝道：「你究竟弄了什麼東西到手？」

齊白笑得更狡猾：「我太知道你的為人，如果我一下子就告訴你，你就不會再聽我的講述了。」

我向他的身上上下打量著。可想而知，用那種什麼「探驪得珠法」，不可能把大件的東西弄到手，一定是十分細小的物事，那麼，如果他弄到了什麼，一定會藏在身邊。這時，我真恨不得在他身上徹底搜查一番，可是他顯然不會讓我這樣做，所以我也唯有裝出毫不在乎的樣子，甚至還打了一個呵欠。

齊白仍在發表他的盜墓術：

「這種方法之所以有這樣的一個名稱，是由於它是專門用來盜取死人口中所含的那顆珍珠。大富大貴人家，有人死了，千方百計，不惜重金，一定要找到一顆又大又好的珍珠，含在口裡，據說可以維持屍體不敗，也可以令死者的靈魂得到安息。」

我不去打斷他的話頭，取了一隻杯子，倒了半杯酒，心中著實想把那隻杯子塞進他的口中去。

齊白嘆了一聲：「你別性急，我這樣詳細講，你聽下去就知道，是有理由的。」

我怒極反笑：「哈哈，我有性急嗎？我甚至於催都沒有催你。」

齊白揮了一下手，仍然自顧自說著：「精於使用這個方法的盜墓者，算準了方位探下去，能夠一下子就把整個墓中最值錢的那顆珍珠取出來，真是神乎其技，神不知鬼不覺，這是盜墓法中最高級的技巧，我當年向一位老盜墓人學這門功夫，不知花了多少心血才學成功。」

我一邊喝著酒，故作不急。齊白這時在講的事情，不是沒有趣，但是他分明已在秦始皇的陵墓之中得到了什麼，卻又故意不肯講出來，這很令人氣憤。

他又道：「自然，這個方法，怕遇到棺木之外有槨，如果是石槨，也還有辦法，不過要花十倍以上時間，才能將石槨弄穿，如果是銅槨，那就一點辦法也沒有了，你明白嗎？」

我只是定定地望著他，看他還能說多久。

可是他接下來所說的話，卻令得我心中不由自主「啊」地一聲，覺得他這樣詳細地敘述那種「探驪得珠法」，真是有點道理的。

他繼續說著：「現在你應該明白了，使用這個方法的整個過程，是鑿一個洞孔，把特殊的工具伸進去，取得所要取的東西。這是古老的傳統方法，如果稍用現代化的科技改進一下，這方法可以有多少用途？」

我聽到這裡，已經吃了一驚：「你是說，可以把炸藥放下去，把墓穴炸開來？」

齊白點頭：「當然可以，但是這種形式太暴力，沒有藝術，要弄清墓穴中的情形，大可以——」

我不等他講完，就陡地叫了起來：「等一等。」

然後我吸了一口氣：「可以……放一支微型電視攝像管下去，如果附有紅外線攝影鏡頭，那麼，就算墓穴中漆黑一片，也可以通過聯結的螢光屏，看到墓穴中的情形。」

我一面說，齊白一面點頭。

我由衷地道：「齊白，你真是對付古墓的天才。」

齊白聽得我這樣稱讚他，大為高興：

「我還有更偉大的設想，我個人的力量，用傳統的方法成不了什麼大事。如果有財力和人力，大可以用採油鑽機，在那五十六平方公里的土地上，打上幾千個深孔，都利用電視攝像管，把下面的情形弄得一清二楚，發掘既然不可能，弄清楚下面究竟是什麼情形也是好的。」

我呆了半晌，才道：「這真是偉大的設想，而且，理論上是可以行得通的，鑽油機的探測，可以深達好幾千公尺，地下墓穴絕不可能這樣深。要是真有那樣深，你的『探驪得珠法』只怕也是無從施展。」

齊白呆了片刻，像是在想應該怎樣講才好：「我看了你的記述之後，到了那裡，自然先從牧馬坑下手，但是，找了許久，找不到出入口，我就開始鑽孔。」

我皺了皺眉，想起卓齒他們，若是忽然看到有一根管子從上面通了下來，不知道會有什麼反應。我對齊白的行動十分不滿：「你明知牧馬坑下面有人，還要這樣做，太過分了！」

齊白卻一點也沒有羞愧之意，或許那是盜墓人的道德和普通人不同的緣故。

齊白道：「我是故意的，我心想，或許能將他們引出來，就可以請他們帶我進入地下陵墓。」

我悶哼了一聲，沒有再說什麼，齊白苦笑了一下：「不過你放心，我失敗了，打下了五公尺左右，便遇到了阻礙，我估計，不是十分堅硬的石層，就是有金屬的防護罩，一連換了十處皆是如此，所以我就放棄了，不再打牧馬坑的主意。」

我聽他這樣講，才鬆了一口氣。

齊白續道：「我就在陵墓所在的範圍之內到處鑽穴，有時淺，有時深，但都未能打得通，總是遇到了阻礙，在試了超過幾十次之後，我真是懊喪極了，要知道，打一個穴，至少得三天時間，而且工作十分艱苦，全是手工操作，要是真能利用鑽探的機械設備，那自然大不相同。

「我自己告訴自己，再試三次，若是不行，那就作罷，另外再想辦法，真是皇天不負有心人，試到第二次，在十公尺之後，我感到已經鑿通了，這令人歡喜莫名，我大叫大跳，不過沒有人來分享我的歡樂。」

我又好氣又好笑：「要是有人來分享你的歡樂，你早已鋃鐺入獄了。」

齊白揮舞著手，彷彿當時的歡樂延續到了現在：「我就把微型電視攝像管放了下去，並且聯結了電視螢光屏和攝影設備——」

他講到這裡，伸手入上衣口袋，取出了一疊明信片大小的照片來。

他道：「這就是拍攝的結果，據你看來，這是一個什麼所在？」

我接過了照片，深深吸了一口氣，這個盜墓專家真是有辦法，竟然拍攝到了幾乎無法開掘的秦始皇地下陵墓中的情形。

照片相當模糊，自然是攝影環境不理想之故，雖然有紅外線裝置，也一樣不是很看得清楚。

我一張又一張看著，一面表示著我的意見：「好像是一個空間……一間地下室，這地下室的四壁都有著裝飾，看來……像是書架？」

我講到這裡，抬頭向他望了一眼，想聽聽他的意見。在照片上看來，那房間的四壁，的確有著如同架子般的裝置。

齊白道：「我只敢說是一種架子，而且架子上不知是什麼東西，看不清楚。」

在那間房間的正中，有著一張看來像是八角形的桌子，桌上也隱約放著一點東西，體積相當小，也看不清楚是什麼玩意兒。

看完了照片，我道：「毫無疑問，這是一個墓室，但一定不是地下陵墓的主要組成部分，因為看起來十分簡陋，一點也不富麗堂皇。」

齊白皺著眉，看來不同意我的意見，但是他又不說什麼，態度神秘兮兮，過了一會，他才指著照片上那八角形的桌子說：

「這桌上有點東西，不是很大，我可將之盜出來，當時，我收起了電視攝像管，開始利用特製的工具去取桌上的那些東西。

「我本來是想多取幾件的，因為那些東西的體積都不大，探驪取珠法本來是專為取珍珠而創造的，也只能取小而輕的東西。

「一連幾次，我都感到深入墓穴的一端已經抓到了什麼，可是卻無法取上來，因為抓到的東西重得出乎我意料之外，那東西體積雖小，卻因為過重，每次都跌落下去。」

我靜靜聽他講著，在照片上看來，八角形桌面上的東西，形狀很不規則，看來像是……有點像是乾了的果子。

但如果那些小東西這樣重，那可能是金屬鑄成的。

所以，我問了一句：「那些東西如果是銅的，或是鐵的，那就弄不上來了？」

齊白咬了咬牙：「情形大抵是這樣，試了七八次不成功，我又把電視攝像管放了下去，發現桌面上我可以取得到的東西只有一件了，其餘的，全都跌到不知什麼地方去了。

「那時，我真是又急又失望，要是這一次再不成功，我就沒有希望了。我真怪自己帶的工具太少，若是我有一具金屬探測儀，那麼至少可以知道這些東西是什麼質料。」

我笑了一下：「你終於將這最後一件東西取上來了，何必故佈疑陣。」

齊白笑了起來：「我不是故佈疑陣，而是想讓你知道，世界上只有我一個人有這個技巧，可以把那麼重的一件東西用探驪得珠法取上來，這需要感覺靈敏至極的手指，也需要有鎮靜之極的頭腦和無比的耐心。」

我鼓了幾下掌：「真偉大。」

齊白理所當然地承受了我的「讚美」，然後，他自口袋之中摸出了一個絨布盒子，放在几上，朝我的方向略推了一下：「我取上來的就是這個東西，我不知道它是什麼，所以想來聽聽你的意見。」

這傢伙一直到現在才算是說到了正題。我拿起那普通放首飾用的小盒子，打開來，看到了盒子中的那個東西。

一看之下，我也不禁一呆，抬頭向齊白望了一眼，齊白的神情一片迷惘。

盒子中的那東西，我相信不會有人一看之下就可以說出那是什麼來。

它大約有一枚栗子那樣大小，而形狀完全不規則，相當重，有著金屬的青白色的閃光，看起來像是不銹鋼，而它是一個多面體，一時之間也數不清究竟有多少面，如果曾見過黃銅礦石，那形狀就有一點相似。

可是這塊東西，卻絕不是天然礦石結晶，一看就可以看出是精細的工藝鑄造。它的每個表面，大約是三平方厘米左右，形狀不一，有的是正方形，有的是長方形，有的是三角形，甚至也有六角形和八角形。

在那些小平面上，有著極細極細的刻痕，細得手摸上去幾乎感覺不到，但是看上去，卻又顯明可以看到。

這樣無以名之的一件金屬製品，如果不是齊白說出了經過，而且由他親手交給我，我決計不會料到那是在三千年前的秦始皇古陵寢中取出來的。

齊白又在發問：「這是什麼東西？」

我把那東西在手中掂了掂，實在無法回答這個問題，只好道：「看來像是什麼案頭的小擺設，一種沒有目的的小玩意。」

齊白當然對我的回答不滿意：「如果我不告訴你這東西是哪裡來的？」

我道：「那我怎麼猜也猜不到它是來自一個古墓，這東西看起來十分現代。」

齊白點頭：「而且，還帶有極強的磁性，放在口袋中，我的一隻掛表受磁，不再行走。」

我「噢」地一聲，立時把那東西移近茶几的金屬腳，那東西「拍」地一聲就貼了上去，要費相當大的力道，才能拉得下來。

當齊白不知第幾次問「那是什麼」之際，我只好嘆了一聲：「就這樣看，看不出來，何不交給化驗室去化驗一番？」

齊白大搖其頭：「那不行，這東西，可能是我一生從事盜墓所得到的最尊貴的寶物，化驗會弄壞了它。」

我沒好氣地道：「是啊，這是一件異寶，每當月圓之夜，它會放出萬道毫光，使你要什麼有什麼，或者會點鐵成金，會——」

我還沒有說完，齊白已一伸手將那東西搶了回去，鄭而重之握在手中：「總之，這東西十分怪異，使我更有理由相信，秦始皇和外星人打過交道，這東西可能是外星人留下來的，說不定是一組什麼儀器中的一個組成部分，一個零件。」

我仔細想了一想有關那十二個「大人」的理論，沉吟著：

「如果你有這樣的假設，那更應該拿去化驗，不一定要破壞它，至少可以知道一點梗概。」

齊白猶豫了一下，說道：「好，我去試試，如果查不來，只是一塊奇形怪狀的金屬，什麼也不是，那麼我會將它鑲成一隻鑰匙扣，倒很配合我的身分，來自秦始皇墓不知用途的怪東西，作為世界第一盜墓人身上的小飾物，誰曰不宜？」

我道：「簡直相宜之極。」

我一面說著，一面又重覆去看那幾張照片，數了一數，在那八角形的桌面上，可以看到一共有七件這樣的小東西。

雖然它們的形狀，即使在模糊的照片上也可以看出多少不同，但是推想起來，應該是同類的東西，那究竟是什麼？真是耐人尋味。

第二部：具磁力的異寶

我再細看那房間四壁的「架子」，看到「架子」上實在有不少東西放著，但是卻看不清楚。

看了一會，我道：「照看，這是一間放置小雜物的房間，這些東西，或者是當時的小玩意。磁鐵有吸力，古人不明其理，自然會覺得十分好玩，成為小玩意，也就不十分奇怪。」

齊白側著頭，仔細在想著我的話，過了片刻才道：「有可能，但是……那十二個身形十分巨大的人……」

我攤了攤手：「好了，就算他們是外星人，也一定早離開了。」

齊白搖頭：「難說，他們要是在地下建立了那座龐大的基地——」

我打斷了他的話頭：「如果秦始皇陵墓真是外星人的龐大基地，那麼你這樣肆意破壞，只怕就大難臨頭了。那十二個巨人的腳有多大？」

齊白道：「記載上說：足履六尺。」

我笑道：「是啊，那麼大的腳，在你屁股上踢上一腳，只怕就能把你踢到爪哇國去。」

我講著，哄笑了起來，齊白的神情十分悻然：「我確實從一個古墓之中取出了一件全然不應該屬於古墓中的東西，你總不能否認這一點。」

我笑著：「你這種說法不能成立，既然那東西是來自古墓之中，那麼，它根本就屬於古墓的。」

齊白搖著頭：「我不和你玩語言上的花巧，至少，你就說不出那是什麼東西來。」

這一點，我不得不承認，我的確無法說得出那是什麼東西來。

齊白見我無話可說，得意了起來，將那東西向上一拋，又接在手中：「人人都說秦始皇的陵墓有無數奇珍異寶，我總算弄到了一件。」

我瞪大了眼睛望著他：「你不是認真的吧，你連這東西是什麼玩意兒都不知道，就認為它是異寶？」

齊白長吟道：「道可道，非常道——寶物要是一下子就被人認出，也不能稱為異寶，現在，以你和我兩人的見識，尚且說不出是什麼東西來，可見必屬異寶無疑。」

我用心想了一想，覺得齊白這樣說法，也很有道理。

那樣大小的一塊鑽石，至少有一百克拉了，就算是純淨無疵的，價值也有了定論，唯有那東西，根本不知道是什麼，就有可能有著無可估計的價值，又怎知它不是一件異寶呢？

所以我道：「你說得有理，若是你要開始研究，我會盡力幫助你。」

齊白把那東西不住拋上去又接住：「準備你的客房，我想住在你這裡，隨時和你討論。具體的工作讓我去進行，不會打擾你。」

我由衷地道：「歡迎之至！」

齊白十分有趣，知識廣博，幾乎無所不能，能夠經常和他見面，自然是有趣的事，更何況他還「身懷異寶」。

我把自己的意思說了出來，齊白哈哈大笑，我和他一起到了樓上，指了指客房的門，他打開門，轉過身來：「我只是在你這裡住，一切起居飲食，我自己會處理，不必為我操心。」

我笑著：「我明白，除非你自己願意做什麼，不然，就當你不存在。」

齊白大聲道：「正合孤意。」

他說著，「砰」地一聲關上了門，我也進了書房，做自己的事。

那天白素一早就出去了，等她回來時，齊白還在房間中。

我那時正在整理一些有關那座石山石頭上的奇異花紋的資料，白素到了書房門口說：「來了客人？」

我道：「是，齊白，那個盜墓天才在客房休息，我和他的談話十分有趣，你可以聽錄音。」

為了日後整理記述一些發生過的事比較方便，我在和朋友作有關的談話時，都有進行錄音。

白素答應了一聲，我聽得她下樓去，然後過不多久，她又出現在書房門口：「你忘了按下錄音掣了。」

我怔了一怔：「怎麼會？我明明記得的。」

白素揚了揚手中的小型錄音機：「錄音帶運轉過，可能是機件故障。」

我搖頭道：「真可惜，那是十分有趣的一段對話，他假設萬里長城有指導外星飛船降落的用途，也假設秦始皇那巨大的地下陵墓，本來是外星人建造的基地。」

白素忍不住笑，雖然我們都想像力十分豐富，但是聽了這樣的假設，也不免會失笑。她走了進來，我把這一年來齊白做了些什麼簡略告訴了她。

然後我道：「等他現身時，你可以看看他那件異寶，真是相當奇特。」

白素呆了半晌：「照這種情形看來，齊白的假設不是沒有可能。」

我道：「我也不作全面否定，只是想起來，總有一種駭然之感。」

白素抬頭向上望了一會，才緩緩道：「既然可以有許多外星人在古埃及的神廟，或其他地方的古建築中找到他們到達過地球的證明，何以他們不能在那時到達中國？自然也可以的。」

她說到這裡，忽然道：「客廳裡的幾隻鐘都停了，怎麼一回事？」

我陡地怔了一怔，向放在桌上的那隻小型錄音機看了一眼，檢查了幾個製鈕，說道：「齊白說，他得到的那『異寶』的磁性極強，他的一隻掛表完全不能用，我看這錄音帶上沒有聲音，鐘也全停了，只怕全是那東西的磁性在作怪。」

白素有點訝然：「要是磁性強到這種程度，那顯然不是天然的磁鐵礦石了。」

她的話才出口，門口就傳來了齊白的聲音：「誰說是礦石？這是精工鑄造出來的。」

看來，他已經洗了一個澡，精神好了許多，一面說著，一面走進來，把他所稱的那件「異寶」，交到了白素的手上。

白素翻來覆去，看了半晌，又望向齊白。

齊白完全明白她這一眼的意思，立時舉起手來：「以我的名譽保證，這東西真是從秦始皇墓中取出來的。」

白素又看了一會，把那東西還了給他：「我不知道這是什麼，看來得借助科學的化驗，憑空想像，不會有什麼結果。」

我站了起來，當我一站起來之際，我發現桌上的一隻跳字電子鐘，上面所顯示的數字混亂之極，而且在不停地跳著。

我忍不住叫了起來：「這東西是不是什麼奇珍異寶，不得而知，但是它能破壞！」

我一面說，一面指著那隻鐘。白素和齊白兩人也「啊」地一聲。

我道：「幫幫忙，我書房裡的精密儀器不少，我不想它們完全失效，快收起你的寶物吧。」

齊白卻非但不收起那東西，反倒移近了那隻鐘，當那東西接近鐘的時候，鐘面上的字跳動得近乎瘋狂。

齊白有點目瞪口呆地問：「這是什麼現象？」

我沉聲道：「強烈的磁場干擾，或者是磁場感應，又或者是磁性引起了分子電流的變化。」

白素道：「若不是經過強磁處理，天然的磁鐵決不會有這樣強的磁性。」

齊白抓著頭：「強磁處理？你是指電力加強磁性的處理過程？」

他講到這裡，向我望了過來：「衛斯理，我的推測，已經有證明了。」

我沉吟了一下，眼前的現象，真是十分怪異——這種現象，其實十分普通，經過電磁處理，可以發出強大的磁力。但是那東西來自秦始皇陵墓，這就十分怪異了。

我未曾出聲問，齊白已經道：「我和此地大學的幾個物理學家都相當熟，我這就去找他們，讓他們檢驗一下。」

他把那東西緊緊握在手中，望著我們，想了一想，才又道：「我不會再對任何人說起這東西的來歷，也請兩位別對任何人說起。」

白素淡然道：「對，不說這東西的來歷，檢查工作比較容易進行。」

我一揮手：「你放心，我們不會逢人便說，所以你也別擔心會有什麼異寶爭奪戰上演。」

齊白不好意思地笑了笑，握著那東西走了。

我和白素開始檢查書房中其他各種各樣的儀器，發現其中凡是和磁、電有關的，都受了影響。

一些錄影帶完全沒有了畫面，像是經過了消磁處理。而在桌面上的一些小物件，只要是受磁物質，也都感染了磁性，一撮迴紋針可以一個接一個連接起來。

白素皺著眉：「這……東西的磁性之強，異乎尋常。」

我點頭：「是，或許那是一塊磁性特強的礦石，或者也可能是殞石，所以在當時被發現，就當作是奇珍異寶，送到了皇帝的手中，結果也成為殉葬品。」

我又補充道：「我這樣說，並不是想否定齊白的假設，而只是可能性大一點。」

白素不置可否，想了一會，才道：「等齊白回來，聽他怎麼說吧。」

接下來的時間，我都在「善後」，那塊小小的東西只不過出現了一陣子，可是引起的破壞真不小，可以稱之為一場磁暴。（「磁暴」這個名詞，有它特定的意義，我這裡自然只不過是借用一下這兩個字。）

齊白離去，我估計他下午會回來，可是等到天色漸黑，他還沒有出現。

當天晚上，我和白素要去參加一個聚會，反正齊白說過，一切都不用我照顧，所以到時，我們就離開了住所，一直到午夜時分才回來。

我們一進門，就看到茶几上，放著老大的一張白紙，上面龍飛鳳舞寫了兩行字：

此間專家無用，我赴他地作進一步求證。

齊白

我一看到齊白留字走了，不禁呆了半晌：「這像話嗎？」

白素也不以齊白的行動為然，無可奈何地笑著：「他要是走了，也追不回來，只好由得他去。」

我咕噥了幾句，氣憤難平：「他下次要再來求我，多少要叫他吃點苦頭。」

當晚沒有什麼可說的，第二天，我實在氣不過，和此間大學的物理學家聯絡了一下，約好了在晚上見面。

到了晚上，三位客人來到，他們雖然都有著世界著名大學物理學博士的銜頭，但是看起來，年紀都相當輕，其中一個一面握手，一面呵呵笑著：

「衛先生，在你的記述之中，許多地方有誤導和不符合科學事實的地方，也有的實在太簡單了。」

我笑了笑，並沒有為自己說什麼。

有這種情形，一方面，在記述的事件之中，有許多根本不是人類現代科學的觸角所能觸及，怎可能作詳盡的解釋？再一方面，我始終認為，科學家固然必須正視現實，但也必須同時有極豐富的幻想力。

我約這三位博士來，不是為了討論這個問題來的，自然不必在這方面多費唇舌。

我提起了齊白，他們三人道：「這個人，真是一個妙人。」

我道：「昨天他和你們見過面？」

三人一起點頭，一個道：「是，他帶來了一塊磁性極強的合金，那是鐵、鎳和鈷的合金，這三種金屬都最容易受磁，那塊合金的磁場強度極高，自然是經過強化磁性處理的結果。」

我問：「以三位看來，那究竟是什麼東西呢？」

三位博士一起笑了起來，另一個一面笑一面道：「昨天齊白也這樣問我們，但是不知為什麼，我們的回答卻令得他十分惱怒。」

我揚了揚眉：「三位的回答是──」

三人互望了一眼，一個道：「是我先告訴他是什麼的，我告訴他，這是一種惡作劇的小玩意，像是有種電震器，放在手心之中和人握手，會使他人全身都感到震動。這塊合金由於磁場強度高，所以能令得一些和電、磁有關的東西失效，例如使鐘、表停止運轉等等，要來惡作劇用。」

我苦笑了一下，齊白一本正經去求答案，卻得到了這樣的回答，難怪他要大怒。

我道：「如果排除了這個用途──」

三人中年紀最長的那個，看來他很沉默寡言，在握手之後，一直沒有開過口，這時才道：「自然也有可能，這塊不規則形狀的合金，和另外一些也具有極高磁場強度的組件配合來使用，那就可以形成一種活動。」

我聽得相當吃力，科學家說話，有時就是這樣子。

我道：「你的意思是，譬如說，這塊合金，可以是開啟什麼磁性的鑰匙？」

那位沉默的博士點了點頭。

我吸了一口氣：「如果那塊合金可以有這種用途，那什麼都可以做得到！」

這一次，輪到那三位博士不是很明白我的話了，一致用詢問的眼光望著我，我忙道：「我是想像的，譬如說，它能開啟一個鎖，而這個鎖，又是開啟一座大電腦，那麼，它就是大電腦的操作之鑰。」

除了那個沉默的博士之外，其餘兩個都笑了起來，一個道：「是啊，如果那座電腦控制著洲際飛彈的發射，那麼這塊合金就可以引發第三次世界大戰。」

他的話雖然誇張，但那正是我的意思。

那位博士又道：「不過據我所知，沒有這樣強力的磁鎖，一般磁鎖只能引起磁性感應就可以。若是要藉磁性記錄什麼，也不需要這樣。」

另一位博士道：「所以，我們的結論才是：那是一種惡作劇的玩意。」

我笑了一下：「如果那是天然的礦石，是否有可能帶這樣強大的磁場？是不是也有可能那是一塊殞石，所以磁性才如此特異？」

三個人互望了一眼，一個道：「這不是我們研究的範圍之內的事。」沉默寡言的那個補充了一句：「如果是殞石，當然也有可能，宇宙浩渺，誰能知道是不是真有磁性特強的殞石？不過……不過齊白持有的那塊合金……我看一定是人工合成的。」

這種說法，另外兩個也同意，其中一個還道：「是十分精密的工業製品。」

我沒有再說什麼，事實上，那塊合金不是礦石或殞石，一眼就可以看出來，問題就是它的來源如此奇特，使我不得不作這一方面的聯想。

那一個博士又問：「齊白以為那塊合金是什麼？何以他聽了我們的結論之後會生氣？」

我道：「誰知道，他可能設想這塊合金……有什麼特殊的用途。」

討論齊白的「異寶」到此為止，既然有三位博士在，我趁機向他們問了不少磁力和電力的專門問題，那是物理學上相當複雜的知識，我原來的所知只是普通常識，聽了他們深入淺出的解釋，一夕之談，倒真是增進了不少知識。

我們談得興致很高，等到送他們出門口，兩個年輕的博士先走，那位沉默的表示他住所就在附近，想散步回去，既然談得投機，我也就陪著他，一起散步。這位先生真是不怎麼喜歡講話，走了五分鐘，他都沒有開過口。

我剛想和他分手，卻發現他眉心打著結，像是有十分重大的心事，他也注意到了我像是想離去，用手托了托眼鏡：「我們對齊白帶來的那塊合金所作的檢查，其實相當初步，不過也發現了一個奇特的現象。」

我放慢了腳步，他也走得十分慢，繼續道：「那合金有著許多不規則的表面，一共是七十二個不同形狀的表面，在那些表面上，都有過強力的電磁感應處理，那情形，就像是一卷經過電磁錄音的錄音帶。」

這是一個十分重要的發現，我忙問：「齊白不知道這一點？」

他道：「知道，當我告訴他時，他興奮得不得了，要求把磁場轉換成電信號——這正是錄音帶重播可以聽到聲音的原理，但是我不知道有什麼樣的儀器，可以使小表面上的磁場轉變成電信號，所以當時告訴他，那也有可能只是強烈磁場的一種感應。」

我想了一想，索性停了下來：「現在的錄音帶和錄影帶都是帶狀的，所以可以有連續的聲音和影像出現。但是在理論上，受磁的帶子，即使只有極小的一截，上面的聲音和影像還是有的，只不過在時間上十分短暫。」

他點頭：「理論上是這樣，可是有什麼裝置可以使一塊不規則合金表面上的磁場轉換呢？」

我沒有再說下去，同時，我也知道了齊白急於離去的原因。

這種裝置，當然不能在普通的大學物理實驗室中得到，但一定有，就算沒有，就根據實用需要設計製造一套，也不是什麼難事，只要理論上是可行的話，實行起來的困難也就不會太大。

齊白自然到美國或是這方面先進的國家去尋求答案了。

我們又談了幾句，他忽然笑了一下：「這塊合金，可以提供豐富的想像力。」

我忍住了，沒有告訴他這塊合金的來源，因為齊白不想別人知道。

和他分手，我安步當車走回家去。這時已經是午夜時分了，街道上十分僻靜，我不急不徐的走著，越來越覺得齊白的設想大有可能。

公元前二百二十一年（秦始皇二十六年），在臨洮出現的那十二個巨人，真是來自外星？而這塊如今被齊白當作了異寶的合金，就是和這十二個外星人有關？我一面這樣想，一面仍然搖著頭，覺得設想是一回事，要去證實，又是另一件事。

雖然齊白在秦始皇陵中弄到的那個「異寶」如此奇特和不可思議，但是單憑一件這樣的東西，就作了那麼龐大的匪夷所思的推斷，也未免太過分了。

當晚，我和白素討論了許久不得要領，我們都同意這件不規則的東西十分古怪，可是那究竟是什麼，卻連假設也無從假設起。

如果照那三位專家的意見，說那只不過是一件惡作劇的玩意兒，自然也可以，但是，在三千年前，誰會想到這樣利用強磁的惡作劇？就算有人想到了，製造了出來，也沒有惡作劇的對象，因為那只對磁、電發生作用，那時根本沒有這一類東西，有的只是指南針，難道那東西是專為要人家迷失方向？

當然，這更加沒有可能了。

齊白把那東西去作進一步的研究，只要有結果，他自然會來告訴我。齊白這個人的行蹤十分詭秘，他說走就走，也沒有說上哪裡去了，要找他，比大海撈針還難。

一連將近二十天沒有齊白的消息，想來一定是沒有人能知道那是什麼寶貝。

那一天晚上，我有事出去，回來的時候，已經午夜。

在我快來到家門口的時候，我看到有兩個人，自街角處急急走了過來。這兩個人顯然是早已等在街角，看到了我，向著我走過來的。

我就停了下來，那兩個人來到了我的面前，都是樣子十分精悍的中年人，十分有禮地向我打了一個招呼，其中一個道：「衛先生，你能不能抽一點空，接見一位十分想和你見面的人？」

請求是如此客氣，雖然我不知道這兩個人是什麼來因，當然也不便拒絕。不過我當然也不會立刻答應，我只是道：「那要看想見我的是什麼人。」

那兩個人互望了一眼，其中一個伸手入袋，他的行動，使我略為戒備了一下，但是他取出來的，卻是一張名片。

那人取出了名片之後，恭恭敬敬交在我的手裡，我一看，不禁呆了一呆。名片上銜頭極簡單：「蘇聯科學院高級院士」，名字是「卓絲卡娃」。

一看那名片，我實在沒有法子不驚訝。

來找我的人，各色人等都有，有的簡直想都想不到，可是總多少還有點道理。可是一個蘇聯科學院的高級院士來找我有什麼事情呢？

我知道，蘇聯科學院院士的銜頭已足以證明這個人是一個了不起的科學家，高級院士自然更了不起，這個名字看來像是一位女性，她來找我有什麼事呢？

我心中十分疑惑，向那兩人望去，那兩個人的態度十分恭敬，在等著我的答覆。

我想了一想，道：「能不能請卓絲卡娃院士到舍下來？明天？」

那兩人忙道：「如果衛先生方便的話，院士同志十分鐘就可以來到府上。」

我心想，真奇怪，這位「院士同志」不但有事來找我，而且看來還是急事，連等到明天都等不及了。

我點頭：「好，我恭候她大駕。」

那兩個人見我答應得那麼爽快，歡天喜地走了。

我進了門，叫了兩聲，白素可能還沒有回來，她有什麼事在忙，除非是有必要讓我知道，或者是很有趣的事，不然，她很少會告訴我她在幹什麼，我也不會去理會她，早已習以為常了。

那位院士來得好快——我猜她一定早已等在街角的——我才坐下一會，就有門鈴聲，我打開門，看到了一個身形相當高大的中年婦女站在門口，一見我，就用十分流利的英語道：「衛先生，對不起，打擾你了，我就是卓絲卡娃，想見你的人。」

我連忙說了幾句客套話讓她進來，一面打量著她。

她年紀大約在五十五歲左右，灰白的頭髮十分短，身形又高大，而且衣著一點也不講究，所以單看她的背影，很難分辨得出是男是女。

她的臉型也很普通，但是卻有一種異樣自信的神情，這種神情，是由於她有著深湛的學識而自然形成，令人對之肅然起敬。

她坐了下來之後，就道：「我的拜訪太突兀了，但是我實在想通過衛先生尋找一個人，這個人對我極重要。」

她在才進門的時候相當客氣，可是這時一開口，雖然是有求於我，但是語氣之中卻帶有威嚴，有一股叫人不能拒絕的氣概在。

我略欠了一下身子：「不知你想找什麼人？」

院士挺了挺身：「這個人的身分，我們一直沒有弄清楚，只知道他持有南美秘魯的護照，但他顯然是亞洲人，他的名字是齊白。」

我一聽得她要找的是齊白，又是意外，又是訝異。

齊白是一個盜墓人，他若是和蘇聯國家博物館發生關係，那還說得過去，和蘇聯的科學院，怎麼也扯不上關係。

我發出了一下低呼聲，攤了攤手：「是他，這個人，要找他實在太難，事實上，我也正在等候他的消息，我在大約三個星期之前見過他。」

卓絲卡娃院士的神情很嚴肅：「你真的不知道他在什麼地方？」

她這種態度，令我感到相當不愉快，所以我簡單而冷淡地回答：「不知道，請你循別的途徑去找他。」

院士怔了怔，嘆了一聲：「對不起，我畢生從事科學研究，不善於和人應對，是不是我有什麼地方做錯了？」

我笑了一下：「沒有，事實是，我真的不知道他在什麼地方。」

我說著，站了起來。院士再不善於應酬，也可以知道，那是我不準備繼續和她談下去的暗示。

院士也站了起來，可是神情十分焦急：「我們只能在你這裡找他，這是唯一的線索，我們和他談話的記錄中，他只提及過你的名字。」

我聽了，心中一動：「你們和他談話？那是什麼時候的事情？」

院士回答：「十天之前。」

我吸了一口氣，齊白到蘇聯去了，這個人也真怪，他要研究得自始皇陵墓中的「異寶」，哪裡不好去，美國德國英國法國，都可以去，為什麼跑到蘇聯去呢？如今，驚動了蘇聯科學院的高級院士那麼急切要找他，是不是由於那件「異寶」之故？

我遲疑著，院士作了一個手勢，詢問我是不是可以再度坐下來。

我忙道：「請坐，請坐。」

她坐了下來，我倒了兩杯酒，遞給她一杯，她略喝了一口，才道：「即使是我們的副院長，以前雖然曾和他打過交道，但也不是很清楚他的為人，他這次來找我們，是……是……」

她的神情遲疑著，像是決不定是不是應該告訴我。而我根本不必她講，早就知道齊白是去幹什麼。他和蘇聯科學院的副院長是怎麼認識的，我不知道，但既然有這樣的一個關係在，他帶著「異寶」到蘇聯去，也就十分正常，不足為怪。

所以，在院士遲疑間，我接了上去：「他帶了一件東西，去請你們研究，是不是？」

院士連連點頭，「是，那東西，那東西——」

我不由自主，坐直了身子。

院士的神情有點古怪：「將那東西交給科學院研究，簡直是一種侮辱。那只不過是一塊經過強化磁處理的合金。」

我還以為她對那東西有了什麼新的發現，所以才緊張起來，可是她對那東西下了這樣的定論，這自然使我大失所望。

可是，如果「那東西」真是如此普通，她的神情為什麼又是這樣古怪？我一面想，一面凝視著她，院士卻避開了我的目光，繼續道：「那東西其實並不值得研究——」

她又重複了一遍，這就更使我心中雪亮了，這叫作欲蓋彌彰，我冷冷地道：「如果那東西是不值一顧的話，那麼，齊白這個人也不值得尋找。」

院士一聽得我這樣說，怔了一怔，現出相當尷尬的神情來，我又笑了一下：「看來，院士閣下，你真的不是很懂得如何處理人際關係，你的研究科目是——」

我故意把話題轉了開去，好使氣氛不那麼僵，一提到研究科目，院士立時又恢復了自信：「我是輻射能專家，尤其對太陽輻射能有相當的研究，也是磁能專家——」

女院士介紹了她研究的科目，我陡然想起她是什麼人來了，對，就是她，卓絲卡娃，蘇聯的一個傑出女科學家。

第三部：一塊活的金屬

我想起她的名字，是由於她曾研究十九世紀時西伯利亞通古斯大爆炸。通古斯大爆炸，是近兩百年來發生在地球上的最神秘的事件之一，在荒無人煙的西伯利亞地區，突然產生了驚天動地的大爆炸，爆炸的威力，在幾百里之外都可以感到。

事後的調查，一直延續了兩個世紀，但是卻也一直沒有定論，有一派學者研究的結果，認為這次大爆炸，是一艘巨型的太空船失事所引起的。

因為在調查的過程中，有不少人在爆炸前看見巨大的發光體，以極高的速度自空中掠過，甚至遠在蒙古地區的商隊也看到過這樣的飛行體。

近二十年來，持此說最力的幾個科學家之中，這位卓絲卡娃院士，就是其中之一。

由於通古斯大爆炸，可以說是外星人來到地球的最確切的證明之一，所以我對於這次爆炸的資料和對它進行的研究報告，都曾十分留意過，剛才一看到院士的名片時，竟然一下子沒有想起來，真是失敬之至。

卓絲卡娃和其他科學家到過爆炸的現場，發現一直到現在，經歷了那麼久遠的時間，現場的輻射量還是奇高，所以他們又進一步推測到，那艘失事的宇宙飛船是核能推動的。

卓絲卡娃院士還以她女性特有的直覺，來分析爆炸發生在荒僻無人煙的西伯利亞不是偶然，而是那艘宇宙飛船的駕駛者，避免傷及地球人的生命，而駕駛著機件有了故障的飛船，找到了西伯利亞的原始森林才墜毀的。

院士的這種設想，自然也有根據——在爆炸前，看到發光巨大飛行物體的人，可以遠溯到中國的西北地區，根據目擊者的記述，甚至可以畫出一條路線來。

我一想起了她這樣出色，而且在觀念上絕不排斥外星人的存在，這自然使我對她的態度大為改觀。

我不惜做前倨後恭的小人，甚至立時站起身來，向她鞠躬行禮。

院士顯然不知道何以我的態度會有如此巨大的改變，我不等她發問，已經道：「卓絲卡娃院士，原來是你，真對不起，我一直沒有想起你是誰來，你對通古斯大爆炸的研究，真是徹底之極。」

聽了對她的讚揚，她並沒有什麼特別的反應，只是道：「研究無法徹底，是由於那次大爆炸的破壞程度實在太徹底。我們一直試圖在現場找尋，企圖發現一些那艘飛船的殘骸作為佐證，估計中，那艘飛船可能有一個足球場那麼大。由於爆炸的威力太猛烈，所產生的熱度足以令任何金屬化為氣體，所以我們也一直沒有發現。」

我笑道：「不管有沒有發現，你們研究的結果，完全可以取信。」院士對於我這樣「知音」，倒也十分高興：「謝謝你，我的研究報告惹來不少反對的論調。」

我有點激動：「反對者根本提不出更合理的解釋！」

她大表同意，我們接下來足足討論了半小時，都是談那次大爆炸，幾乎把原來的話題完全忘記了。

等到討論通古斯大爆炸告一段落了，我才道：「院士閣下，齊白帶來請你們檢查研究的東西，是不是很有點古怪，如果可能的話，請你老實的告訴我。」

院士沉吟了一下：「那塊合金，經過強磁處理……可是……你別見笑，當我初看那塊合金時，我覺得研究這種普通的東西，對科學院院士來說是一種侮辱。但是作了初步的磁場強度測試，我就完全改變了看法。」

她用這樣的方式來轉一下彎，倒也十分聰明，因為現在，她顯然願意跟我說更多有關那塊合金的事了。

院士停了片刻，才又道：「這塊合金的磁場強度之高，高到了令人不可思議的地步。磁場強度有兩種表示方法，這是有關磁學之中，比較複雜的問題——」

我點頭：「你可以不必解釋，我明白磁場是電流或運動電荷所引起，而磁介質對磁場強度也有影響，我基本上明白。」

院士吁了一口氣：「那就好，我解釋起來也容易得多。這塊合金的磁場強度十分不可思議，而且在不同方法的測試之中有著不同的結果，彷彿它所擁有的磁場能量無窮無盡。」

我越聽越是駭然：「究竟強到什麼程度？」

她側頭想了一會：「無法估計，這塊合金是不規則的，一共有七十二個形狀不同的平面，每一個平面都蘊藏著極強的磁能，曾經使用的測試方法，每一次都是到達儀器所能顯示的頂點，究竟能量如何，全然不可知，因為沒有這樣的測試儀器。衛先生，你明白了嗎？」

我深深吸了一口氣：「我明白的，你是說，地球上沒有一種設備、沒有一種方法，可以知道這塊合金的磁能是多少。」

院士眨了眨眼：「對，從這一點上來說，你得出什麼結論？」

我再吸了一口氣，結論，自然只有一個：「這塊合金的磁化處理過程，不是在地球上進行的。」

院士陡然站起來一下，才又坐下：「是的，和我們在西伯利亞想尋找的那艘宇宙飛船一樣，我們認為這塊合金，是外星人帶到地球來的，究竟有什麼用途，全然不知。」

我不禁感到了一股寒意：作出這樣判斷的，是一位地球上一流的科學家！

我忙問道：「如果是破壞用途，它可以起到什麼樣的破壞作用？」

院士的神情極其嚴肅：「難以估計，遠在太陽上發生的磁暴，也可以影響到地球上的無線電通訊，磁暴形成的巨形太陽黑子，甚至還能影響人的思想，而人的行為由思想控制，所以，強大無比的磁能所能引起的破壞無法想像，包括使地球本身磁場破壞，使得每一個人都行動瘋狂。」

我的聲音有點乾澀：「這……太誇張了吧。」

院士有點無可奈何地一笑：「不是誇張，從理論上來說是這樣子。當然，要使那麼強大的磁能都發揮出來，要有極其複雜的裝置。等於使鈾二三五放射出巨大無比的核能，要有十分複雜的裝置一樣。重氫（氘）只不過是氣體，但是在熱核反應過程中就能釋放出巨大的能量。氫彈的威力，大家都熟悉。」

院士的話十分容易明白，我立即想到的是：能使這塊合金不可思議的力量發揮的裝置，是不是也在秦始皇的陵墓中？

這時，我思緒極亂，從院士所說的看來，那塊合金稱之為「異寶」，實在十分恰當，因為它蘊藏了無可估計的能力。

而且，這塊合金的來源，除了來自地球以外的星體，也沒有別的解釋。自然所有的殞石，都來自別的星體，但是這一塊合金，無論如何不是殞石。就算不承認它是外星人帶來的，那麼，至少，它也是由某一種外星人製造，再到地球上來的。

這樣的一件「異寶」，會在中國古代一個帝王的陵墓中，而這個皇帝在位之際，又恰好曾有過異樣人物出現的記載，那麼，齊白的假設，有道理之至。

院士停了片刻，等我喝完了杯中的酒，欠了一欠身子，她才道：「那塊合金的本身並不可怕，只是一個無可解釋的謎團，可怕的是，如果有了適當的可以把它所蘊藏的磁場能量釋放出來的裝置，那就不堪設想。」

我「啊」的一聲，說道：「可以有助於野心家征服世界？」

院士笑道：「所謂野心家藉某種力量征服世界，那只是小說和電影中的事。事實上，根本不會有一種力量可以征服世界。」

我大惑不解，說道：「可是剛才你還說，那合金的磁能如果全部發揮出來——」

院士道：「那就是整個世界的毀滅，而不是由什麼人征服世界，徹底的毀滅，根本不再存在什麼征服者和被征服者，大家都死了，或是大家都變成瘋子了，還有什麼分別？以為在巨大的力量所產生的變故中有少數人可以倖存，是滑稽的想法。」

她講到這裡，略停了一下：「而且，就算有少數人倖存了，他們也不能算是征服者，只有他們少數人，譬如說，幾個野心家，他們去統治誰？」

我根據她的話，設想一下幾個野心家發動了某種力量，結果是世界上只剩下他們幾個人的滑稽情形，忍不住笑了起來：「你的剖析十分有趣。」

我挺了挺身子，問，「齊白沒有告訴你們這塊合金的來歷？」

院士有點悻然，說道：

「副院長……不知有些甚麼把柄抓在齊白手上，對他的話不敢不聽。當我有了這樣的發現，帶著這塊合金向副院長作報告時，齊白先生就在副院長的辦公室。我簡單地報告了一下結果，齊白首先跳了起來，叫嚷著：『異寶』！我早知道這東西是一件無可比擬的異寶！

「他一面叫著，一面把那塊合金搶了過去，緊緊握在手裡。我又說著自己的看法，他在一旁用心聽著，不斷地發出一些問題，情形就和你剛才談論的差不多，當我說到還需要進一步研究，他就叫：『不必了！不必了！進一步研究不是你們的事，是我和衛斯理的事』。這是我第一次聽到你的名字。

「當時，我就問：衛斯理是誰？是哪一國的磁學專家？他哈哈大笑了起來，提及了一些你的為人，突然，他向副院長說了一聲『再見』，就衝出了辦公室。

「他的行動令我愕然之極，我要副院長去追他回來，可是副院長不肯，等我追出去時，他早已不知去向，我曾強烈提出必須找到他，至少也要把那塊合金留下來作進一步研究，可是副院長總是推三阻四，一直到我把情形反映到了科學院的黨委會。」

她一口氣講到這裡，才停了一停，我用心聽著，心想，齊白若是這樣說過，那麼他應該會來找我的，可是我上次和他分手，就再也沒有見過他，這傢伙究竟到什麼地方去了？

院士繼續道：「經過調查，才知道齊白當天就離開了莫斯科，只知道他搭乘的飛機，第一站是芬蘭的赫爾辛基，從此就下落不明，所以，為了要找他，就只好來麻煩你了。」

卓絲卡娃院士的來龍去脈總算弄清楚了，我在考慮了一下之後問：「你想找到齊白，有什麼目的？」

院士道：「自然是要問他那塊合金的來歷，還要請他把合金給我們作進一步的研究。」

我搖了搖頭：「恐怕沒用，就算找到了他，他也不肯說，不肯把他當作異寶的東西交給你們！」

院士嘆了一聲，說道：「還有相當重要的一點！我們不知道那塊合金從哪裡來的，也不知道合金本身是單獨的存在，還是有可以發揮它力量的裝置！」

她一說到這裡，我也不禁暗暗吃驚。

院士繼續說下去：「裝置可能十分複雜，十分龐大，也可能十分小巧，那是我們知識範疇之外的事，所以無從估計。如果裝置的使用方法不是十分複雜，那麼，就等於……等於齊白掌握了巨大的力量。他如果明白那股力量有多麼可怕還好，如果不明白——」

她講到這裡，停了下來，我又感到了一股寒意，是的，齊白如果知道這塊合金的力量有多麼可怕，他自然不敢輕易將之發揮，如果他不明白的話……

我想到這裡，又覺得自己有點杞人憂天，首先，得先假定他能找到發揮那合金磁能的裝置，而合金是在始皇陵中取出來的，他沒有法子再從始皇陵中取出裝置來——就算有裝置在那裡。

我考慮了一會兒才道：「這倒不必擔心，我想，就算真有這種裝置在地球上，他也弄不到手！」

院士揚著眉：「為什麼？」

我遲疑了一下：「那塊合金，是來自——」

我想告訴卓絲卡娃院士那塊合金是來自中國古代一個帝皇的陵墓之中的，可是我的話才講了一半，一個聲音突然自樓梯口處傳了下來，呼喝道：

「衛斯理，你答應過我什麼都不說的！」

齊白的聲音！

我抬頭一看，已看到齊白現身出來，看起來樣子十分輕鬆，甚至不從樓梯上走下來，而是跨上了樓梯的扶手，向下直滑下來的！

卓絲卡娃一看到齊白，大是緊張，陡然站起，齊白向她一揚手：「院士同志，你好，無論如何，我十分感謝你的研究工作！」

院士的臉色難看之極，我道：「齊白，想要進一步弄明白這塊合金的用途，交給卓絲卡娃院士去研究，是最好的途徑！」

齊白指著我，「哈哈」笑了起來：「你太天真了，交給她去研究，唯一後果，只怕是蘇聯國防部會宣布他們造成了極大破壞力的磁能武器！」

卓絲卡娃院士臉色更難看，她勉強道：「我保證不會——」

齊白一下子就打斷了她的話頭：「你不必向我保證什麼，因為我根本不需要你的保證。」

院士十分憤怒：「研究的結果，可能改變整個人類的科學方向。」

齊白攤了攤手：「就讓人類科學朝它自己該發展的方向去走吧，不必改向了。」

院士吸了一口氣：「齊白先生，如果用金錢——」

齊白更發出一陣哄笑聲：「金錢？院士同志，如果你知道我在瑞士銀行存款的數字，你會昏過去。」

卓絲卡娃無法可施，向我望來。我同時看到齊白向我作了一個手勢，示意我趕快把她打發離去。

雖然我十分尊重卓絲卡娃院士，但是齊白畢竟是我多年的好朋友，而且，他的態度如此堅決，一定有他的道理在，我自然要依他的意見辦事。

所以，我向院士無可奈何地笑著：「我沒有辦法，那塊合金不屬於我，是他的。」

齊白在這時，雙手伸開，跳了幾下：「東西不在我身上，我已放在一處最妥當的所在，不論他們用什麼方法都得不到的。」

卓絲卡娃院士現出十分疲倦的神色，而且帶著相當程度的厭惡，說道：「人的劣性，齊白先生，在你的身上表露無遺。你得到了那塊合金，把它當作寶物，以為別人一定會來巧取豪奪，而全然無視它對整個人類有著巨大的意義。」

齊白「嘖嘖」有聲：「隨便你怎麼說，我都不會改變主意。」

卓絲卡娃悶哼了一聲，向門口走去，拉開門，她才轉過身來向我道：「衛先生，如果齊白先生邀請你一起研究那塊合金，我的忠告是，千萬別參加，因為對於那塊合金，我們所知實在太少，在不知所云的研究過程之中，可以發生任何想都想不到的意外。」

她的這一番話，說得十分誠懇，我也由衷地道：「謝謝你，我會鄭重考慮你的忠告。」

卓絲卡娃院士嘆了一聲，轉過身去，在她的背影上，也可以看出她依依不捨，又是憤懣又是失望的心情。

那是自然而然的事，對一個從事這方面研究的專家來說，這塊神秘的合金，簡直是取之不竭的知識寶庫，如今竟然只能望門興嘆，自然失望之極。

所以，我對齊白的做法不是很同意，在她把門關上之後，我轉過身：「什麼時候起我的住所變成古墓了？你要來就來，要走就走，甚至不必從門口進出？」

齊白高舉雙手：「冤枉冤枉，我是從門口進來的，我來的時候你不在，我在樓上客房休息，被你吵醒，就看到你在招待那位院士。」

我又哼了一聲：「那更卑鄙了，你竟然一直在偷聽我們的交談？」

齊白笑著：「我本來不想現身，後來想想，不如讓這老太婆死心，免得她到處找我，麻煩。這老太婆見識倒是高超得很。」

我糾正他的話：「卓絲卡娃院士，也不能算是老太婆吧。」

齊白瞪了我一眼：「青春玉女，好了吧。」

他說著，坐了下來，我向正在行走的鐘望了一下，運行正常，那使我十分訝異：「那塊合金真的不在你的身邊？你怎捨得離開它？」

齊白一笑，一翻手，就取出了那塊合金來。

我忙道：「糟，我又要大費手腳了。」

齊白搖頭，「不必，你看。」

他說著，把那塊合金向茶几的金屬腳貼去，一放手，合金跌了下來，和上次憑藉磁性牢牢地貼在茶几腳上大不相同。

我呆了一呆：「你做了一個仿製品？」

齊白又搖頭，這更使我大惑不解。

我只是瞪著他，等他解釋，他把那塊合金托在手中，盯著它，雙眼一眨也不眨地看著它。我不知道他在玩什麼把戲，索性坐下來，看他還要裝神弄鬼多久。

他一動不動地盯著那塊合金，大約有五分鐘之久，五分鐘並不能算是一段很長的時間，但是對著一個人，看他做莫名其妙的動作卻又實在太長，我好幾次想要不讓他維持這個動作，可是都忍了下來，因為一方面，我也在思索他剛才那幾句話是什麼意思。

五分鐘後，齊白長長吁了一口氣，把那塊合金向我遞了過來，同時指著茶几腳：「再試試。」

我抱著一種甘心做傻瓜的心情，又把那塊合金向茶几的腳上貼去，誰知那塊合金剛才還一點磁性都沒有，這時磁力之強，在我手離茶几腳還有十公分時，簡直有一股力量把我的手直拉了過去，「拍」地一聲響，那塊合金已緊貼在金屬的茶几腳上。

這一來，我真的呆住了。

這是怎麼一回事？這塊合金的磁性，可以一下子消失無蹤，一下子強到這種程度？這時，我要用相當大的氣力才能將之取下來，而那隻跳字鐘早已亂得像是被鐵槌重重敲擊過。

我取下那塊合金，睜大眼，驚訝得說不出話來，齊白一伸手接了過去，將之緊握在手中，像是在呵護什麼小動物。

過了一會兒才放開手來，這次他沒有叫我試試，而是自己把那塊合金貼向茶几腳，那塊合金又變得一點磁性也沒有了。

直至這時，我才發出「啊」的一下驚呼聲。

自然有方法可以令一塊磁鐵的磁性消失，例如加以重擊，使磁鐵的分子排列次序改變，又例如加高溫，等等。

可是齊白剛才卻什麼也沒有做，只是將之握在手中，盯著它，看起來，倒有點像他在對那塊合金進行催眠。我的確有這樣的感覺，雖然對一塊合金進行催眠是極無稽的事。

而齊白的動作雖然快，但如果在剛才他一連串的動作之中做了魔術手法，把兩塊一樣的合金換來換去愚弄我，我也一定可以看得出來。

同是一塊合金，為什麼一下有磁性，一下沒有磁性？我由於極度的驚訝，所以不是發出了一下驚呼聲，而是接連好幾下。

在我的驚呼聲中，齊白也叫著：「奇妙吧？太奇妙了，是不是，衛斯理？我早說過，這是一件異寶，它甚至是活的。」

聽得他這樣講，我真是駭然。這明明是一塊合金，怎麼可以用「活的」這樣一個詞，去形容一塊金屬？

我知道，有一些合金被稱為「有記憶的」，在一定的溫度下，把它鑄成一種形狀，然後改變它的形狀，但是在一定的溫度之下，它會自己恢復原來的形狀，但那也無論如何不能被稱為「活的」。

一定是我的反應十分之驚駭，所以齊白向著我不斷地強調：「它是活的。」

他不斷地說著，我對他的話的反應是不住搖頭，否定他的說法。

齊白在說了十多次之後，才改了口：「至少，它知道我想什麼，而且，會接受我的想法，照我的想法去做，聽我的話，這，你還能說它不是活的嗎？」

齊白不解釋還好，一解釋，我的驚訝程度，在本來已不可能再提高的情形下又陡然升高，我甚至一開口有點口吃：「你……在說什麼？你……再說一遍。」

齊白又說了一遍，我深深吸了一口氣：「你是說，這合金忽然有磁性，忽然沒有，這全是你叫它做的？」

齊白大點其頭，我乾咳了兩聲，剛才我就感到他盯著那塊合金的時候，像是在對合金進行催眠。但我隨即感到這種感覺太荒謬了，如今，照齊白的說法，那竟然是真的。

我有許多問題想問齊白，但是在這樣的情形下，不知如何問。而齊白一副可以接受任何問題挑戰的神情，望定了我。

我使自己紊亂的思緒略為變得有條理些，向他發出了第一個問題：「你怎樣發現它會聽你的話，它告訴你的？」

齊白更正著：「不能說它會聽我的話，是它會接受我的思想。」

我道：「那沒有什麼不同——」

齊白大聲道：「大大不同，不必語言，它就知道我想什麼，要它做什麼。」

我不和齊白爭下去，用力一揮手：「你還是先回答我的問題吧。」

齊白的神情十分自得：「我離開副院長的辦公室，知道蘇聯人一定不肯放過我，所以急急離開，駕車直赴機場，一面心中焦急，因為異寶能發出強磁力，要利用儀器跟蹤我十分容易，於是我一面駕車，一面就自己作祈求——我在祈求時，不知它會有反應，我祈求著：寶貝啊寶貝，你沒有磁性就好了，人家就不會那麼容易發現你。」

我一面聽，一面仍不由自主搖著頭，我曾聽過許多人作過許多匪夷所思的敘述，但是再也沒有比這一樁更甚的了！

看齊白一本正經說著，我甚至懷疑，我也一本正經地聽他說著這樣的事，是不是我們的神經都有問題？

齊白道：「一直到了機場，機票現成，在登機前，自然要接受檢查，檢查人員發現了它，問我：『這是什麼東西？』

「我道：『是一塊磁鐵，給小孩子玩的。』

「檢查人員聽說是磁鐵，就自然而然想去吸一點小物件，可是它一點磁性也沒有，連一個別針都吸不起來。檢查人員還以為我是故意在開他的玩笑，狠狠瞪了我一眼，將它扔回來給了我。」

我仍然搖著頭，齊白卻越說越是興奮：「當時我有了強烈的感覺：它知道我的祈求，所以把磁力藏了起來，我在想什麼，它知道！」

齊白簡直手舞足蹈：「你想想，有了這樣的感覺之後，我就幹甚麼？」

我搖頭：「不知道，企圖使它恢復有磁力？」

齊白大聲道：「當然，我躲進了廁所——」

我咕噥了一聲：「真有出息。」

齊白道：「我當然要躲起來，這實實在在是一件寶貝，稀世異寶。」

我作了一個手勢，示意他不要岔開去。

齊白道：「在洗手間，我自己告訴自己，這異寶是可以知道我在想什麼的，剛才我想過，它要是沒有磁性就好了，它就變得沒有磁性，現在，我想要它恢復磁性，我想著，想著，一面不斷試著它是不是恢復了磁性，十分鐘之後，它果然知道了我想要它怎樣，它的磁性又恢復了，而且，我想得越久，磁性就越強。」

我怔怔地聽他說著，如果不是剛才親眼看到那塊合金的磁性倏來倏去，他的話我根本不會相信。

齊白揮著手：「那真太奇妙了，我又試了一次，令它的磁性消失，在飛機上，我唯恐它會干擾飛機的儀器，所以不敢亂試，這是一件寶物已經可以肯定，但是我還不知它究竟活到了什麼程度。」

我嘆了一聲：「你應該說它的性能到什麼程度。」

齊白瞪了我一下，忽然道：「是不是有一部神怪小說，裡面一些人所擁有的法寶和法寶主人心意相通？」

我只得承認：「是，在這部小說中，法寶的主人一動念，法寶即使在萬里之外也會自己飛回來，但那只不過是小說！」

齊白神情相當興奮：「在赫爾辛基轉了機，我就直飛到這裡來。本來我想一到就來找你的，但是又怕到時法寶失靈，給你訕笑，所以就自己找了一處靜僻所在，勤學苦練——」

我聽到這裡，實在忍不住了。雖然這塊合金奇特無比，有著許多難以解釋之處，但是齊白這樣做，也真正有點走火入魔了！

我忍不住道：「你練成怎麼樣了？可以令得它飛到千里之外去取人首級？」

齊白一點也不以為我是在諷刺他，反倒嘆了一口氣：「沒有，我想它應該有各種各樣的功能，但是我卻做不到，我現在可以做到的是，令它的磁性消失或恢復，而且也可以隨心所欲控制磁性的強度——」

我吃了一驚：「剛才院士說過，這合金中磁強度之高，要是全部發揮出來——」

齊白搖頭：「我想，我還未曾到這一地步，我只能令它的磁性到達一定程度，未曾達到那……老太婆所說的地步。不過，我還能令它發光。」

我失聲道：「什麼？」

齊白道：「我能令它發光。這幾天，我一直面對著它，動著各種各樣的古怪念頭，我曾花了一天一夜想令它飛起來，或是移動一下，但是不成功，我又花了一天一夜時間想令它的形狀改變，可是它也不肯聽話，我——」

我打斷了他的話頭：「你想到了令它發光，它就肯聽你的了？」

齊白點了點頭：「是，雖然十分微弱，可是它真的會發光，不信你可以試一下。」

我又是疑惑，又是驚駭，連忙拉上了所有的窗簾，又把所有的燈關上，本來就是黑夜，這樣一來，眼前立時變得漆黑一片，什麼也看不到。

齊白先道：「我把它放在茶几上，你摸摸看，它在這上面。」

我伸手去摸，摸到了那塊合金，這時，它一點光也沒有，根本看不到。

然後，齊白才道：「你等著看，可是別性急，可能要花費相當長的時間，我現在開始全神貫注在想要它發光，它就會知道我在想什麼，照我的想法去做！」

這時，我對於眼前這塊合金的神奇性已經是絕無懷疑，所以齊白說完，我就靜了下來，盯著茶几上看。

眼睛漸漸適應黑暗，大約十分鐘之後，仍是漆黑一片，但是已經不像才一熄燈時那麼黑暗，不過想看清東西還是不可能，齊白就在我對面，我就看不見他，那塊合金在几上，我也看不見。

大約又過了半小時，我等得有點不耐煩，但是齊白有言在先，我又不便破壞他的全神貫注，所以不出聲，只是想著：如果你真會發光，那就快一點發出光芒來！

這樣想了一會，不知不覺，我已變得精神集中在想它發光，又過了不到半小時，我突然看到茶几上有一小團暗紅色的光芒透出來，正是那塊合金在發光。

光十分微弱，實在來說，不能算是什麼光芒，只不過可以令人看到了它本身，那情形，就像是一塊從爐火中拿出來燒紅了的鐵，冷卻到最後就是那種暗紅色。

齊白「啊」地一聲：「這次那麼快，上次我花了五小時。」

聽到齊白那樣說，我陡地想起了一個念頭，我忙道：「繼續集中精神。」

齊白不知道我為什麼要這樣，但他顯然照做，繼續集中精神，我也繼續想它發光，漸漸地，暗紅色變得亮起來，亮到了可以清楚地看到整塊合金形狀。

齊白又叫了起來：「你看，那麼亮，上次沒有那麼亮，不知道它發亮可以亮到什麼程度。」

我也為眼前的景象著了迷：「繼續想。」

但是，那合金的光亮程度卻到此為止了，又過了半小時，仍然沒有增加。

就在這時候，門打開，白素走了進來：「你們在玩什麼遊戲？」

白素來得正好，我剛才想到的念頭如果是事實的話，她就可以證明了。

所以我忙道：「素，把門關上，快過來。」

齊白也向她招呼了一聲，就是一剎那間的打岔，合金的光芒已迅速暗下來，幾乎什麼也看不到了。

可是剛才白素還是在一瞥之間看到茶几上放著的那塊合金有暗紅色的光芒放射出來，所以，她發出了一下低呼聲：「啊，這寶物會發光。」

我忙道：「你快來，盯著它，集中精神想，要它發光，要它發光。」

白素沒有多問什麼，來到了茶几前坐了下來。

齊白了解到了我要白素參加的意思，發出了「啊」的一聲，接著就靜了下來。

這時，在茶几上的那塊合金，光芒已經完全消失，但是當我們三個人一起集中精神想它發光之後，不到半小時，它又現出暗紅色的光，漸漸地，它的形體可以看得清了，而且在接下來的半小時之中，它的亮度在一點一點增加。

合金一直增加到了比剛才只有我和齊白兩人的時候更亮。

這證明我剛才的設想是事實。

我的思緒一轉到別方面去，合金的亮度便顯著減低。

我道：「天！這……寶物，真能接受人的思想，它……它……」

我已經改口稱那塊合金為「寶物」了，也承認了它能接受人的思想，可是要我說它是活的，我還是覺得有點說不上口來。

而齊白卻立時接著道：「它是活的。」

這時，它的亮度在迅速減低，一下子，眼前又是一片黑暗了。

在黑暗中，我們三人都不出聲。

過了好久，白素才站起身來，著亮了燈，我們三人的神情同樣駭異，一起盯著那塊合金看著。

又過了好一會，白素才低聲道：「我可以知道全部事情的經過？」

齊白道：「當然可以。」

我提醒他，道：「說得簡單一點。」

齊白開始說，由於我已知道了全部的經過，所以一到齊白說到無關緊要處，我就打斷他的話頭，好讓白素儘快地了解全部過程。

等到齊白說完，我們又沉默了一會，齊白才道：「它能接受任何人的思想，不單是我的，這一點，我以前未曾想到過。」

這一點，就是我剛才想到的那個念頭，毫無疑問，已經證實。

白素有她女性特有的想法：「它像是喜歡聽掌聲的表演者，觀眾越多，掌聲越熱烈，它的力量也發揮得最強。」

這個比喻雖然有點古怪，但是卻也十分貼切。

我們三人又同時想到了一個問題，幾乎同時道：「要是有幾百人，幾千人——」

講到這裡，我們又一起住了口。

第四部：能接收人的腦電波

照剛才的情形來看，兩個人集中精神要它發光，和三個人想它發光，它發出來的亮光就有強弱之分，那麼若是幾千人、幾萬人同時想它發光，或者，更多的人想它發光，它發光的能力可以強到什麼程度呢？

如果它發光的強度無限制，那麼，理論上來說，它可以……

我想到這裡，把我的想法提了出來：「理論上來說，如果一個城市有一百萬居民，到了晚上，人人都想要它發光，它發出來的光芒，就可以照耀整個城市。」

齊白立時道：「而且十分民主，想它發光的人越多，它就越光亮，沒有人想它發光，它就不那麼光亮，比任何投票表決都公正，一定是少數服從多數。」

白素吸了一口氣：「是不是試試它還有什麼功能？」

齊白道：「請它講話，請它對我們講話，我們就可以知道它究竟是什麼了。」

齊白一面提議，一面望向我和白素。要求一塊合金向我們講話，這實在十分滑稽，可是這時，我和白素卻毫不猶豫地點頭，表示同意了齊白的提議。

要它和我們講話，不必熄燈，我們立時又集中精神想要它講話，可是一小時過去了，靜得我們可以互相聽到對方的心跳聲，它卻未曾「開口」。

我道：「或許我們的要求太高，應該想它發出一點聲音來。」

齊白和白素點頭表示同意，但又是一小時過去了，還是沒有結果。

這時，天色已經微明了，三個人同時嘆了一口氣，都搖著頭。

白素忽然一揮手：「或許，我們不應該請它發出聲音來，而應該請它用任何方式和我們溝通。」

齊白連忙道：「對！對！」

這時，我們也根本忘了疲倦，再度集中精神，我想，我們三個人的設想一樣，希望它能夠有一種能力，使我們的腦部活動感應得到，那麼，我們就可以和它有溝通了。

可是，時間慢慢過去，天色大明，仍然一點結果也沒有，我們互望著，用眼色詢問：是不是收到了什麼訊息？

但是答案是沒有。

在這次失敗之後，我們又作了幾次試驗，以磁性的消失和恢復最快，大約三十分鐘就可以完成。要它發光，也是三十分鐘就可以成功，但要到達光度最強，則要一小時以上才行。

已經是中午時分了，齊白長嘆了一聲，我道：「它是寶物，這一點毫無疑問，但不能說它是活的。」

齊白立時又要提出抗議，我向他作了一個手勢，請他先讓我說完：

「我有一個設想，它能接收人的思想，是因為它有一種功能，可以產生某種關係。譬如說腦電波，當人在精神集中之際，腦電波比較強，它接收到了——」

白素陡然插了一句口：「不但接收到了，而且還分析理解了那是什麼意思。」

我點頭：「是，它有這個能力，能把人類腦部活動產生出來的能量還原，這情形，就像人腦把聽到的聲音經過腦神經活動分析還原為語言一樣。」

齊白嘆了一聲：「你究竟想說明什麼？」

我頓了一頓：「我想說明的是，這東西有接收腦電波的能力，可能是由於腦電波的產生和磁力有關，這只是假設。它能通過接收腦電波而發揮它的功能——它的功能究竟有多少項，我們也不知道，只知道其中兩項是磁性的消失和恢復，能發光。」

「可是，它只是一個極其複雜的機械裝置，不是一個生命，不是活的。」我說。

齊白深深吸了一口氣，我那番話，其實一點也沒有貶低那一件異寶的意思，可是齊白的神情，卻還是十分不滿意。

我又道：「在你看不起的本地物理學家之中，有一位曾和我說起過，他說，這合金的七十二個形狀不同的平面之上，都有著極細又極緊密的細紋。理論上來說，這些細紋，可以是任何資料的儲存，利用磁性原理儲存起來的資料，就是不知道如何令之還原——」

齊白指著自己的前額：「一定是憑人腦活動所產生的能量令之還原。」

我想了一想：「這也是一個設想，至少有兩項功能可以通過人腦活動產生的能量來完成的，但是這東西，一定有一種十分獨特的功用，這項功用是什麼呢？」

齊白眉心打著結，白素在這時道：「我提議先吃點東西，再休息一下。」

我和齊白一起道：「進食則可，休息不必了。」

我們的感覺一樣，面對著如此奇妙不可思議的異寶，怎麼能睡得著？

我們只不過一個晚上沒有睡覺，那又算得了什麼。

白素替我們去準備食物，我和齊白繼續在討論著，我道：「東西在始皇陵墓發現，有一點可以肯定，這東西，決不是古今中外任何地球人的力量所能製造，地球上還沒有一種裝置可以和人腦活動的能量產生感應。」

齊白一拍大腿：「我早就說過了，始皇二十六年，在臨洮出現的那十二個巨大的金人是外星人。寶物是他們送給秦始皇的禮物。」

我道：「也有可能，在更早時，不知什麼時候，由到過地球的外星人留下來，被人發現了，又輾轉來到皇帝手中的。不論怎樣，我們都要設想它獨特的功能是什麼。」

齊白猜測：「或許，要許多人一起來想才會有結果？」

接著，他遲疑道：「可是我又實在不想有太多人知道有這件寶物的存在，給蘇聯人知道已經夠麻煩的了，要是弄得舉世皆知，只怕你搶我奪起來，什麼研究也作不成。」

我同意他的看法：「當然不能太公開，但是有一個朋友，卻非要他參加不可。」

齊白一伸手，示意我不要先講出這個人的名字來，然後，他側頭想了一想，道：「陳長青？」

他一猜就猜到了陳長青，我立時點了點頭：「他不但學識豐富，而且想像力也豐富。要是想像力不夠豐富的人，在這塊合金之前會昏過去。」

齊白由衷地道：「是，我早知它是寶物，可是當它發光，我也差點昏過去。」

取得了齊白的同意，我就打電話給陳長青，陳長青一聽有奇妙的來自外星的東西可以研究，自然一口答應立刻來。

可是我真不知道他是用什麼方法，可以在那麼短的時間就趕到，白素才招呼我們說是可以進食了，門鈴響起，陳長青已一面喘著氣，一面走了進來，嚷叫著：「有什麼來自外星的異寶？」

他看到齊白，就伸手出去自我介紹，齊白報出姓名，他握住了齊白的手，搖了又搖。

陳長青這個人就是有這個好處，簡直是熱情洋溢，無法抵禦，他說了好幾遍「久仰大名」，又道：「怎麼，異寶在什麼古墓中發現？」

齊白看來也十分喜歡陳長青：「在秦始皇陵墓之中發現的。」

陳長青先是呆了一呆，顯然他想不到是來自一座那麼著名的古墓。但是隨即他興致更高，指著我：「你一定是看了他『活俑』的記載，才去始皇陵的？」

這傢伙的推理能力越來越是高強，齊白佩服地點了點頭。

陳長青又道：「你進去了？」

齊白搖頭，陳長青的神情有點疑惑，這時，我已把那塊合金放在他的手中：「你先看一看這東西的外形，再詳細對你說。」

陳長青把那合金翻來覆去地看了很久，神情越來越疑惑。自然，絕不會有人憑它的外形就可以知道那是什麼東西。

我和齊白趁這個空檔，胡亂把白素準備的食物塞向口中，吞進肚裡，一直到吃完，也不知道吃了點什麼東西。

陳長青等我們吃完，才道：「當然先不輪到我說。」

齊白又喝了一口水，才開始講述，這一下又要從頭講起，我趁機一面閉目養神，一面思索著。每當我睜開眼來，就發現陳長青興奮的神情越來越甚，聽到後來，他簡直是手舞足蹈，欣喜若狂。

齊白有了他這樣的好聽眾，也越講越是起勁，單是說他那盜墓的「探驪得珠法」，就講得不知多麼詳細。

我不去理會他們，把整件事先整理一下。

從已經發生的事情來看，首先可以肯定這幾點：

一、這塊合金來自地球之外，而且，是十分高明的人工製品。

（很多人都會問：為什麼外星人的科學水準，一定在地球人之上？這實在是誤解，除地球之外，別的星體上若是有高級生物的話，自然有科學水準極高的，也有低於地球人的。問題是在於，地球人所能接觸到的外星人，科學水準一定在地球人之上。）

（因為地球人至今只到過月球，未到過別的星球，而外星人若是到了地球，科學水準自然非高出地球人不可。）

（所以，並不是所有的外星人科學水準都比地球人高，而是地球人還沒有機會可以遇到科學水準低的外星人。）

二、這個東西有多種奇特的功能。

三、使這個東西獨特功能發揮的方法也十分獨特：人腦活動產生的某種能量。

四、這東西在地球上已經很久，因為它是在秦始皇陵墓中找出來的，但沒有有關這東西的任何記載。

歸納了一下，暫時得出的結論只有這四點，自然其中最重要的一點，是先要弄清這東西究竟有著什麼樣的獨特功能。

我想的告一段落，齊白的敘述也已到了尾聲，陳長青興奮得滿臉通紅，大聲道：「這……真是異寶。」

齊白道：「這一點毫無疑問，問題是它的功能是什麼。」

陳長青十分容易滿足：「它會發光，會接受人的思想而發光，這還不夠？到現在為止，人類做不出一個可以通過思想來指揮的裝置。」

陳長青的話提醒了我，我陡地一揚手：「是啊，如果這塊東西是一個大規模的運行裝置的啟動裝置，譬如說，是一架飛機的啟動裝置，那麼，駕駛員只要想要飛機起飛，飛機就會起飛。」

陳長青遲疑道：「不，它只會發光。」

我道：「發光，發強弱不同的光和發出強弱不同的磁性，理論上就可以控制任何機械體的運行，可以小到控制一輛車，大到控制一艘太空船、整座工廠，就像我們現在普遍使用的無線電搖控、紅外線搖控、聲波搖控一樣，這是一具腦電波搖控器。」這一次，我想到的結論十分具體，陳長青和齊白聽得「啊啊」連聲，點頭不已。

我又道：「腦電波搖控器！這個假設可以成立，問題是通過這搖控器，控制的是什麼？」

雖然問題仍然沒有解決，但至少有了一點進展，我們都很興奮，白素道：「如果是搖控器，那麼，一定是他們自己用的。」

白素口中的「他們」，自然是指這東西的主人而言，這一點，應該也沒有疑問。

白素又道：「他們腦部活動產生的能量，一定比地球人強烈，或者這東西設計時，只是接收他們的腦電波而製造，所以我們無法發揮它的功能，就像是電壓不對，不能發揮電器的功能。」

陳長青道：「如果我們請多一點人，一起集中精神來試一試——」

齊白首先搖頭：「所謂多一點人，多到什麼程度？」

陳長青的手筆十分大：「譬如說，一千人？」

齊白道：「不可能吧，到哪裡去找那麼多人集中力量去想一件事？」

陳長青道：「太簡單了，出錢僱用。」

齊白用力拍了一下腦袋：「真是，我怎麼沒想到這一點。可以有更多人參加——」

白素比較謹慎，指著那東西道：「我們不知道它在接收強烈的腦電波影響之下會發生什麼變化，暫時還是不要有太多人才好，我主張先從一百個人開始。」

我們都同意了白素的意見，陳長青說做就做，於是，第二天的報紙上，就出現了這樣的廣告：

有興趣參加一項思想集中的實驗嗎？可以獲得報酬，參加者必須忠實地接受主持人的指示，集中力量去思索某一件事，只限九十五人參加，自思精神不能集中者，請勿浪費時間。

為什麼是九十五個呢？

陳長青道：「我們四個，再加溫寶裕，他自然有資格參加。」

沒有人反對陳長青的提議，廣告一登，要來參加的人過千。一個人是不是能精神集中，外表上看不出來。我沒有參加選人的工作，陳長青在主持，那也花了他兩天時間。

在這兩天之中，我自然和齊白還在研究那東西，我們移師到了陳長青的家中，因為他住的地方又大，各種各樣、意想不到用途的裝置和儀器又多，研究工作進行起來，自然方便得多。

再一次測定了那東西的成分，不外是鐵、鈷和鎳。成分是什麼並不重要，重要的是它所包含的磁性，使它可以有任何功能。這就像一卷錄影帶，成分分析無非是塑料而已，但由於上面的磁性作用，就可以用來記錄任何影象。

我們又利用光儀，對這塊合金進行了內部透視，在拍攝下來的光照片之中，有了個十分重大的發現，那東西一共有七十二個形狀不同的平面，在每一個平面的下面，大約兩公厘深處，都有一個大小如同黃豆般的圓形物體——在照片上看起來，是一個豆狀的黑點，卻無法知道那是什麼。

一共是七十二個圓粒，而每一個圓粒之間，又有極細的線聯繫著。這東西的結構之複雜，遠在我們的想像之上。

在這個階段，我和齊白發生了一點意見上的爭執，我道：「要切開這塊合金不是難事，這裡有現成的車床把它切開來，看看平面下面的圓粒究竟是什麼東西。」

齊白一聽，面色鐵青地望著我：「你還不如把我的腦袋切開來看看的好。」

到了晚上，我又把這個提議提了出來，五個人一表決，真正豈有此理，沒有人同意我的意見。

白素說得比較委婉：「明天可以做百人試驗了，何必破壞它？」

溫寶裕這小鬼居然也反對我的提議：「我們一無所知的東西，就算把它弄成碎片，也一樣不明白的。」

我仍然堅持：「我所提議的是最直接的辦法，可以很快就看到裡面是什麼。」

齊白道：「你把我腦袋切開來，能找到我的思想？」

陳長青神情莊嚴：「這是一件異寶，絕不能輕舉妄動，對之造成任何破壞。」

既然大家都不同意，那只好算了。陳長青說人已選妥，他也租了一家大酒店的會議廳，而且提出了他的方法：用屏風把我們五個人圍起來，不讓其餘的參加者看到那塊合金，也不向他們說明來龍去脈。

齊白首先贊成這一點，因為他一直主張保守秘密。

第二天，在會議廳中，場面很熱鬧，參加者在接受了他們意想不到的高報酬之後，都十分合作。

我被推出來作為主持人，所以開場白是由我來說的。

我對環坐著的那九十五個參加者（大多數是年輕人）道：

「各位參加的，是一項試驗，目的是試驗人類腦部活動所產生的能量是否可以記錄下來，所以，要求各位集中精神。第一個思索的問題是：要它發光，要它發出光亮來！各位有什麼問題？」

有一個人舉手：「請問，要什麼東西發出光亮來？」

我道：「不必深究，當是不知道什麼物體。」

這簡單的要求，參加者表示全明白，屏風圍了起來，在屏風之中，是一張桌子和五張椅子，我、白素、陳長青、齊白和溫寶裕五個人環桌而坐。

其餘的參加者看不到屏風中的情形，我們曾考慮過，這樣會不會減低效果，也準備了如果收不到預期效果的話，就使所有參加者都看到那塊合金，要那塊合金放出光芒來。而且，為了不使參加者疑惑，燈光依然明亮，只不過用一個不透光的罩子，罩住那塊合金，而只留下了一個小孔，這樣，那塊合金如果有光芒發出來，我們一樣可以觀察得到。

一切準備就緒，我沈聲宣布：「從現在起，請各位保持高度的精神集中，絕對不能發出任何別的聲響，而只思索我剛才提出來的問題。」

會議廳中一下子靜了下來，我們五人互望了一眼，五個人的神情都很緊張，溫寶裕已經從陳長青那裡知道了這塊合金的奇異之處，看來他在我們五個人中精神最集中。

真是難以令人相信，在開始之後，不到五分鐘，那塊合金便開始發出光芒，奇妙之極的現象，開始是暗紅色，接著光芒越來越是強烈，在十二分鐘之後，光芒已經強烈到了接近一個六十支光的電燈泡的程度。

我心跳得十分劇烈，白素伸手過來，和我緊握著手，可是光芒卻沒有再繼續加強下去，在四十分鐘之後，我宣布：「好了，第一次試驗結束。」

在講了這句話之後的一分鐘，那塊合金所發的光芒迅速消失。

我們五個人的興奮真是難以形容，齊白大聲道：「請各位再集中力量想：要一樣東西會和我們溝通，會發信息給我們。」

然後，會議廳中又是一陣寂靜，但是三十分鐘過去了，卻什麼信息都沒有收到。

接著，齊白又出了幾個問題，包括了要一樣東西移動，要它展示它的功能，等等，但是每次歷時半小時之久都沒有結果。

但是，那次發光試驗已經令人驚喜莫名了，我們低聲商議了幾句，由我宣布：「這次試驗的成績，我們感到很滿意，同時，也認為更多人集中精神，使人類腦部活動所產生的能量更強大，會有更好的效果，所以，請各位在明天，每個人帶四個人來，在場的各位酬勞加倍。」

參加者發出了一陣歡呼聲，紛紛離去，我們五個人仍然留著。

溫寶裕首先道：「如果五百個人的力量，它不知道會發出多強的光來？」

齊白搖頭：「它發出的光再強也沒有作用，重要的是要設法知道，這種強光究竟是用來控制什麼裝置。」

陳長青陡然震動了一下，伸手指向齊白；就在同時，我也想到了一點，失聲道：「裝置，如果有裝置的話——」

我才講到這裡，陳長青已叫了起來：「如果有感應裝置，一定也在始皇陵墓之中。」

齊白一下子直跳了起來，他是真正跳了起來的，一面跳起，一面尖聲叫：「那個墓室……那個空間，衛斯理，那個空間的四面，看起來有許多架子，不是很看得清楚，會不會就是……接收這東西感應的裝置？」

他這樣一說，我們全都靜了下來。

齊白利用微型電視攝像管拍出來的照片，我們全看過，十分模糊，那個墓室四周的「架子」上，究竟有點什麼東西，一點也看不清楚。但是他的設想，卻指出了極其重要的一點：如果這塊合金是一個由腦電波控制的啟動裝置，那麼，它所能發動的不知是什麼的東西，也大有可能是在那個墓室之中。

一時之間，所有人都靜了下來，齊白連連問：「對不對？對不對？」

我作了一個手勢，令他坐了下來：「很對，看來，還是要到始皇陵墓去走一遭。」

陳長青忙問：「齊白，你用那個什麼……方法——」

齊白道：「是『探驪得珠法』。」

陳長青道：「是，打洞打了多深，才到達那個墓室的？」

齊白道：「超過三十公尺。」

我們都知道陳長青這樣問是什麼意思，可是在一聽到了齊白的回答之後，不禁面面相覷。

三十公尺。

就算這三十公尺全是土層，要打一個小孔還可以，要把三十公尺覆蓋在那墓室上面的土層移去，自然也可以，但是那得動用巨大的人力物力，而且絕無可能秘密進行。

那也就是說，就算再到始皇陵墓去，也只有仍然採取那「探驪得珠法」，而用這個方法，取不出什麼大型物件來。

在各人沉默之中，齊白嘆了一聲：「我真不明白，在有關始皇陵墓的記載之中，曾有當地的牧羊人偶然進入陵墓，在陵墓的岔道中迷了路的記錄，何以我竟然一個入口處也找不到？」

我在他的肩上輕拍了兩下：「據我所知，能被人誤入的，或是現在已發掘到的，全是整個陵墓結構中外圍的外圍。」

齊白道：「是啊，你引用過那位卓齒先生的話，那牧馬坑也是外圍，真正陵墓的中心，只怕永遠也發現不了。我穿透了小孔的那個墓室，只怕也不是什麼重要部分。」

溫寶裕對我們討論始皇陵墓的事沒有什麼興趣，他只是不斷道：「唉，五百人，不知道五百人的腦電波，會使這寶物發出什麼力量來。」

白素和陳長青則討論著五百人集中精神的場地，決定去租一個更大的會議廳。

我們也離開了會議廳，回到了陳長青的住所。

齊白顯得十分沉默，只是緊緊地把那塊合金捏在手中，沉默了好久之後，才道：「去總是還要去一次的。」

陳長青立時同意：「當然，而且要帶最好的裝置去，至少把那墓室中的情景拍出清楚的照片來。」

陳長青有的是花不完的遺產，而齊白靠他盜墓的本領，正如他所說，他瑞士銀行存款的數目，說出來會叫人嚇一大跳，有錢好辦事，他們說要有最好的設備，對這「最好」的含義，倒是不必懷疑的。

他們兩人說著，又一起向我望來。

我考慮該怎麼回答，溫寶裕已叫了起來：「當然是我們五個人一起行動。」

陳長青立時一瞪眼：「就是沒有你的分。」

溫寶裕大是不服：「為什麼？我連南極都去過，還有什麼地方不能去的？」

溫寶裕的抗議似乎很難反駁，但陳長青已和他混得很熟了，知道他弱點的所在，立時哈哈笑了起來：「你媽媽不准。」

溫寶裕一下子就吃虧了，鼓著腮，走到一邊去，一聲不響坐了下來。

齊白對這少年人顯然很喜歡，看到他這種情形，大聲安慰著他：「別失望，如果你對盜墓有興趣，我可以收你為徒，把一身本領都傳授給你。」

我和白素聽得這樣說，相顧駭然，陳長青叫了起來：「他媽媽更不准了。」

白素瞪了陳長青一眼，把話題岔了開去：「是需要再到那墓室去一次，最好能再弄點東西出來，發掘不可能，拍攝一批較清晰的照片應該沒有問題。齊白應該先去準備裝備。」

齊白點頭答應著，我們又討論了一些，在五百人的大會上，應該集中力量使那塊合金發生什麼功能。

溫寶裕畢竟是少年人心性，剛才還悶悶不樂，可是過了不一會兒就沒事了，起勁地跟著我們一起討論。

他提出的問題，有時也很有新鮮之感，例如他問：「當這東西發光的時候，用手去碰碰它，不知是什麼感覺？」

這個問題，我們都未曾想起過，由於它在一開始發光時，就像是整塊合金受熱變紅，所以直覺上使人感到一定是灼熱的，自然不會冒著被灼傷之險去碰碰它。

這時，齊白一聽，就大有興趣：「對啊，我們現在就可以來試一試。」

對這塊合金，我們每一個人都充滿了好奇心，任何一個動作，只要有希望可以進一步弄清楚它究竟是什麼的，我們都不會拒絕。

所以，我們立即開始集中精神，那塊合金也漸漸發出光芒來，五個人的力量已可以使那合金看起來相當明亮，然後，我們五個人同時伸出手指來按向那塊合金。手指才一碰上去，一點也沒有灼熱的感覺，我只感到突然之間，似乎有一股很大的震撼。

這是難以形容的一種感覺，或許是由於這東西本身充滿了神秘，先入為主，早已在心理上形成了壓力，又在它起變化的時候去碰它，就難免在心中感到一種異樣的恐懼。

可是這種解釋也十分勉強，一剎那間的震撼十分難以形容，不但有一種實實在在的恐懼感，而且眼前一陣發花，在極短的一剎那間像是有許多交叉的光線在閃動，情形很有點像在地上蹲得太久了驟然起身，總之是忽然之間的一陣眼花。

我第一個反應，就是立刻縮回手來。

前後大約只是三十分之一秒的事，心中仍然有一點殘餘的震撼，可是眼花的感覺立即消失，我也可以看到眼前的情景。

我所看到的是，每一個人都有一種難以形容的神情。（我相信我的神情也正如此。）而且他們的手指也全都離開了那塊合金。

陳長青首先叫了起來：「天，這是怎麼一回事，我感到剛才手指一碰上去……這是什麼感覺？」

我們交換了一下剛才剎那間的感覺，全是一樣，在一陣莫名的震撼的同時，有一陣眼花的現象。

這時，那塊合金早已恢復了原狀，我定了定神：「再來一次，這次，我們大家都鎮定點，好更加真實地捕捉那種難以形容的感覺。」

各人都點頭同意，在再度集中精神之後三十分鐘，合金又開始變成亮紅色，我一揚手，五個人的手指又同時向它按上去。

一開始，感受和上次完全一樣，但因為這次已經有了準備，各人都可以忍受著那種震懾，而眼前發花的情形持續著。

自然，在這樣的情形之下，我們無法再集中精神使那塊合金繼續發亮，我們的那種感覺也消失了。

而這次的時間比較長，至少有兩秒鐘，我並沒有閉上眼睛，可是看出來的情形，就像是雙眼面對著強烈的光芒再閉上眼睛一樣，有許多顏色的點、團、線在交織著，看來雜亂無比。

在再次交換了各人的感受之後，我道：「這……這東西……不但能接收人腦活動所產生的能量，而且也會影響人腦的活動，剛才我們就看到了並不存在的光影。」

陳長青深深吸了一口氣：「天，它想和我們溝通，想我們看到些什麼，可惜我們看不懂。」

齊白喃喃地道：「我早就說過，它是活的，它是活的，它是活的！」

人多了，主意自然也多，陳長青一下子想到了，出現在我們眼前的光影，是它想使我們看到什麼。

（這樣的說法有點問題，事實上，在我們眼前並沒有什麼光影出現過，只是有某種力量影響我們腦部的視覺神經系統，所以使我們看到了一些光影。）

白素沉聲道：「是，那些雜亂的光影，代表了什麼信息？」

陳長青道：「再來，再來，一定要看清它是什麼。」

陳長青興奮得滿臉通紅，溫寶裕卻道：「不必再試了，我們五個人力量不夠。」

陳長青瞪著眼：「力量不夠？什麼意思？」

溫寶裕略想了一想：「就像把適用於二百伏電壓的電視機，接上一百伏電壓的電源，畫面一定雜亂無章和不穩定。」

陳長青直跳了起來，伸手指著溫寶裕，欽佩莫名。

我也不禁大點其頭：說得對，若是它的亮度加強，那麼，我們一碰到它，就可能看到一個清楚的畫面！

陳長青急得搔耳撓腮，唉聲嘆氣：「真是，剛才一百人集中精神的結果使它變得那麼亮，就沒想到去碰它一下！唉，想了那麼多和它溝通的方法，就沒有想到去碰它一下！」

白素道：「不必後悔，我們很快就會有一個五百人的集會了。」

陳長青仍在唉聲嘆氣，我何嘗不性急，只是沒有陳長青那麼極形極狀而已。

第五部：混亂之中失去寶物

終於，我們五個人試了幾次，每次，眼前的光影都出現兩秒鐘，我竭力想在那些雜亂無章、閃爍不定的光影之中，捕捉到一些什麼具體的形象，但是卻無法達到目的。

連試幾次沒有結果，只好停止，我們決定，到五百人集會，一等那塊合金光芒大盛時，就用手指去碰它，一定要集中精神，把我們視覺系統接收到的信號捕捉下來。

這重要的新發現令人興奮無比，至少已可以知道，這塊合金的功能之一，是在它發光的狀態之下，能發出某種力量，可是溫寶裕家裡派來的車子等在門外，要接溫寶裕回去，我和白素也告辭回家，我估計齊白和陳長青兩個人一定不肯睡，還會再研究下去。

我和白素駕車回家，才到門口，就看到有三個人站著，兩男一女，那位女士，正是蘇聯科學院的高級院士，卓絲卡娃。

一看到她，我就想起齊白說的給蘇聯人纏上了很麻煩的這句話來，皺了皺眉，告訴了白素有關卓絲卡娃的身分，白素卻說：「她是權威，聽聽她的意見也不壞！」

我隨口應著，我們一下車，院士就迎了上來：「先生，請給我一點時間。」

我嘆了一聲：「這是最奢侈的要求了，因為任何人付出時間，再也找不回來！」

院士有點冷傲：「或許，由於我的提議，你可以在別方面節省很多時間！」

我表現相當冷淡：「或許，請進來吧！」

打開門，讓她進去，她倒十分痛快，一進屋就道：「你可知道，如今世界上，研究人體異能，譬如說在精神集中之後能產生力量，使物體移動這種現象，最有成就的國家是哪一個？」

我和白素一聽得她這樣問，都不禁一怔，但是隨即我們就明白了。

她自然不是無緣無故提出這一個問題：我們的行動被她知道了。這種鬼頭鬼腦，特務式的打探方法，著實令人討厭。

我立時道：「當然是貴國，聽說有一個女人，在集中意志之下可以令一柄銅湯匙的柄彎曲？」

院士點頭：「是，而這項研究，正是我主持的多項研究之一，我是這方面的專家。」

我冷笑了一聲，正想說話，白素卻向我施了一個眼色，剛才進門口時，我已替她們介紹過，白素突然問：「真的有那麼大的力量？」

院士道：「完全是事實，但是絕不是每一個人都是如此。」

白素又道：「理論上來說，這種力量，由人腦活動所產生，一股看不見的力量竟能使一件金屬體彎曲，這有點不可思議。」

卓絲卡娃院士道：「我假設了一項理論──」

她只講了一句，我已經攔住她，不讓她說下去：「天下沒有白吃的午餐，你告訴我們研究的成績，目的是什麼？」

卓絲卡娃側頭想一想：「自然有，但能不能使我達到目的，完全掌握在你，而我的話，對你們多少有點好處。」

我悶哼了一聲，沒有說什麼，白素卻說得十分熱情：「請說，請坐。」

卓絲的坐姿，有點像受過嚴格訓練的軍人，腰肢筆挺，一副昂首準備戰鬥的樣子。她道：

「人腦活動所產生的力量，還沒有一個正確的名詞，一般泛稱為腦電波。我的假設是，腦電波能令得金屬的分子排列起變化，分子的變化如果劇烈，大量分子移向一邊，另一邊自然質量減少，就會出現細長的金屬體的彎曲現象。在試驗中，同一個人，也可以使一塊磁鐵的磁性減弱或者加強。」

我心中一動，但是卻裝得若無其事。

她為什麼特意提到了磁性的加強和減弱？

我和白素互望了一眼，她顯然也想到了這個問題，所以我們交換了一個眼色，但雙方都沒有結論。

院士吸了口氣，接著又道：「甚至腦電波活動的力量，還可以使得一些物體發出光亮來。」

她講到這裡，若是我還不知道她在暗示什麼，那真是太後知後覺了。

同時，我也難以掩飾心中的厭惡和不快，我冷冷地道：「院士閣下，我尊敬你，是因為你是一個傑出的科學家，但如果你那麼喜歡採取特務的手法，在暗中窺伺我們行動，我只好立即請你離開。」

卓絲卡娃緊抿著嘴，顯然她不是經常受到這種語氣對待，靜了片刻，她才道：「我所知的一切，全是憑我的專業知識推測出來的結論，和你所謂的特務方式，沒有任何關連。」

我不出聲，在考慮她講的話的真實性，她又哼了一聲：「你們進行的事又不是什麼秘密，參加者之中，就有兩個曾是我的學生。」

我記得陳長青曾說過一句，參加者之中，有幾個對意志集中產生能量有過相當程度的研究，院士所說的兩個學生，多半就是那幾個人之中的兩個了。

我仍然不出聲，院士說出了她的目的：「那東西，憑你們這種盲目的行動，絕研究不出什麼結果，所以應該交給我來研究。」

我的第一個反應，當然是立即拒絕，但是白素已經搶在我前面：「自然，如果由你來主持研究，可能事半功倍，但是對這東西在研究之前，至少要有一個設想，你設想是什麼？」

卓絲卡娃沉聲道：「毫無疑問，這東西是一組裝置設備中的主要組成部分，我設想它是一個啟動器，由腦電波控制的啟動器。」

一聽得她這樣說，我對她的厭惡感立時消失，因為她的設想，和我們的設想，完全一樣！

她繼續道：「啟動器能啟動什麼裝置，自然無法想像，可能是巨大的宇宙航船，也或許只是一個小型的設備，甚至可能只是一個光源開關。但它既然由腦電波控制，就可以肯定那是來自外星的物體。」

她的分析如此合理，在一剎那間，我真想告訴她這東西是從什麼地方來的，但我還是忍住了不出聲。

白素笑道：「這正是我們的設想，院士，如果你能留下來參加我們的研究，歡迎之至。」

白素的邀請，真是好主意，誰知道卓絲卡娃冷冷地道：

「要怎樣和你們說，你們才明白？要研究那麼複雜的東西，不是幾個人有決心就可以達到目的，要有大量的研究設備，而這種研究設備，絕不是個人力量所能辦得到。為了人類科學的前途，你們應該把那東西交給我。」

我笑了起來：「說得太偉大了，如果真正為了人類科學的前途，我想，我們會把這東西的存在公開，同時，邀請各國科學家一起集中來研究，而不會把它交到一個國家的手中——」

我講到這裡，略頓了一頓，補充了一句絕不客氣的話：「何況貴國在國際上的名譽，並不十分好。」

卓絲卡娃面色鐵青：「你可以不答應我的要求，但不能侮辱我的國家。」

我一昂首：「要不要我舉出幾個例子來？最近的例子是，一架南韓的民航機——」

白素截住了我的話頭，全然轉變了話題：

「我倒認為我們可以研究出結果，如果你有興趣參加，那自然最好，不然，東西是齊白先生發現的，屬於他——」

卓絲卡娃的聲音充滿了憤怒：「不屬於他，屬於全人類。」

我立時道：「你蘇聯科學院能代表全人類嗎？」

卓絲卡娃十分憤怒，白素鎮定地道：「齊白先生絕不會讓人討論這個問題，因為事實上，這東西是他的。」

卓絲卡娃深深地吸了一口氣，突然一言不發，轉頭就走，重重把門關上。

我拿起電話，撥了陳長青家的號碼，陳長青和齊白果然還沒有睡，我把情形告訴了他們：「巧取不成，必有豪奪，要小心。」

齊白悶哼了一聲：「東西在我這裡，要是會失去，那也別混了。」

他說得豪氣干雲，我倒不免有點擔心。

可是第二天，什麼也沒有發生，第三天，就是五百人的大集會了。

明知這五百人之中，可能有卓絲卡娃的人在，但我們也無法一一甄別，商議的結果是，當它什麼也沒有，照常進行。

五百人的集會，場面自然比一百人壯觀，所有的人全坐下來，仍由我宣布參加者應該做些什麼，然後，我們五個人和上次一樣，由屏風圍著，在中心部分，那塊合金就放在我們面前。

人雖多，可是人人集中精神，整個大廳中十分寂靜。

不到五分鐘，那塊合金就開始發出光亮，亮度迅速增強，陳長青好幾次要伸出手指去，都被我制止，半小時之後，那塊合金的光亮度至少已和一百支光的電燈相若。

而且，在每一個小平面上，似乎都有光亮在射出來，這情形，和以前只是它本身變得光亮又有不同。在小平面中射出來的光線不是很強，但是明顯可以看得到。

這種情形維持了十分鐘，沒有再進展，我看看時機已到，作了一個手勢，我們五個人的手指一起向那塊合金按去。

可是，也就在一剎那間，我們的手指還未碰到那塊合金，便陡然傳來了

「轟」地一下巨響。

由於變故來得實在太突然，那一下聲響才傳出，直覺地以為是那塊合金發生了什麼變化，產生了爆炸。那塊合金是什麼東西根本不知道，它若是爆炸會形成什麼後果，也不知道。

一切全不可知，有了變故，也更使人感到震駭！

我立時縮回手來，別的人也是一樣，接踵而來的變故發生得更迅疾，連給人思索究竟發生了什麼變故的機會都沒有，和轟然巨響同時，是一陣震耳的驚呼聲——在場的五百人，即使不是人人都在一剎那間發出了驚呼，至少也有一半以上的人在這時驚叫，然後一大蓬濃煙，就在屏風圍著的上空炸散開來，展佈得極其迅速。

我看到了濃煙的時候，心念電轉，已經知道是怎麼一回事了。

我們租用這個場地，並不是什麼秘密大計，雖然我們沒有宣布要做什麼用，但如果有心要打探，尤其對於多少知道一點內幕，如卓絲卡娃院士這樣的人來說，自然可以了然於胸。

那麼，要對付我們，也就不是什麼難事，在大廳正中的天花板上，先裝置一些強烈的煙幕彈，然後用遙控裝置來引爆，這是連中學生都可以做得到的事。

而引爆煙幕彈的目的，自然是製造混亂，製造混亂的目的，不用說，想來搶奪異寶。

我的念頭轉得極快，可是事情的突變似乎發生得更快，濃煙一爆散，迅速展佈，我已經看不到陳長青他們四個人，同時，屏風顯然被推倒，有人極快地闖了進來。

在濃煙之中，顯然混雜著催淚氣體，我的眼睛已感到了一陣劇烈的刺痛，幸好我一看到濃煙就立時屏住了呼吸，這時，廳堂之中亂成了一片，劇烈的嗆咳聲不斷傳來，我聽到就在身邊，傳來了溫寶裕的嗆咳聲。他顯然是因為沒有經驗，未能及時屏住呼吸，而吸進了有毒氣體。

從轟然巨響到這時，我記述的雖然多，但實際上一切幾乎同時發生，至多也不過是兩三秒鐘，我肯定有人要製造混亂，爭奪異寶，自然就立即決定要守住寶物，不讓人搶走。

所以，我的視線未曾離開過桌面，濃煙籠罩著，在我身邊的人我也看不見了，眼睛劇痛，淚水湧出，視線模糊。

但是就在一剎那間，我卻看到了難以形容的一種情景。讓我再重複一遍，當變故發生之前，異寶在五百人集中意志的影響之下，不但本身光亮，而且在每一個小平面之上，都隱隱有光柱射出來。

濃煙一罩下來，異寶所發出的光芒正在迅速減弱。

由於變故實在來得太快，異寶光芒的消退雖然快，還未曾全部消散，所以仍然有幾股比較強的光芒射向罩下來的濃煙。

那只不過是幾十分之一秒的時間，而且我的雙眼受了催淚氣體的刺激，視線模糊不清，可是我的確看到當那些一閃就隱沒的光柱射向濃煙，在濃煙之中，現出了一個形象來。

由於時間實在太短，我無法確定那是什麼形象，但一定有點什麼現出在濃煙之中，這一點是毫無疑問！

我忍著雙眼的疼痛望向異寶，手也已經伸了出去。

製造混亂的人想在我的面前把異寶弄走，如果讓他們成功了，學齊白的口吻：我也別再混了。

可是想奪寶的人動作也真快，我手一伸出，異寶的光芒已完全消失，我根據方位，準確而迅速地伸手出去，可是我的手碰到的不是那塊合金，而是另一隻手的手背。

我無法判斷那隻手是什麼人的，我看準了方位伸出手去，碰到一個人的手背，自然是那隻手先我一剎那取到了那塊合金，那隻手有可能是陳長青的，可能是齊白的，也有可能是白素的，或是溫寶裕的。

如果是他們，那自然好，不論是他們之中哪一個人都一樣。

可是我卻不能冒這個險，如果那隻手不屬於他們四個人，而屬於奪寶者，那麼，異寶要落入他人的手中了，寶物一落入他人的手中，再要追回來，那不知要費多少周章。

所以，我一碰到了另一個人的手背，我立時中指凸出，向那人的手背疾扣了下去。

中國武術的精要，是攻擊人體各部位中，最不堪攻擊之處，每個人的手背中間，都有一條筋，這條筋如果受到了重擊，就會使挨擊者的手根本無法握住任何東西。我這時採取的就是這樣一擊。

而這一擊顯然收效，一擊之下，我感到那隻手迅速縮回去，同時，也聽到了輕微的「拍」地一下響，證明那隻手本來已經把那塊合金抓在手中，在我一擊之下，手指鬆開，那塊合金重又落到了桌面上。

我一聽到了聲響，手立時向下一按，那時，我手離桌面，不會超過十五公分，照說，只要一按下去，就可以把那塊合金取在手中了，可是就在這時，我手腕上突然麻了一下，令得我整個手都一點氣力也使不出來。

我知道，遇到了中國武術的大行家了：脈門在一剎那間被人彈了一下。而我立即感到，齊白精於盜墓，不見得在武術上有多高的造詣。陳長青的武術知識，只怕全部來自武俠小說，溫寶裕更不必說了，只有白素能有這樣高的武術造詣，難道我剛才擊中的手背，竟是白素的？

我心念電轉，想到也只有白素，反應才可能比我更快，所以，她先伸手出去大有可能。

我一面想著，一面運氣一衝，手指立時恢復了活動的能力，其間相差也絕不會超過半秒鐘，可是當我手再次按向桌面之際，那塊合金卻已經不在了。

我立時在桌面上用手掃了一下，沒有碰到那塊合金，卻碰到了不少其他人的手，可知在毒煙籠罩之下，想混水摸魚的人真還不少。

自從變故發生，濃煙密佈，一切動作，全在屏止呼吸的情形之下進行。任何人，其勢不可能在長久屏除氣息的情形之下進行活動。我假設奪寶者配有防毒面具，那麼他們就絕對有利。如今，異寶已不在桌面上，不知落入了什麼人手中，我再逗留在桌旁，在桌面上亂摸，變得極無意義，還不知趕快離開，守著離去的通道，還可以有希望及時截住他。

這時，由於雙眼的劇痛，我已經無法睜開眼睛，我閉著眼，向後疾翻了出去，在翻躍出去的時候，我騰躍得特別高，但是在落地時，仍不免撞倒了幾個人。

幸好大廳的一邊是極寬闊的門，而人也已疏散，我落地之後，勉力睜眼一看，看到了光亮，就疾闖了出去。

一面向外闖去，一面心中又氣惱又慚愧，由於變故發生之後，只留意到了寶物不被人奪走，連在旁的人都未及照顧，溫寶裕年紀輕，缺乏應變的經驗，至少應該照顧他，把他帶出來才行。如今寶物未曾到手，連人也沒有照顧到，直是窩囊之極。

闖出了大廳，看到酒店的大堂，走廊之中，亂成一團，驚鐘鳴得震耳欲聾，人從大廳之中，你推我擁地奔出來。

外面的濃煙，比起廳堂裡自然小巫見大巫，可是那濃煙中的催淚氣體十分強烈，而且現代化的大型建築，不可能有一陣強風吹來把濃煙吹散，所以雖然走廊和大堂中濃煙不多，也足以使人難以忍受，紛紛向酒店外面奔去。

我勉強吸了一口氣，覺得喉間辛辣無比，十分不舒服，可是看起來，只有我一個人離開了廳堂，我在考慮，是不是要再衝進去。

就在這時，我看到陳長青拉著溫寶裕，夾在人叢中奔了出來。

我忙迎了上去，這時每一個人都狼狽莫名。我也無法多說話，只是向酒店的大門口指了一指，示意他們立即到外面去。

陳長青雙眼通紅，淚流滿面（我大抵也是這副狼狽相，好不到哪裡去），點了點頭，就向酒店大門口奔去。

這時，白素在先，齊白在後，也自廳堂衝出，隨著許多人衝出來，帶動了氣流，自廳堂中冒出來的濃煙更多，我想叫他們，可是一開口，喉際像是有火在燒，竟至於一點聲音也發不出來。

齊白和白素也看到了我，我們無法可施，連互相交換一下眼色也做不到，因為雙眼之中滿是淚水。

目的在製造混亂的人，真正製造了一場大混亂，僅僅三四分鐘，有毒的濃煙已通過空氣調節系統迅速在向整座酒店擴散，樓梯口，已有樓上的住客尖叫著衝下來。

在這種情形之下，我們不撤退也決無可能，由於變故來得太突然，一點應變的預防也沒有，這時，別說是一具防毒面具，就算是有一副普通的風鏡也是好的，可是在這樣的混亂之中，上哪裡去找風鏡去？

我、白素和齊白三人，在人群中推擠著，一起向酒店之外奔去。奔出了門口，來到露天處，連吸了幾口氣，才算勉強定過神來。

我一生之中，處境狼狽不堪的情形不知有多少次，被機械人捉了起來當「玩具」，被誤以為是外星人而關進了鐵籠子，等等。可是我真覺得再也沒有比如今的處境更加狼狽的了。

酒店的門外空地上，擠滿了看熱鬧的人，還有許多人像湖水一樣自酒店中湧出來，警方人員還沒有大量趕到，有幾個可能是恰好經過的警員，眼看這樣混亂的局面，如同泥塑木雕，不知道如何應付才好。

我一等恢復了可以說話，就急忙啞著嗓子問：「那東西在誰手裡？」

我那一句話才問出口，就知道事情大大不妙了。

因為幾乎前後只差極短的時間，齊白這樣問，白素這樣問，陳長青和溫寶裕也這樣問。

不在我們五個人任何一個的手中！

異寶被奪寶者奪走了。

一時之間，我們幾個人面面相覷，不知如何才好，齊白首先一頓腳，一聲不出，立時向酒店又衝了進去。

我道：「陳長青，溫寶裕，你們留意從酒店中出來的人，有一個人手背上給我擊了一下，當時我下手相當重，手背上可能還留著紅腫，這個人是嫌疑人。」

當我在這樣說的時候，也明知希望渺茫，自酒店中湧出來的人上千，哪能一個個看得清楚。可是陳長青和溫寶裕兩人還是答應著。

我一說完，和白素互望了一眼，兩個人意思一樣，也一起返身，向酒店奔去，一面推開迎面湧來的人群，一面交換了幾句意見。

白素道：「下手的人留在酒店的可能性不是很大，我先要去制止混亂，樓上的住客可能以為發生了火警，情急之下會從樓上跳下來。」

我嘆了一聲（實在無法令人不嘆息，實在是我們太大意了）：「我去找齊白，就算我們失散了，大家到陳長青那裡去集合。」

要逆著人潮進酒店去，不是容易的事，向外奔來的人簡直鬼哭神號，人在這種緊急逃命的時候會力大無窮，我們又不能傷害人，只好側著身子，儘量向前面擠著。

這時，我心中真是惱恨之極，我本來不算是一個報復心重的人，可是在這時，咬牙切齒，下定決心，非好好報復製造這場混亂的人不可。

一面向裡擠著，一面我將外衣脫了下來，扯成兩半，把另一半給了白素。我們兩人把扯開了的外衣緊扎在口鼻之上，雖然不見得有效用，但是比起就這樣吸進有毒氣體來總好得多了。

齊白先我們行動，他已經擠進了酒店，看不見了，我和白素雖然同時擠進去，但這時，大廳中仍是亂成一團，一下子就被擠散，我只聽得白素含糊叫了一句：「我去開啟防火系統。」

我向我們集會的那個廳堂奔去，廳堂中的人看來都離開了，濃煙滾滾，向外冒出來，真不知道是什麼發煙裝置，竟然像是有噴不完的煙霧。

我看到了齊白，想向內衝去，可是實在雙眼生痛，衝不進去，我奔到他的身邊，雙眼也已淚水直流，向他揮著手，示意他留意外面的人比衝進去有用，因為廳堂中若已沒有人，奪寶者一定早已得手離去了。

齊白像是瘋子，一個勁兒要向內衝，我只好放開手，讓他衝了進去，可是廳堂中幾百張椅子，全都雜亂地倒在地上，他一衝進去就摔倒在地，我冒著濃煙又把他拖了出來。

就在這時候，忽然像下大雨一樣，各處都有水柱噴射而下，我知道白素一定已開啟了消防系統，自動噴水口噴出了大量的水。

同時，在極嘈雜的人聲之中，也聽到擴音器中傳出了白素的聲音。白素的聲音，鎮定而有力：「請注意：酒店發生了意外，但絕非火警，各位絕對可以安全離開酒店，不是火警，請各位保持鎮定，有意外，但不是火警，不是火警。」她用幾種語言不斷重複著。

大量的水噴射而下，也消滅了催淚氣體的作用，濃煙被灑下來的水沖得消散了許多，我一面抹著臉上的水，一面向廳堂中看去，真是遍地狼藉。

齊白踢著倒在地上的椅子向前走去，來到了不到十分鐘之前我們還圍坐著的那桌子，桌子倒還好好地，可是，若是那塊合金還在桌面上，那實在太天真了。

齊白顯然是心中懊恨已極，當他來到桌前時，用力舉起了那張桌子來，重重摔了出去。這時，我已發現在桌子附近，有著三個輕型的防毒面具。

一看到三具防毒面具，我心中就不禁一凜，奪寶者可算是深謀遠慮。毒煙一爆散，他們戴著防毒面具行事，那使他們占了絕對的優勢，而一得了手，他們立時就拋棄了防毒面具，甘冒著催淚氣體的侵襲，而不是載著防毒面具離開。

他們拋棄防毒面具，自然是要混在人群之中，不被人發現。在我們離開這廳堂之前，他們一定早已離去了。

我向地上的防毒面具指了一指，齊白面色灰敗，我向門外指了一指，先向外走去。

酒店大堂濕成了一片，那種凌亂的情形，真是難以想像，不過有毒氣體已減弱了許多，水還在不斷灑下來，我和齊白全身濕透，白素的聲音還在響著，直到這時，才聽得警車聲自遠而近傳來。

我和齊白站在闃無一人的酒店大堂，全身濕透，神情沮喪至於極點，齊白口唇顫動，發不出聲來。

我嘆了一聲，扯開了紮在口鼻上的衣服，勉強安慰他：「不要太沮喪，一定是蘇聯人幹的事，你可以再去找你認識的那個副院長。」

齊白在事變發生之後，顯然焦急過甚，沒有想到這一點，這時經我一提醒，神情略見緩和，可是他隨即又頓足：「如果是他們搶走了寶物，你想他們會承認？」

我悶哼了一聲：「不承認，我也要到莫斯科去，到蘇聯科學院去製造一場比這裡更甚的混亂。」

齊白重重頓著腳，他一頓腳，就濺起水花來，大堂中積水之多，可想而知：「就算把莫斯科整個燒掉了，我那寶物……找不回來，也是白搭。」

我嘆了一聲，正想再說什麼，已看到幾個警官，帶著一隊警員衝了進來，衝在最前面的一個，赫然是我所認識而且曾和他打過不少交道的黃堂。

一見到了黃堂，我不禁大喜，他看到了我，卻呆了一呆：「怎麼什麼事都有你的分？」

我一把抓住他：「快，快通令海陸空離境處，禁止一個叫卓絲卡娃的蘇聯女人離境，她的身分是蘇聯科學的高級院士。」

黃堂呆了一呆：「這裡——」

我吼叫起來：「不要這裡那裡，快去辦了再說，事情十萬火急。」

黃堂還有點不肯動的樣子，我推著他出去：「這蘇聯女人可能運用外交特權，但無論如何，不能讓她離開。」

黃堂這才向外奔了出去，我知道他會利用警車上的無線電話去下達命令，總算有了一個堵截卓絲卡娃離去的法子。

白素這時也一身濕透地自樓上下來，我們相視苦笑，只不過大意了一次，便形成了這樣的局面，真是一個慘痛的教訓。

黃堂很快就回到了大堂來，連聲問：「怎麼一回事？怎麼一回事？」

我嘆了一聲：「我請了一些人，在作類似超意志力的試驗，誰知道有人破壞，我相信是引爆了發煙裝置，有沒有人受傷？」

黃堂瞪了我一眼：「不少人受傷，幸而傷勢都不重，全市醫院都出動了，衛斯理，你也真會鬧事。」

我懶得和他爭，只是十分疲倦地道：「說話要公平一點，鬧事的是引爆了發煙裝置的人。」

這時，酒店的幾個負責人也衝了進來，其中一個當值經理，指著齊白氣急敗壞地道：「是他……租場地是他來接頭的。」

一個看來十分高級的中年西方人，聲勢洶洶來到齊白面前：「我要你負責。」

齊白冷冷地道：「我不要你負責。」

在那西方人還沒有明白他的話是什麼意思時，齊白已經又道：「我會把這間酒店買下來，而且，不會交給你負責。」

那西方人張大了口，半晌合不攏來，不知是呼氣好，還是吸氣好。

黃堂在一旁，有點不滿意地問：「這位是——」

那西方人這才喘了幾口氣：「我是總經理，責任上，我——」

我們都不再理會他，又一起回到了廳堂，看到天花板上黑了一大片，煙幕爆散裝置當然裝在那上面，我和齊白互望了一眼，覺得再留在這裡沒有什麼意思。我把陳長青住所的電話也留給了黃堂，請他一有卓絲卡娃的消息就我和聯絡。

然後，我們一起離開了酒店，在酒店附近找了一會，沒看到陳長青和溫寶裕，三個人的心情都十分沉重，只好先到陳長青的家裡再說。

陳長青不在，好在齊白有門匙，開門進去，就聽到電話鈴不斷在響，我一步趕過去，拿起電話來，就聽到了黃堂的聲音：「衛斯理，你在鬧什麼鬼？你要我阻止出境的那個卓絲卡娃——」

我忙道：「怎麼啦？截住她了？」

黃堂悶哼了一聲：「昨天上午她就離開了，你還叫我阻止她出境。」

我不禁呆了半晌，頹然放下電話。

卓絲卡娃昨天就走了！這種情形，只說明兩個可能，一是事情與她無關，但我更願意相信是她行事佈置精密，一切計畫好了，她先行離去，她的計畫成功還是失敗，我們在事後就算肯定了是她，她也可以振振有詞地抵賴。

當然，不但我想到了這一點，白素和齊白也想到了，齊白的神情更是沮喪，三個人都不想說話。

過了好一會，白素才道：「東西現在不知道在什麼人手裡，或許已經立刻帶離此地，一點線索也沒有，我看還是要去找那個副院長。」

齊白煩躁地走來走去，我想起了濃煙才爆散之際一剎那間看到的情形，精神為之一振：「濃煙才一罩下來，你們可曾看到什麼奇異的景象？」

正在踱步的齊白陡然停了下來，一臉驚詫的神情：「原來你也看到了？我還以為自己眼花了，我看到的情景，就像……就像……」

在他不知道該如何形容時，白素接了上去：「就像放映電影，光柱投向濃煙，而濃煙起了銀幕作用，所以令人可以看到一些東西。」

白素這樣說，自然是她也看到一些東西，她的說法十分確切，在那塊合金上，每一個小平面射出的光芒如果射向一個幕的話，會有形象映出來，情形就像電影放映。

我們三人同時吸了一口氣，異口同聲問：「你看到了些什麼？」

我搶著道：「很難形容，色彩十分瑰麗，像是在飄動著的什麼布片。」

白素沉聲道：「我看到的是一個類似圓筒形的物體的部分，也很難說出確切的樣子來，那只是極短時間中的一個印象。」

白素說到一半，陳長青和溫寶裕也回來了，我向他們簡單地解釋了一下，他們也在一剎那間看到了一些景象，陳長青看到的，是一些閃耀著金屬光彩的尖角或突起物，溫寶裕看到的是一截類似圓棍狀的物體。

由那塊合金每一個小平面中投射出來的光芒，若是投射到了銀幕之上，竟可以形成不同的景象，我們五個人由於坐的位置不同，所以在一剎那間，從各自所坐的不同角度看到了不同的景象。

不過，我們雖然看到了不同的景象，卻都說不出所以然來，看到的全是一些不完整的東西，而且，那些東西一定都是我們不熟悉的，要不然，即使不完整，也可以知道那是什麼。譬如說，一把茶壺就算看不到整個，只看到了壺柄、壺蓋或是壺嘴，也可以知道那是什麼。

除了齊白之外，每一個人都說出自己看到了什麼，所以各人一起向齊白望去。

第六部：人腦和異寶有感應

齊白遲疑了半晌，才支支吾吾地道：「我不敢肯定……當時的情形那麼惡劣，但是……我認為……我看到了一隻……一隻人的手！」

我們都說不出看到那是什麼，但是齊白卻說得出來，難怪他遲疑了。我首先一怔：「一隻手？」

齊白道：「應該是一隻手！」

他一面說著，一面伸出自己的手來，我有點不明白他說「應該是一隻手」是什麼意思，請他作進一步說明，他道：

「就是這個形狀，不是應該是一隻手嗎？」

他說著，轉動著他的手。

自合金的小平面中投射出來的形象之中，會出現一隻手！對於這個現象表示了什麼，實在連猜也無從猜起。

陳長青嘆了一聲：「唉，那……真是寶物，可以作無窮無盡的研究，可惜……」

他連連搖頭，沒有再說下去。

自然，大家都知道他要說什麼，可是也沒有人接上，因為那令人不愉快之極。

齊白一拍桌子，站了起來：「我這就去機場，用最快的方法到莫斯科去！」

陳長青道：「你至少把身上的濕衣服換一換！」

齊白憤然道：「浪費時間，或許就在我換衣服的時候，恰好有一班飛機起飛！」

他奔上了樓，一下子就提著一個小提箱奔了下來，我在他向門口去的時候，追上了他：「我和你一起去！」

齊白沒有拒絕，也沒有答應，我和他一起上了車，由我駕車，在去機場的途中，我們都不出聲，因為異寶就在我們面前失去，誰也逃不了失敗的責任。

我思緒十分紊亂，在胡思亂想想些不著邊際的事，我想到那異寶，又能接收人的思想，又能影響人的腦部活動，在某種程度上來說，倒可以如齊白所稱的那樣：它是活的！

我又連想到，如果它真是活的，那倒好了，如果它真是活的，現在它不知道落在誰的手裡，身在何處，至少就可以發一個信號給我，我和它相處時間不算短，它不止一次接收過我的思想，應該相當熟悉，如果它可以給我一個信號，那麼要找到它，自然容易得多了！

我只是一個人在胡思亂想，由於我想的事看起來全然於事無補，只不過是在極度失望和懊喪的情緒之下胡亂想著，尋求一種發洩，所以我也沒有和齊白交換意見。

由於我心神恍惚，所以駕車也駕得大失水準，好幾次幾乎衝上人行道去。等到到了機場，齊白到航空公司的辦事處去詢問，我在外面等他。

我仍然在想著同一個念頭，突然之間，我忽然震動了一下。

這是奇妙而難以形容之極的一種感受。

我不能說我確切地接受了什麼訊號，如果真接收了什麼訊號，應該是有一種實在的感覺的，雖然不至於像聽到什麼、看到什麼那樣強烈，但總有一點感覺的。

可是，我這時沒有感覺——說沒有感覺，自然也不通，因為我真是感到了什麼，我感到的是，那寶貝離我極近！而且可以感到它所在的方向！

我迅疾抬起頭來，剛好看到在我不遠處，有一個人提著一件手提行李，樣子極普通。

但是這個人的動作卻引起了我的注意，當我望去之際，他已經完成了他動作的五分之四，他的動作是疾轉過身去。

他為什麼要急速地轉身？是不是因為他走過來看到了我，為了想避開我而轉身？如果是，他為什麼要避開我？因為他認得我？

我記不起什麼地方見過這個人，我急速轉著念，剛才有了那麼奇妙的感覺，由於這個奇妙的感覺，我才向這個方向望去，又看到了一個行動可疑的人。

難道真是那寶物給了我信息，告訴我它在什麼地方？

這種想法實在很無稽，可是我卻不願放過萬一有可能的機會。

那個人轉過身去，維持著正常的速度向前走，所以我很容易就追了上去，趕過了他，然後在他面前疾轉過身。

那是一個我從來未曾見過的東方中年男子。

我一轉過身來，就沉聲道：「你為什麼要避開我？」

那人十分驚駭，但是隨即恢復了鎮定：「我不知道你在說什麼！」

他如果一直震驚下去，由於我的行動是由十分無稽的意念而起，我或許會放棄。

可是他從震驚到鎮定，時間是那麼短，這表示他在應變方面受過極嚴格的訓練，他的樣子雖然十分普通，但他決不會是一個普通人。

這使我起疑，我立時道：「如果我告訴你，那東西的磁性太強，你根本通不過海關的檢查，你也說不知道我在說什麼？」

那人一聽得我這樣說，反應之奇特，倒也真出乎我的意料之外。

本來，我去找這個人的麻煩，全然沒有什麼實在根據，單憑著什麼不能算是感覺的一種微妙的感應，和多年來我的生活經驗告訴我，這個人的行動確然有可疑之處。如果他應付得法，若無其事，我也拿他無可奈何，可是我說的話令他感到了真正的震驚，所以他才會有那麼奇特的反應。

我的話才一出口，這個人立時以極快的速度向前奔跑，他並不是轉過身去逃走，而是在我身邊疾掠而過，向前奔出去。

這自然是受過訓練的逃跑方法，在緊急情形之下要逃走，要爭取十分之一秒甚至更短的時間。若是轉過身去逃走，轉身需要時間，轉身之後再蓄勢起步又會減少時間。

像這個人的逃走方法是直衝向前，我要去追他，就必須花時間來轉身，對他來說，就等於又爭取了時間，一來一去，他比較有利。

雖然他爭取到的時間不會超過兩秒鐘，但想想人類跑一百公尺可以在十秒鐘之內完成，兩秒鐘也足可以使他奔出二十公尺左右了，對於一個逃命的人來說，二十公尺可能就是生和死之間的距離！

我疾轉過身來，他已經至少在十公尺之外，而且，在這個距離之間，有很多人，而他繼續在向前奔去。

我自然立即追了上去，一面追上去，一面叫：「阻止他，阻止他。」

這是最有效的方法了，當有一個人在前奔，而後面有一個人在追他，群眾之心理是：在前面奔的那個一定不是好人，所以後面追的人只要一叫，一定會有人見義勇為。

果然，我一叫，那個人的面前立時出現了幾個人阻住了他的去路，他用力推開了其中的兩個，可是這樣一來，反倒令得更多的人阻住了他的去路，而我又飛快地奔了上來，他再也無路可走。

這一追逐，機場大堂之中一陣混亂，那人喘著氣，面色極難看，可是卻立即鎮定，大叫道：「警察，警察在哪裡？」

剛才還在拚命逃走的人，忽然之間大聲叫起警察來，這倒很使旁觀者愕然，一時之間都向我望來，顯然弄不清我們之間的身分。

一聽得他叫警察，我就知道這傢伙不容易對付，也立時有了主意。所以，當兩個警官一出現之際，我搶先道：「請通知特別工作室主任黃堂，請他立即到機場來，同時看牢這個人，別讓他有任何小動作。」

那兩個警官一聽到我提到了黃堂，先怔了一怔，隨即答應著，一個已利用隨身佩帶的無線電通訊儀，把我的要求轉達出去。

那個人現出了十分氣憤的神情，厲聲對警官道：「這算是什麼，我登機的時間快到了，憑什麼扣留我。」

這時，齊白也奔了過來，我向他使了一個眼色，示意他不要出聲，由我來應付。

我道：「你現在有兩條路可走，一條是自動把東西拿出來，你上飛機去。另一條是準備接受在酒店中製造混亂的控訴。東西我們一樣可以在你的身上搜出來。」

那人的臉色陰晴不定，齊白用甚為疑惑的目光看著我，我則緊盯著那個人，那個人考慮了大約一分鐘，才從衣袋中取出了一隻盒子來，打開，在盒子中，就是那塊合金。

齊白一看到了他的寶貝，高興得又叫又跳，一下子就搶了過來。

我忙對那兩個警官道：「我們之間的糾紛解決了，黃主任等一會來了，我會向他解釋一切。」

同時，我伸手拍了拍那人的肩頭：「朋友，你是一個聰明人，不是事情十分奇特，你不會失敗，請不必把這件事放在心上。」

那人口唇動了幾下，沒有說什麼，轉身就向前走了開去。

兩個警官神色疑惑地望著我和齊白，我道：「我可以到你們辦公室去和黃主任通話？」

兩個警官帶著我們到了辦公室，找到了黃堂，解釋了幾句。

齊白一直把那塊合金緊握在手中，等到我們又上了車時，我才把經過的情形向他說了一遍，由衷地道：

「齊白，你說得對，它真是活的，它不願意落入搶奪者的手中，願意和我們在一起，所以它才給我通了信息，告訴我它在什麼地方。」

齊白喃喃地道：「太奇妙了，真是太奇妙了。」

我吸了一口氣：「事先，我曾胡亂想過，要是它能告訴我它在什麼地方那就好了，它果然做到了這一點。我要再不斷地想，要它告訴我，它究竟是什麼。」

齊白突然鬆開了手，盯著手中的「它」，而現出一種相當駭然的神情：「會不會會它根本是……生物？我們看來……它是合金，會不會它根本就是生物？」

我也不禁駭然：「不會吧，我們分析過它的成分，是鐵、鈷和鎳的合金。」

齊白道：「你把地球人拿去分析，也可以分析出金屬的成分來。」

我遲疑道：「可是……它全是金屬——」

齊白一下子打斷了我的話頭：「第一，光照射，證明它內部有我們不明白的東西在；其次，或許外星生物就全由金屬構成。」

我只好苦笑：「可是……它不會活動——」

齊白長長吸了一口氣：「這有思想，有感情，連你也承認它是活的！」

我無法完全同意齊白的說法，但是也無法反駁，所以，我只好保持沉默。

在警方駐機場的辦公室中，我已經打電話通知了陳長青，我們得回了異寶，所以，當我們回來時，陳長青又叫又跳，興奮莫名。

溫寶裕又被他家裡接回去了，白素在我和齊白離去之後不久離去，可是家裡沒有人聽電話，她也沒有說是到什麼地方去了。

於是，我們三個把異寶放在桌上，圍桌而坐。

失而復得，本來就足以令人高興，而且是在這樣的情形之下失而復得，那更是令人興奮，這異寶當然對我們有好感，才會通知我它在何處，人和一塊合金之間，居然會有感情的聯繫，這實在是匪夷所思，但卻又是實實在在。

望著異寶，齊白嘆道：「它需要很強烈的腦電波幾百個人同時發出，可惜我們只有三個人，而幾百人的大場面，只怕又引起混亂。」

陳長青埋怨我：「你至少應該弄清楚那傢伙是何方神聖，我們也好預防。」

我瞪了他一眼：「在當時的情形之下，只好先要他自動把東西拿出來，我又沒有真憑實據，說東西一定在他的身上，而且，我也無權搜他的身。」

陳長青還是不滿意，又咕噥著說了幾句，我也不去理會他，道：

「這東西的小平面上能發出光柱，而光柱又可以在銀幕上映出形象，齊白甚至看到了一隻手，那麼，這東西——」

陳長青要搗起蛋來，本領也真不小，他立時接了上去：「這東西，可以說是由腦電波控制的一具小型電影放映機。」

陳長青這樣說法，自然是大有譏諷之意的，我正想反唇相譏，但突然之間，我想到了一點，陡地吸了一口氣：

「這……寶物之中，蘊藏著某種資料，而這種資料，可以通過光線的投射而現出具體的形象。陳長青，它不是放映機，不會給你看到一部電影，但是能給我們它的資料。」

陳長青呆了半晌，不再出聲，齊白嘆道：

「問題還在這裡，它需要的動力不是磁力，不是電流，而是要強大的聚匯在一起同時發生的腦能量。這種腦能量，除了幾百人幾千人一起集中思想之外，不可能由別的方法得到。」

我揮著手，我有一個概念，幾百個人幾千個人聚集在一起，使腦部的思想活動趨於一致，也就是說，大家想著同一件事，腦能量只怕也不足以使一些物體移動或變形。

但是卓絲卡娃說過，她主持的實驗人體異常功能的過程中，就有一個人集中精神，就可以使物體移動、變形。這是不是說，有特異功能的人，一個人的腦能量就可以及得上幾千人，幾萬人，甚至更多？

如果是這樣，那麼，我們只要去找一個有特異功能的人就可以了。

我沉默了片刻，把我的想法提了出來。

齊白搖頭：「和蘇聯科學院合作？我不贊成。」

我道：「我的意思是，我們需要一個有腦活動特異功能的人——他能使自己腦部活動發射出比常人強千百倍的腦能量。」

陳長青嘆了一聲：「上哪兒去找這樣的異人？有了異寶，還要找異人！衛斯理，常人眼中，你也可以算是一個異人了，可是你沒有這樣的本領？」

我緩緩搖頭：「我沒有，但不等於沒有這樣的異人，卓絲卡娃就有不止一個。」

陳長青搖頭：「就算飲鴆可以止渴，我也寧願渴死。」

我有一個相當偉大的計畫，這時把它說了出來：「看來，要研究這東西，真的不是私人力量所能做得到，可以把它向全世界公開，甚至也歡迎蘇聯科學院一起參加研究——」

我的話還未曾講完，齊白已叫了起來：「不，寶物是我的。」

我皺眉：「你想在這寶物之中得到什麼好處？」

齊白翻著眼：「誰知道，或許是長生不老。」

我提醒他：「別忘了這寶物的上一代主人秦始皇，他可沒有長生不老。」

齊白悶哼一聲：「或許他不懂得怎麼用它。」

當他這樣說的時候，他已把那塊合金緊緊抓在手裡，像是怕我搶了去。

陳長青說道：「或許我們可以再來一次，租一個大球場，集中幾萬個人——」

我苦笑：「在經過了酒店的那一場混亂之後，你以為警方會再准我們進行大規模的集會？」

在我和陳長青說話間，齊白陡然叫了起來：「你們別吵好不好？我一定會想出辦法來的。」

我嘆了一聲，站了起來，這些日子來，為了研究這寶物，真是殫智竭力，使人的脾氣變得暴躁，再爭下去也沒有什麼意思，我們都需要最低程度的休息。

所以，我告辭離去，陳長青和齊白都有點心神恍惚，也沒有挽留我。

我回到家裡，白素還沒有回來，我也想不出她到什麼地方去，在書房順手拿了一本雜誌，翻了幾頁，卻又看不進去，老是想著那塊奇異的合金，感到它一定儲存著資料，也想把它的資料給我們知道，可是我們就是不知道如何才能得到它的資料。

過了沒有多久，電話響起來，我拿起電話，意外地聽到了卓絲卡娃的聲音：「衛先生，我在莫斯科。」

我「嗯」了一聲，卓絲卡娃接著道：「我失敗了，甚至不知道如何失敗的。」又道：「你能告訴我？」

我嘆了一聲：「院士，很難向你說明，你的行動其實天衣無縫，只不過因為極其偶然的原因，才使那東西不能落在你的手中！」

電話那邊，傳來了她一下長長的嘆息聲：「可能是天意，不過我還是堅持，那東西在你們手裡是研究不出什麼名堂來的！」

我心中陡然一動：「我需要特別強烈的腦能量，至少要等於一千個人或者更多人，而由一個人發出的，你知道有這樣的人？」

卓絲卡娃停了片刻：「你對腦能量有一點誤解，每個人都能發出同樣的腦能量，只不過不知如何去控制而已，懂得如何控制的人，就被視為有特異能力！」

我道：「我不想在理論上去探討，那太複雜了，我只是想知道，你有沒有這樣的人可以推薦給我！」

卓絲卡娃道：「有，但不能推薦給你，不過……不過……」

她遲疑著，我不知道她為什麼要遲疑，過了一會，她才道：「其實，你自己也可以做到這一點，我感到，你就是一個有這樣能力的人！」

我不禁苦笑：「你別恭維我了，我知道自己並沒有這個特異能力，我不能注視著一隻銅匙而使它的柄變得彎曲，也不能使物體在我注視之下移動。」

卓絲卡娃道：「你說的這種情形，是十分罕有的例子，就算集中十萬人也未必可以達到這個目的，但是，你並不需要那麼強大的腦能量，是不是？」

我吸了一口氣：「對，五百人集中思考的力量也足夠了。」

卓絲卡娃又靜了片刻，才道：「或許你不相信，我對那塊合金有興趣，純粹是……私人性質的，或者是學術性的，我只想揭開它的謎底來！」

我「嗯」了一聲：「在這方面，我們的目的相同，你說我們研究不出什麼來，那也未必，我們已經有了長足的進展。」

卓絲卡娃的聲音之中，充滿了興趣：「例如——」

我拒絕了她：「我不能告訴你，但我可以先答應你，等我們研究有了徹底的結果時，會告訴你一切。」

卓絲卡娃嘆了一聲：「那只好祝你們早日成功，衛先生，我感到你至少可以控制自己腦能量超過你平時幾百倍，別看輕自己！」

她掛上了電話，我發了半晌呆。

那場混亂由她主使，已經證實，她一再說我的腦能量可以在意志的控制下擴大，這是什麼意思呢？

我突然又想到：我曾想到要那合金給我訊息，結果果然得到了一種「感覺」，是不是在我想到這一點時，我腦部的活動不知不覺達到了可以和那合金有感應的地步？

這種想法令我十分興奮，我立時又想到：是不是可以再試一次？

卓絲卡娃長期從事人腦異常能力研究，所以她感到我有異於常人的能力？

思緒漸漸集中起來，我正是想著一件事：要再一次有那種極其微妙的感應。

我曾受過嚴格的中國武術訓練，訓練過程有一個步驟：集中精神，什麼都不去想，以利體內的「氣」的運行。

所以，我要集中精神去想一件事，很快就可以達到目的。

我不知道在這樣的情形下過了多久，看來至少已超過一小時，可是卻一點特異的現象都沒有，只有我在不斷地想著，也就是說，只有我的腦能量在不斷放射出去，而沒有接收到任何訊息。

我還想繼續下去，可是這時聽到了開門聲，白素回來了，我把坐著的椅子推向後，向書房的門口看去，看到白素走了上來。

她才在書房門口出現，就用一種十分訝異的神情望向我的身後。

她的這種神情，自然說明了在我身後有什麼奇特的東西，我連忙轉回身去，卻又沒有看到什麼，再轉回頭去看白素，只見她疑惑的神情還保留著。

我忙問：「你看到了什麼？」

白素指著窗子：「窗外，好像有……光芒閃著，你沒有留意？」

窗子上垂著竹簾，如果窗外有什麼光芒在閃動，隔著竹簾，的確可以看得到。

但是我剛才一直集中精神在想著那塊合金，根本沒有留意窗外的情形，這時一聽得白素那樣講，連忙走到窗前，把竹簾拉起了一些，向外望去，外面卻什麼也沒有。

白素這時也來到了窗前：「剛才像是有人在窗外劃著一支火柴，有暗紅色的光芒閃了一閃，可是一下就消失了！」

我吸了一口氣，心中思索著，白素笑道：「或許是路上有一輛車子駛過，車燈所發出的光，你為什麼樣子那麼緊張？」

我道：「因為剛才我花了將近一小時的時間，集中力量在想——」

我把剛才我在做的事向她說了一遍，白素搖頭：「你以為我看見的那一閃……是那東西發出來的？」

我的確是這樣想，但是我卻苦笑了一下：「當然不會是，那東西在齊白手裡相隔那麼遠，光芒會射到我這裡來，那還得了！」

白素揚了揚眉：「異寶可能有這種奇異的功能。」

我嘆了一聲：「混亂是卓絲卡娃製造的，她說，由於我有特異的腦活動能量，所以才令她失敗，她很不甘心，可是我自己又不覺得有什麼特別，我們五個人就曾試過，也不過令那東西只發出了一點光芒，遠不如幾百人集中來得強。」

白素抿著嘴，並不立即回答，來回踱了幾步，揚著手：「我在想——」

她顯然有了一個想法，可是卻還不是十分成熟，所以不知該如何開口才好，我不出聲，等著她開口。

過了一會，白素才道：「我在想，會不會幾個人在一起想著同一件事，所發出的腦能量可能增強，也可能因為互相干擾而抵消？」

我怔了一怔，我從來未曾想到過這一點。

我約略想了一想：「不會吧，事實證明，集中思考的人越是多，那東西的光芒越是強烈。」

白素笑了一下：「我的問題不夠具體，我是說，一個有著特異腦能量的人，和許多普通人在一起，他的特異腦能量反會受到削弱。」

我明白她的意思了，她是說，如果由我一個人想那寶物接收我的思想，可能比幾百個人更有效果。

這個假設是不是成立，只要試一下就可以，而在這以前，曾有一次，就是那一次，使我知道它在什麼地方，而把它奪了回來。

我大是興奮，一伸手拿起了電話，可是我又把電話放下：「我是不是有特異的腦能量，也只是卓絲卡娃的直覺——」

白素瞪大了眼：「你怕什麼，就算沒有結果，難道誰還會笑你？」

這倒是，我也不知道自己何以竟會有猶豫，我再度拿起電話，一響就有人接，證明齊白和陳長青兩人根本沒有休息。

接電話的是齊白，我先問：「怎麼樣，是不是有新的發現？」

齊白的聲音又疲倦又懊喪：「沒有。」

我把卓絲卡娃打過電話來的事告訴了他，又對他說了白素的設想。

齊白聽了，並沒有什麼反應，只是「唔唔啊啊」，我道：「你把那東西帶來，讓我一個人面對著它試上一試，看結果如何。」

齊白陡然哈哈大笑了起來：「衛斯理，聽了那蘇聯女人的幾句話，你就以為自己是超人？」

齊白的話，令我感到相當程度的惱怒。

我第一次拿起電話來又放下，就是由於感到齊白會有不友善的反應。

我沒好氣地道：「是不是超人，讓我試一試，有什麼壞處？」

齊白道：「你一個人對著異寶凝思，其他人要迴避？」

一時之間，我還不知道他這樣說是什麼意思，順口答道：「那當然。」

齊白陡然提高了聲音：「衛斯理，有一件事情你要弄清楚，雖然你把寶物找了回來，但是這並不代表你擁有它，它還是我的。」

一聽得他那麼講，我真是又好氣又好笑，罵道：「齊白，你在放什麼屁。」

齊白的聲音更高：「我說，我絕不會讓異寶離開我，它是我的，它——」

齊白講到這裡，陳長青多半是從他的手中把電話搶了過來，叫道：

「不必和這個盜墓人再說什麼，他的神經有點不正常，剛才他還懷疑我要獨吞那寶貝，由得他抱著那東西去死吧。」

我實在想不到會有這樣的情形發生，雖然我剛才離開時，齊白的樣子有點古怪。我忙道：「你設法留住他，我立刻來。」

我放下電話，急得連話也來不及向白素說，只是和她作了一個手勢，就奪門而出。

大約只是十五分鐘，我就趕到了陳長青家門口，才停下車，就看到陳長青滿面怒容站在門口。陳長青脾氣十分好，極少發怒，但這時，我來到面前，他還兀自氣得說不出話來。

我知道事情有點不對頭了，問：「齊白呢？」

這一問，把他心中的怒意全都引發出來，他用極其難聽的話一下子罵了齊白足有五分鐘之久，聽得我目瞪口呆。

陳長青最後的結論是：「總有一天，這王八蛋像烏龜一樣爬進古墓去的時候，給古墓裡的老女鬼咬死。」

我等他罵完，才搖頭道：「他走了？」

陳長青用力一拳，打在門栓上：「走了，他說再和我們在一起，那東西遲早會被我們搶走，還放了一大堆什麼匹夫無罪，懷璧其罪的狗臭屁，說歷來有寶物的人，若是不小心提防，只怕連性命也會丟掉。」

我皺著眉：「這……真是太過分了。」

陳長青道：「你叫我留住他，我可沒法留得住，他說要對付我一個人還容易，你一來，夾手夾腳要搶，他也抵抗不了。」

我苦笑：「他沒有說到哪裡去了？」

陳長青怒氣未盡：「去死了！真太氣人了，你向他提了什麼要求？」

我和他一面進屋子去，一面把經過的情形告訴他。

陳長青聽到一半，就「啊」地一聲，用力頓了一下腳：「原來是你集中精神在想！」

他叫了我一聲，捏住了我的手臂，激動得說不出話來。

我不知道他為什麼會這樣，只好望著他，等他解釋。

陳長青緩了一口氣：「你走了之後，我和齊白又研究一會，沒有什麼新意。那時，這王八蛋已經很不正常，一直把那東西緊握在手裡，而且，連我向他的手看上一眼，他也會陡然緊張，說些要我別想搶它之類的渾話，而且他一直在瞪著我，反倒是我，像是在極短的一閃間，看到被他緊握著的那東西閃過一下光芒，光芒從他指縫中透出來，很強，但很短。」

我深深吸了一口氣：「這是我集中精神的結果？是我腦能量所起的作用？」

看來是沒有什麼可能的事，尤其是那一下強光的閃動，竟會直達我的窗前。但是，在時間上來推算，倒十分吻合。

我沉吟不語間，陳長青又道：「他大概也有了一點感覺，立時低頭向自己手上看去，把緊握著的手指鬆開，忽然叫了起來：『我握緊它，它知道我握緊它，它知道！』我還沒有問他這樣說是什麼意思，你的電話就來了，這王八蛋就像瘋子一樣逃走了。」

我皺著眉，仍然望著他，陳長青一揮手：「我倒認為那一下閃光，正是你腦能量和它起了作用。」

我苦笑道：「多謝捧場。」

陳長青憤然甩著手：「那東西雖然怪，但是天下怪東西多的是，這傢伙，他再來向我叩八百個頭，我都不會再幫他。」

人。」

我嘆了一聲：「我看，他會再到始皇陵墓去，作進一步探索。」

陳長青真是被齊白氣壞了，又用力甩著手：「我已決定不要再見這個人。」

我笑：「你要見他，也不是太容易。」

陳長青瞪著眼：「換點有趣味的話題好不好？」

我沒有說什麼，並沒有再逗留多久，就駕車回家，白素聽我說了經過，也不禁駭然：「當然那東西十分奇特，可是齊白不是這樣的人啊。」

我笑了一下：「人會變的，或許他根本就是這樣的人，只不過我們對他的認識不深。」

白素沒有再說什麼，齊白不見了，而且把那東西帶走，雖然在開始的幾天，我仍然每天花一段時間去集中精神，希望得到一點「感應」，但是一無結果。

第七部：神仙境界天開眼

正如陳長青所說，世上有趣的，值得探索的事物不知多少，接下來的日子之中，自然而然將之淡忘。

直到相當日子之後，卓絲卡娃又打電話給我，問我是不是有了結果，我把發生的事告訴她，她道：「你能不能把發現那東西的地點告訴我？」

我考慮了一下，齊白對我們不仁，我們不能對他不義，所以我回答：「不能。」

院士道：「真可惜，不然，再到那地方去，一定可以找到另外一些相類似的東西。」

我苦笑了一下，她又道：「奇怪，你怎麼沒有去找一找的念頭？」

我嘆了一聲：「找不到的。」

她沉默了半晌，顯然是在揣摩我這句話是什麼意思。我絕對可以肯定，隨便她怎麼想，就算想破了頭，都不會明白那是什麼意思。

在停了半晌之後，她才道：「你沒有機會測試一下你的腦能力，十分可惜，我這裡有著世界上最先進的設備，如果你有興趣知道自己腦能量的強度，歡迎你到莫斯科來研究一下。」

我笑了起來，立即拒絕了她：「不必了，我想沒有什麼用處，至少，目前人類還未曾找到腦能量有什麼用。要弄彎一個銅匙柄，大可以用手。」

卓絲卡娃嘆了一聲：「是啊，真是落後，其實這應該被普遍利用，你明白我的意思嗎？腦能量如果被普遍應用，那就表示——」

我接了口：「那就表示，人可想怎麼就怎麼，進了車子，想車子發動，直駛，轉彎，停止，都可以通過腦能量控制儀來完成。」

卓絲卡娃的聲音之中透露著興奮：「就是那樣。就是那樣。」但是接著，她卻又傷感起來：「唉，這不知是何年何月的事，要是那東西……能供我詳細研究，肯定可以使理想實現的日子提前。」

我聽得她這樣說，也不勝感慨。對她的話，我並無懷疑，因為那塊合金確然有接收腦能量控制的作用，交給她去研究，自然可以逐步弄明白。看來，她倒真是熱衷於研究科學，雖然她在酒店中製造了這樣的混亂，手段實在卑鄙。

我也嘆了一聲：「相信是。」

她又提出了要求：「如果事情有進展，請和我聯絡。」

我十分誠懇地道：「一定。」

這次通話，可以說相當愉快，作為一個畢生從事這方面研究工作的人，那東西才真是名副其實的異寶，比起齊白，只想在那東西上弄點什麼好處來，卓絲卡娃的人格比齊白高尚。

而齊白音訊全無如故，一天和白素說起來，白素閒閒地道：「齊白一定又到秦始皇陵墓上面去了，你要找他，可以到那裡去找。」

我悶哼了一聲：「才不去，誰想和這種人再打交道，認識那麼多人，最洩氣的就是他。」

白素笑了一下：「卓老爺子不是還在那邊蓋什麼獸醫學院嗎？可以托他手下的人留意一下，齊白那邊總要和人接觸的。」

我搖頭：「不必了，而且齊白也不一定和人接觸，他的生存能力十分強，他可以像地鼠經年累月藏在地洞裡。」

這種不經意的交談，說過就算，這期間，另外有一件事，說奇不奇，說不奇，卻又奇到了極點，占據了我相當多時間，還沒有什麼進展。

那天晚上，我才從外面回來，一進門，就看到客廳裡坐著一個人，白素正在陪他講話。

白素抬起頭來：「看看是誰來了？」

那人這時也站了起來，是一個精神奕奕的青年人，他叫鮑士方，是卓長根手下兩個得力助手之一。我立時向白素望去，因為前些時，我們提及過請卓長根那方面的人留意一下齊白的下落，我自然想到：鮑士方是應白素邀請而來。

白素明白我望她一眼的意思：「鮑先生自己來的，有點事要說給我們聽。」

我走前幾步，和鮑士方握著手。

鮑士方笑著：「衛先生，你關於始皇陵墓的設想真精彩。」

我搖頭：「那不是我的設想，是事實。」

鮑士方笑得相當大聲：「事實？真有人幾千年不死，成為活俑，現在不在陵墓之中？這種……事實，實在很難叫人相信。」

我沒好氣：「從來人就不相信事實，反倒相信謊言，你不信算了。」

鮑士方搔著頭：「不過卓老先生怎麼突然失蹤，突然又出現，也真是一個謎。」

我笑了起來：「你也可以運用你豐富的想像力，去作幾個設想。」

鮑士方搖頭道：「我不是這方面的專家，對了，我向你提供一個幻想故事的材料。」

我不禁皺了皺眉，我很討厭人家向我作這種提供，由於一般人認為可以作幻想故事的事，十之八九無法應用。

鮑士方沒有留意到我的神情，興致勃勃地道：「這個故事，可以作『奇異的海市蜃樓』，十分——」

我打斷了他的話頭：「海市蜃樓十分普遍，可供幻想的成分並不多。」

鮑士方叫了起來：「可供幻想的成分不多？你記述過，一個船長拍攝到了海市蜃樓中一個美女的照片，從此廢寢忘食地想去尋找她的經過？」

我「哼」了一聲：「是，這件事的結果無趣之至，現實和幻像之間的距離竟是如此遙遠。」

鮑士方仍然十分熱衷：「最近，我一連兩次看到了海市蜃樓景象，可是奇怪的是，那是在常識中絕不應該出現海市蜃樓現象的地方。」

我笑道：「從來也沒有什麼規定的地方才能出現海市蜃樓，只要是海邊和沙漠，就可以有這種現象。」

鮑士方用力一拍大腿：「我說奇異就奇異在這裡，我是在卓老爺子當日失蹤那處附近，看到了海市蜃樓。」

我怔了一怔：「不可能吧。從來也未曾聽說過關中地區，又有高山又不是沙漠，會有海市蜃樓出現？你多半是眼花了。」

鮑士方笑著：「人會眼花，攝影機可不會眼花。」

我「哦」地一聲：「你把景象拍下來了？」

他點了點頭，順手拿起放在茶几上的一疊相片，那疊相片是早放在那裡的，當然是他一到，就取出來給白素看過了。我瞪了白素一眼，怪她早不和我說，白素微微一笑，像是反在說我過早地武斷。

我伸手在鮑士方的手中接過了照片，一看之下，就不禁呆了一呆。

照片是即拍即好的那一種，在照片上看來，看不出什麼名堂，照片的背景，是白茫茫一片，而在白茫茫的一片之中，又有著相當瑰麗的色彩，組成無以名之的圖案，或者說，只是由色彩組成的條紋，那情形，就有點像隨意塗抹上去的顏料。

總共十來張照片，每一張照片上的情形都大同小異，這種情景，與其說是

「海市蜃樓」，倒還不如說是南北極上空的極光來得妥貼。然而，在中國大陸的關中地區若是有極光出現，那更加不可思議了。

我一看之下，就有怔呆之感，是因為照片上所顯示的情景，我像是相當熟悉曾經見過，可是一時之間卻又想不起。

我一面思索著，一面看著，心中疑惑越來越甚，問鮑士方：「這一片白茫茫的——」

鮑士方道：「是濃霧，很濃的霧之中見到這些情景。」

我不敢太武斷，但仍然不免用充滿了疑惑的口氣問：「在濃霧之中看到海市蜃樓的景象，這好像和科學上對海市蜃樓的解釋絕不相符。」

鮑士方道：「是啊，這才叫奇妙，不然，就是普通的情形了。」

我向白素望去，她一直沒有表示什麼意見，卻見她仍然微笑，胸有成竹，顯然她已想到了什麼，只是暫時不說出來。

鮑士方又問：「是不是很值得研究？我已經準備好了，下次再有這樣的情景出現，我就用電影攝影機把它的過程全都拍下來。」

我指著照片：「你是說，景象會變化？」

鮑士方道：「變得好快，如果我不是知道自己身在何處的話，我一定把它當作極光。」

我又想了一想：「這種現象，我看並非屬於海市蜃樓的範圍，看起來，和……峨眉峰頂可以看到的所謂『佛光』倒有幾分相似。那也是由於光線的折射而形成的，多數在雲霧之中發生——」

我才講到這裡，就陡然想了起來，為什麼我一看到這些照片就有熟悉之感。

我感到相當程度的震動，而且立時向白素望去，因為我同時想到，她一定早已想到！

我望向她，她點了點頭。

我吸了一口氣，一時之間，實在不知說什麼才好。我在一剎那間想到的是，當那次五百人的大集會中突然發生了意外，當濃煙罩下來的時候，我們都曾看到自那合金的平小面中射出來的光柱，在煙霧之上，形成了難以形容的形象。

這情形和鮑士方在濃霧之中看到並拍攝下來的形象基本上一樣！

那也就是說，鮑士方所看到的不是極光，也不是什麼海市蜃樓，而是濃霧起了銀幕的作用，有什麼東西發出了光芒，射出濃霧所現出來的形象。

那發出光芒來的東西是什麼呢？可以是一具電影放映機，但是我更願意相信，就是那塊合金——齊白帶了那塊合金離去，而白素一直判斷齊白到始皇陵墓去了，那正是鮑士方看到這種形象的地方。

過了一會，我的思緒才從紊亂震驚之中解脫出來，吸了一口氣，問白素：「怎麼辦？」

白素似乎也決定不了怎麼辦，只是緩緩搖了搖頭。

這時，我們心中所猶豫的，是同一個問題：是不是要把事情的始末告訴鮑士方？

鮑士方顯然不知道我們為什麼忽然之間態度會變得如此神秘，所以他瞪大了眼望著我們，也不知道說什麼才好。

我想了一想，才問他：「看到過這種奇異現象的人有多少？」

鮑士方笑道：「我沒有去查訪，但據我所知，只有我一個。」

我覺得十分訝異：「怎麼會呢？你用海市蜃樓來稱呼這種現象，它應該出現在空中，那一定很多人可以看得到。」

鮑士方道：「兩次，我看到這種奇異景象時，都是在凌晨四時左右，霧又十分濃，我恰好在那個方位，所以可以看得到。離得稍微遠一點，可能就看不到了，而且，那時人人都在睡覺！」

我問了一句：「你那麼早起來幹甚麼？」

他嘆了一聲：「為了要使那裡的人維持普通人的工作水準，必須讓他們知道人應該怎麼工作。」

我「哦」了一聲，這個答案，有點接近滑稽，他又道：「我和一些人說起過，尤其是當地人，可是都被他們笑，他們非但從來未曾見過海市蜃樓，連聽都沒有聽說過有這麼一回事！只有一個老人家——」

他講到這裡，頓了一頓：「只有一個老人家，他的話，聽來倒有點意思。」

我和白素異口同聲問：「那老人家怎麼說？」

鮑士方學著那老人的口吻，用的居然是道地土腔：「照你這樣說，這倒有點像『天開眼』，不過一輩子撞上一次已經不得了，你倒撞上了兩次，下次再撞上，許個願，神仙會叫你如願的。」

我和白素呆了半晌。中國各地有著無數各種各樣有關神仙的傳說，大都極富幻想，這種傳說，也不一定是有什麼人創造的，只是在經年累月，長時間的流傳之中，逐漸豐富內容，所謂「天開眼」，也是這眾多的神仙傳說中的一個。

「天開眼」的傳說，內容大抵如下：天上的神仙，每隔一個時期（或一年，或三年，或十年，甚至更久，各地傳說不一樣），就會把天門敞開（傳說中的「天門」不知究竟是什麼樣的，反正平時是關著的，開或關的權力，控制在神仙之手。也反正決不會是一座牌坊，上書「南天門」三字），讓凡間的人有機會可以看到。

這種神仙敞開天門的行動，就叫著「天開眼」，據說，碰上天開眼的人，立時可以向神 仙提出願望，神仙就可以使願望實現。

這種傳說，由於它的普遍性，所以「天開眼」一詞也被廣泛地應用在北方的口語之中，只要天開眼，就可以如願以償，有仇報仇，有怨報怨，有恩報恩……等等。

鮑士方遇到的那個老人，用「天開眼」來形容他遇到的情形，乍一聽很怪異，但是仔細想一想，卻又大有道理。

傳說中，天開眼照例是天上忽發異光，接著是霞光萬道（神仙和光芒分不開），也不是在一剎那間人人都可以看得到，要有緣的才能，無緣者無由得見。往往幾千人在一起，只有一個人可以看得到，這個人福至心靈，跪地膜拜，別人還不知道他在發什麼神經哩！

這時，我所想到的，傳說的這種「神仙只渡有緣人」的說法，如果用現代一點的語言來說，那可以說成這樣：「神仙」要凡人看到他時，運用某種能量發出訊號。而這種訊號，由於人腦部活動不一樣，並不是每一個人都可以接收得到的，少數人接收到了，就可以看到「神仙」，那就是有緣人。

這情形，就像性能不好的收音機，無法接收到遠處發射出來的無線電波，自然聽不到聲音，但是性能好的，自然容易接收。

人本有智、愚之分，智或愚，都由人腦部的活動來決定，也可以說，人的腦，也生來就有性能好的與性能不好的分別！

如果循著這條路子設想下去，那麼，「神仙」是什麼呢？何以他不直截了當給人看到，而只有「有緣人」才能見到他？是不是「神仙」和凡人在溝通方面，還存在著某些連神仙也未能突破的障礙？

似乎越想越遠了，除非真認為鮑士方所看到的現象，就是傳說中的「天開眼」，不然再設想下去雖然趣味盎然，但是和整個故事沒有關連。

當我的思緒越想越遠之際，鮑士方大是興奮地問：「衛先生，這種情景，真有可能是天開眼？」

我無法作出結論來，只是緩緩搖著頭。

鮑士方又道：「請原諒，我不相信那種傳說。根據你一貫的說法，如果用外星人來替代神仙，每隔一個時期，能使某幾個凡人見到他們的是外星人，而不是神仙，這倒很有意思。」

我還在玩味著他的話，白素已經道：「神仙，或外星人，只是名稱上的不同，可以二而一，一而二。」

鮑士方興致勃勃：「那樣說來，我看到的是外星人？或者是外星人想和我作溝通的一種訊號？」

我仍然緩緩搖著頭：「難說得很——」

鮑士方說：「是啊，你在這裡單聽我說，只是看看照片，很難有定論，不如你到實地去看看。你仍然可以用上次進去的身分，沒有人會知道你是什麼人。」

我聽得他這樣講，不禁怦然心動，向白素望去，白素點了點頭。我道：「好，你什麼時候走？」

鮑士方道：「明天，我替你準備，我們一起走。」

我又想了一想：「好，明天一起走。」

鮑士方十分高興，告辭離去。他走了之後，白素就道：「把這種景象和天開眼的傳說聯繫起來，倒真是有意思。」

我又想到了一點：「那東西，我們一直假設它是一種什麼裝置的啟動器，會不會它……它是……」

由於我的設想實在太大膽，所以我遲疑了一下。

我遲疑了一下才說出來：「會不會它就是開啟天門的啟動器？」

白素微微震動了一下：「所謂『天門』又是什麼？總不成是天上的一扇門？」

就像我自己在作設想時曾想到過的問題一樣，天門是什麼呢？

我想了一想：「我想，那是象徵式的，總之，通過那東西的作用，可以在天上看到神仙！」

過了一會，白素才問：「你去，準備如何行動？」

我道：「先找齊白。那種景象十分有可能就是他通過了那東西弄出來的。」

白素「嗯」了一聲：「我也這樣想，不過你不必和他起衝突，他想在神仙身上得什麼好處，就讓他去好了。」

我哈哈笑了起來：「自然，我又不是沒有到過神仙境地，能和你在一起，才真正是神仙。」

白素狠狠地白了我一眼，神態嬌媚如少女，看得我心情舒暢，開懷大笑。

第二天中午，鮑士方就通知我，一切都準備好了。反正他的機構請了許多工作人員，隨便給我一個什麼名義，誰也不會多問什麼。

傍晚啟程，午夜時分，轉搭直昇機去目的地，在直昇機上，發現當地霧十分大，我和鮑士方在機上，我心中一動：「這架直昇機在送你到目的地之後，我要用它來找尋一個人。」

鮑士方用疑惑的神情望著我，又伸手向上指了一指：「用直昇機可以飛上去見神仙？」

我知道他誤會了，不過也懶得解釋：「當然不是，你把直昇機留給我用就是了，我自己會駕駛。」

鮑士方立即答應，和正副駕駛說了，兩個駕駛員用不信任的目光打量著我，我也不去理睬他們。

把鮑士方送到了目的地，已是凌晨三時，我向鮑士方約略問了一下他發現那種奇異景象的地點，就駕著直昇機騰空而上。

我的目的，是想利用直昇機居高臨下的優勢，把齊白找出來。

這是假定鮑士方看到的異象，是由齊白的那塊合金所發出來的，如果我也能在濃霧之中見到這種現象，那自然再好不過，就算看不到，那塊合金會在人腦活動的影響下發出光芒，在空中尋找，自然也要容易得多。

我駕著直昇機，飛了半小時左右，已遠離建築工地。我知道下面的大地，不知多少厚黃土之下，就覆蓋著神秘莫測的始皇陵墓。一切不可解的現象，都從那裡來的一塊合金開始。

霧看來極濃，不過，在一片漆黑之中，霧濃或淡都無關重要，反正是什麼也看不見。

我儘量把直昇機的高度降低，這一帶全是平地和草原，低飛並不影響安全。我先是選定了一個目標，然後兜著圈，令圈子漸漸擴大。

約莫一小時，我看到了前面，在黑暗之中有光芒閃耀著，看起來是模模糊糊的一點。

漆黑的環境有一個好處：有一點微弱的光芒，就可以看得見。

我不能斷定那一點光芒是什麼，可能是牧羊人帳幕中的一盞油燈，也可能是一個趕夜路的人手中的電筒。當然，我心中希望那是齊白的那塊合金。

我飛過去，看到那光芒一直在閃動著，但是到了直昇機最接近的時候，光芒卻突然消失，如果光芒一直持續著，我還不會這樣興奮，如今光芒突然消失，卻使我大是高興。

因為那光亮若是齊白弄出來的話，自然怕人發現，所以光芒才會消失。我假定齊白就在那點光亮處，為了不驚動他（這傢伙，機靈得像野兔），我先駕著直昇機飛了開去才降落。

然後，我根據記憶向前走。

在這裡，我犯了一個估計上的錯誤，直昇機飛去只不過四五分鐘，可是距離卻已經相當遠，要步行回去，得花一小時以上。

霧在天快亮的時候更濃，露珠沾在頭髮上，衣襟上，全變成了一小滴小一滴的水珠，而且很快就令得衣服濕透，十分不舒服。

我在考慮著，是不是要用別的方法去接近，例如逕自在那光芒附近降落。但當我想到這一點時，向前走和向後走都差不多路程了。

於是，我繼續向前走著，沒多久，太陽昇起，濃霧迅速消散。一大團一大團的濃霧宛若萬千重輕紗，被一雙無形的大手迅速一層層揭開，蔚為奇觀。

太陽的萬道金光照耀大地，霧已經完全沒有了，濕透了的衣服也漸漸變乾，我也看到了在前面一個小土丘上，有一群羊正在低頭啃著草，一個牧羊人抱住了一隻看來像是患了病的羊，在拍打著。

在小土丘上，有一個帳幕，帳幕本來是什麼顏色的，已不復可尋，事實上，如今是什麼顏色的也難以形容，總之十分骯髒。

那牧羊人也看到了我，用疑惑的神情望定了我，我逕自向他走過去，看到他至少已有六十上下年紀，滿面全是皺紋，一副飽經風霜的樣子。

我和牧羊人打了一個招呼，他點了點頭，嗓子沙啞：「工地上的？」

我點了點頭，向他身後的帳幕打量了一下，看到有一盞馬燈掛在外面。我不禁苦笑了一下，若是我看到的光芒就是這一盞馬燈發出來的，那才真是冤枉，在這樣的濃霧之中走了一小時路絕不愉快。

我遲疑了一下，問：「老大爺，你常在這裡放羊？」

那牧羊人一口土腔：「也不一定，哪裡合適，就往哪兒擱。」

我又問：「你有沒有見過一個人……」我把齊白的樣子形容了一下：「他可能在這一帶出現。」

牧羊人一面聽，一面搖頭，我又道：「你有沒有見過，在濃霧裡，有很美麗耀目的光彩顯出來？」

牧羊人仍然搖頭，反問我：「你是調查的？那……你要找的人，是壞分子？」

我沒有回答這問題，搖著頭，轉過身，準備走回直昇機去，先回到工地休息一下再說。

可是就在我一轉身之際，我先是陡然一怔，接著，我忍不住「哈哈」大笑了起來，一面轉過身來，指著那牧羊人：「齊白，你的演技可以把任何人騙過去，可是騙不過我。」

牧羊人陡然一怔：「你說什麼？」

我嘆了一聲：「別再裝下去了，我已經拆穿了你的把戲，恭喜你又有了新的成就，放心，我絕不會沾你半分寶氣，只是想來幫助你。」

牧羊人呆了半晌，才嘆了一口氣，恢復了齊白的聲音：「我真服了你，你是怎麼看出來的？什麼人都沒有懷疑過我。」

我笑著：「總之有破綻就是了，先不告訴你，齊白，你真是太不夠意思了。」

齊白鬼鬼祟祟壓低了聲音，雖然可能在十公里之外一個人也沒有，他走前了幾步，指著插著一根樹枝的地方：「看。」

我循他所指看去，看到那樹枝插在一個小洞上，那洞不會比高爾夫球場上的洞更大。他道：「就是從這裡打下去，到那個墓室的。」

我問：「有沒有再發現什麼？」

齊白十分懊喪地道：「我第一次下手時太大意了，把一些可以取到的東西弄到了地上，它們掉到石桌下，沒法子弄上來，可是我可以肯定下面還有寶物，和我的異寶有感應。」

我笑了起來：「是啊，傳說中很多寶物是分雌雄陰陽的，你到手的異寶，可能只是一對中的一個。」

齊白瞪了我一眼，嘆了一聲：「進帳幕來坐坐再說，你來了也好，一個人真寂寞，不知道有多少話，只好自己對自己說。」

我彎腰進了他的帳幕，他的喬裝徹底之極，帳幕之內就是那麼髒亂，而且充滿了羊羶氣。

一進去，齊白先嘆了一聲，望著我：「你們不能怪我，因為我實在太緊張，這寶物……寶物……」

我向他揚了揚手，示意他不必說下去，我可以體諒他的心情，但是我還是說了一句：「以後你若再見到陳長青，最好小心一點。」

齊白苦笑著，我把話題帶到正事上：「到這裡來之後，又有什麼新的進展？」

齊白抿著嘴想了一會：「本來，我想在墓室中再弄點什麼出來的，可是沒有可能，我就一個人集中意志力，用我的腦能量去影響它，開始並沒有什麼新的發現，有一次，偶然地，我把寶物放在那個洞口，那是我用『探驪得珠法』打出來的，直通墓穴之中，就……就……」

我忙道：「就怎麼了？」

齊白吸了一口氣：「很難形容——」

他說到這裡，探頭向帳幕之後，鬼頭鬼腦張望了一會，才道：「很難說，白天……怕被人發現，晚上你再來，我們一起試驗。」

我瞅著他，似笑非笑地道：「你又想開溜。」

齊白現出了一副十分冤枉的樣子來：「我可以把寶物交給你。」

我也不知為什麼，只是一種突如其來的感覺，而在這種感覺之下，我自然而然指著帳幕一角一隻看來十分破舊的茶壺：「好，那就拿出來給我。」

我這樣說，連我自己也不禁有點訝然，齊白更是直跳了起來，望著我，神情如見鬼魅：「你……你怎麼知道我……把異寶……放在那茶壺之中？」

我道：「我不知道。」

我這樣的回答，自然不合情理之極，但當時除了這樣的回答，沒有別的話可說，因為我確然不知道齊白把那異寶藏在什麼地方。但是，我剛才卻又自然而然向那柄破茶壺指了一指，指出了他藏寶的所在。

這一切，都不是由於我「知道」，而只是由於我陡然有了感覺，感到異寶是在那柄破茶壺中，這種感覺，就像是上次我在機場時，感到異寶是在那個人的身上一樣。

我講了一句「不知道」，齊白惘然，我已經又想了不少，所以，我接著又向那柄破茶壺指了一指：「它告訴我的，我想，是它告訴我它在什麼地方的。」

剎那之間，齊白的臉色真是難看到了極點，他臉色刷白，額上的青筋暴綻，一面瞪著我，一面又指著我，厲聲道：「衛斯理，有一件事我們要先弄清楚——」

我本來還想開開他的玩笑，逗一逗他，可是看這情景，這玩笑是不能開的了，再逗下去，可能會弄出人命大案來。

第八部：腦能量大放異彩

所以，不等齊白說完，我立即十分認真地接上去：「再清楚也沒有，異寶是你的。」

他聽得我這樣說，還是愍了片刻，才長長吁了一口氣，神情也緩和了許多，隔了一會才道：「真奇怪，你對寶物……的感應，好像還在我之上。」

我自己也有點犯疑，我道：「看來是，或許，那是我腦部活動所產生的能量比尋常人，比你，幅度更來得強烈。各人體質不同，每一個人的腦功能並不一樣，有的功能極強，有的較弱。」

齊白遲疑著道：「怎麼會呢？我們不是在一起試驗過嗎？」

我道：「進一步思索的結果，白素認為有可能我和你們一起集中力量思索，我發出的腦能量反而受到你們的干擾而削弱。卓絲卡娃也認為我的腦能量可能高出常人許多。」

齊白抿了一回嘴，不出聲，然後，才看來不是十分太情願地走過去，揭開那柄破茶壺的蓋，倒出了那件異寶，我忍不住脫口道：「老朋友，別來無恙否？」

那塊合金自然不會回答我，齊白卻又瞪了我一眼，像是我一直在侵犯他的權益。這也難怪他，異寶是他千辛萬苦弄到手的，現在看情勢，我和異寶之間的關係比他還要好，那就像自己的女朋友反而去向別的男士獻殷勤一樣，任何人心裡都難免不高興。

他又遲疑了一下，才把異寶交在我的手中，我看到他這樣子，索性大方些，把異寶放在手中捏了一下，還給他：

「不必抵押了，我相信你。齊白，真的，晚上我來作試驗，一定會有新的突破，而且，還有一些奇異的現象，我和你說說。」

我的說話十分誠懇，最主要的，自然還是我肯把異寶還給他，這使他十分感激，心道：「是啊，你為什麼來的？」

我笑道：「還不是給你弄出來的奇景引來的？」

齊白大是愕然：「弄出的奇景？」

看他的樣子，他不像是假裝的，但這也真令人驚訝，連鮑士方都看到了那種奇景，難道齊白反而看不到？又難道那種奇景不是他弄出來的？

看他愕然的情形，我把鮑士方看到的情景，和我們在煙幕中看到相類似等經過，對他說了一遍。

齊白的神情沮喪之極：「我……為什麼沒有看到？那種異彩一定是寶物放出來的，可是我……為什麼沒有看到？」

我想到了一些古老的傳說，可是怕刺激齊白，所以沒有說出來。

誰知道齊白反倒說了出來：「中國的許多傳說中……有慧眼的人隔老遠就能看到什麼深山之中寶氣上騰，那地方就一定有著奇珍異寶。或者是和寶物有緣的人，寶物也會放出光芒來讓他看到，是不是我……既沒有慧眼，也沒有緣？」他在這樣說的時候，神情沮喪之極。

我安慰他道：「不會吧，連攝影機都拍下來了，你當時或許太全神貫注，只是望著那東西，沒有抬頭看，自然看不到你頭上出現的奇景。」

我也知道自己這樣的解釋相當勉強，齊白苦笑了一下：「所謂慧眼，或是有緣，衛斯理，我想就是人腦的感應力量，像你可以感到我把東西藏在哪裡，寶物發出的訊號能接收到的，自然就變成有緣或是有慧眼。」

我也作過同樣的假設，但是攝影機拍攝到了，他實在是沒有理由看不到的，若說是那東西故意不讓他看到，那更說不過去，我想了一想，也不敢說出來，怕他聽了會傷心欲絕。

他又呆呆想了一會：「放出那麼大片的異彩，那表示什麼？」

我道：「難說得很，或者，是它試圖組成一個什麼形象給我們看，可是由於它接受的腦能量不夠，所以無法組成畫面，只是一團凌亂的色彩，這情形，就像是電視機在接收不良的情形下，現不出正常的畫面來一樣。」

齊白突然緊張了起來，伸手抓住了我的手臂：「如果能量足夠，它會給我們看到什麼？」

我也受了影響，也變得有點緊張：「誰知道，或許我們可以看到外星人來到地球的全部過程。」

齊白深深地吸了一口氣：「天一黑，你就得來，不能不來。」

我笑了起來：「我還怕你又逃走呢。」

他有點靦腆地笑了一下，陪著我一起走出了帳幕，忽然問：

「我的一切裝扮明明天衣無縫，你怎麼一下子就知道我是假冒的，也是……也是……它告訴你的？」

我忙道：「不，不。」

我一面說，一面指著地上燒剩了的一塊篝火：「這叫你現了原形，當地牧羊人，土語叫攔羊人，燒篝火有一種特殊的堆枯枝的手法，和你堆疊的方法完全不一樣，所以一看便知。」

齊白伸手在自己頭上重重打了一下：「真是，百密一疏，再也想不到在這上頭出了漏子。」

他講話還在學著當地的土腔，我不禁笑了起來。和他告別，我向直昇機走去，一面走，一面在想著齊白的問題：那東西會給我們看到什麼景象？

來到了直昇機旁，有幾個牧羊人好奇地圍在機旁，看到我走了過來，就不斷向我問長問短。

我一面回答著他們的問題，一面反問他們：「這幾天，是不是天天起大霧？」

其中一個道：「是啊，夏天的霧，中夜就起，越近天亮越濃，日頭一出也就散了，只要第二天是好天，夜來一準起霧。」

我抬頭看了看，滿天碧藍，萬里無雲，今天晚上再起霧，一定沒有問題。

在閒談中，我不便明問，只是一再把話題引向鮑士方看到的奇異景象方面去，可是這些牧羊人分明沒有見到過這種異景，不然，在我的誘引之下，他們早已講出來了。他們還告訴我，霧濃的時候，怕羊群走失，所以都把羊攔在圈子裡，牧羊人自然不會到處亂走。

我告訴他們，直昇機起飛的時候，會發出很大的聲響和強風，最好把羊群趕開去，他們立時揚起鞭子來，吆喝著，趕著羊群離開。

等他們離開了有一段距離，我才駕機飛向天空，在上面看下來，還可以看到他們一個個抬高頭，在看著直昇機。

我心中想，對這些一輩子只在這一區域中牧羊的人來說，直昇機自然新奇，在他們的心目中，一個直昇機的駕駛員和一個駕著太空船來到地球的外星人，只怕也沒有什麼分別。

直昇機在工地降落，鮑士方已替我準備了相當舒適的休息地方，只是工地上各種各樣的聲音，匯集成了十分驚人的噪音，若不是真正疲倦，根本沒有法子睡得著。

鮑士方忙得不可開交，幾乎大大小小的事都要來找他，他和我只不過說了幾分鐘的話，已至少有七八個人在房間外面探頭探腦找他有事商量，我令他自己去忙自己的，好好地洗了一個澡，躺了下來，居然睡了三個小時之久。

我在等著天黑，一面等，一面到處溜達著，東看看，西看看，又向鮑士方要了一輛吉普車，把直昇機還了給他。

等到太陽偏西，我就帶了酒和食物出發，一直向前駛去，天色很快黑了下來，駛離工地沒有多遠，已是人煙稀少，再向前駛去，在暮色蒼茫之中，簡直有天地間只有我一人一車的感覺。

天還未黑透，我就來到了那個小土丘上，齊白十分高興地迎了上來，帶著我，來到他打出來的那個小孔之旁：「怕我干擾你的腦能量？我是不是遠遠避開去？」

我笑道：「當然不必，你只要不集中精神去想就可以了。」

齊白把那東西取出來，鄭而重之地放在那個小洞旁，把插在小洞口的樹枝取走。這時的情形，真有點像一隻高爾夫球在洞邊，只要輕輕一撥，就會跌進洞去。

齊白道：「那次，我就是把它放在洞口，然後集中精神的。」

我吸了一口氣，這時，天色雖然已經相當黑了，但是還沒有起霧。

齊白後退了幾步，坐了下來，我盯著那東西集中精神，這次所想的，不是想它發光，而是想它和下面墓室中的東西有聯繫。

開始的時候，什麼反應也沒有，天上星光稀疏，下弦月還未昇起，天色相當黑，約莫在十多分鐘之後，齊白「啊」地一聲：「你比我快多了，看那小洞！」

我向他作了一個手勢，示意他不要打擾我，這時，我也看到了，在那個小洞之中，有一股暗紅色的光芒透出來，一閃一閃的，像是下面有一個火把在搖晃著。

我更集中精神。不斷在想：「寶物啊寶物，要是你和下面的東西有什麼聯繫，就請儘量發揮你的力量！」

又過了十分鐘，自小洞中射出來的光芒漸漸加強，在黑暗中看起來，簡直像是在地上，放著一隻手電筒，當然，光芒還是不如電源充足的手電筒那麼強，而是帶著一種暗紅色。

雖然有光芒自那個小洞中透出來，可是絕對無法弄明白在下面發光的是什麼東西，那個小洞的深度越過三十公尺，無法看到下面有什麼。

齊白一直在喃喃地道：「天！下面不知還有多少異寶，不知還有多少異寶！」

他對盜墓有狂熱，明知下面墓穴之中不知有多少異寶在，卻又無法到手，那種抓耳撓腮的神情，看起來也相當可憐。

奇的是，小洞中有光芒射上來（那自然是在墓室中，有什麼東西在發光的緣故），而在洞口的那塊合金，卻並沒有什麼光芒。

我作了個設想：在那墓室之中，還有著一塊或一塊以上和眼前這塊合金相類的東西，它們在發光，而光芒從那小洞之中射了出來。

雖然這又是一個新的發現，但是對揭開整個謎，卻一點用處也沒有，而齊白又在一旁不斷喃喃自語，這令得我不禁焦躁起來，轉過身向他喝道：「你靜一靜好不好？」

齊白正在失魂落魄，給我大聲一喝，陡然住了口，由於這一分神，自小孔中射出來的光柱倏然暗了下來，一下子就消失了！

這種現象強有力地說明了，一切現象真由我發出的腦能量所控制！

齊白定過了神來：「你的力量……真比我強得多，我只不過可以令那小洞中發出一點點光芒，像是螢火一樣閃耀，而你竟可以令之發出光柱。」

我問：「你和陳長青商量著要帶最新型的儀器，有沒有帶來？」

齊白搖了搖頭。

我悶哼了一聲，心想如果有完善的設備，由齊白打出來的那個小洞縋下去，可以看清楚墓室中的情形，至少可以看清楚發出光芒的是什麼東西，而墓室中有了光，自然也會照亮別的東西。

我在考慮，是不是要通知白素，請她準備必要的設備，正在想著，吉普車上的通訊設備忽然發出了「吱吱」的聲響。

鮑士方把他自己用的那輛吉普車給了我，所以車上的無線電通訊設備十分先進。

我聽到了聲響，走進車子去，按下了通話掣，我以為是鮑士方有什麼事要找我，再也料不到一按下了通話掣，就聽到了陳長青的聲音，我才「喂」了一聲，他就在那裡大叫大嚷起來：

「衛斯理，你算是夠意思的了，一聲不響就走，學那鑽古墳的傢伙。」

我真是又驚又喜：「你在哪裡？」

陳長青道：「我在鮑先生的辦公室，告訴你，我帶了許多有用的東西來——」

我更是驚喜交集，打斷了他話頭：「你所謂有用的東西是什麼？」

陳長青的聲音中，透著一種洋洋自得：「不能一一細說，總之，是通過一個小孔，可以看到小孔之下一切的設備——」

我高興得一時之間說不出話來，陳長青又道：「就算找不到那該死的盜墓人，只要找到他上次打出來的那個小洞，我們就能看清那個墓室中的情形，雖然不會什麼探驪得珠法，可是還有用得多。」

我先不告訴他，我早已找到齊白了，我只是悶哼一聲：「你以為在至少一百平方公里的範圍之內，找一個乒乓球大小的小洞，是一件容易的事情？」

陳長青一聽，就像是氣球一下子洩了氣一樣，我甚至還可以聽到那種「洩氣」的聲音——這自然是他在長長吁著氣。接著，他的聲音變得無精打采了：「慢慢找，總有……希望的。」

他在這樣講的時候，根本連他自己也不相信這種「希望」，真要是在一百平方公里的範圍內去找一個小洞的話，只怕一千年也找不出來。

我「哈哈」大笑了起來：「不必找，我已經見到齊白了，而且現在正在那小洞旁邊，而且，我正想要一些可以透過小洞觀察下面墓室的儀器。」

陳長青呆了半晌，才道：「你……騙我的？」

我又好氣又好笑：「騙你幹甚麼？你是自己駕車來，還是我來接你？大約一小時路程——」

陳長青忙說道：「我自己駕車來——」

這時，齊白也來到了車邊，聽得陳長青來了，他的神情很尷尬。

我道：「好，反正沒有路，你認定方向，向西走，我估時間差不多了，開亮車頭燈，你向著有光亮的地方駛來就是了。」

陳長青連聲答應：「那些儀器搬上車，也很需要一些時間，我出發之後，一直和你聯絡好了。」

我答應著，陳長青忽然在停了一停之後，大聲道：「該死的盜墓人，你好。」

齊白的神情更尷尬，但是他也大聲答著：「死不了。」

陳長青又叫嚷著：「還逃不逃！」

齊白苦笑：「愛逃就逃，不愛逃就不逃。」

我知道，他們兩人一拌上嘴，不是三言兩語可以完的，所以立時道：「你儘快來，要趕在下霧之前。」

說完之後，我又扳回了通話掣：「齊白，你看，今晚我們至少可以弄清下面墓室中的情形了。」

齊白也顯得更興奮，忽然他跳了起來，向那小洞奔去，一面奔，一面叫：「我的寶物。」

他奔到小洞旁，拾起了那塊合金來，喘著氣，嚇得臉也白了，望著我道：「真險，要是一陣風來，把它吹得滾進洞去，那再也弄不出來了。」

那塊合金剛才就在那小孔之旁，碰一碰都有可能掉進去，所以我也不禁「吁」了一聲：「還可以用你那法子弄出來嗎？」

齊白道：「要是落在桌面上還可以，若是掉到桌子下面去，那就沒有辦法了。」

他緊握著那塊合金，生怕它會從他的手中蹦跳出來。

我道：「趁陳長青還沒來，讓我再來試試，我一個人的力量能使它發光到什麼程度。」

齊白有點無可奈何地把那合金放在地上，他又走開了幾步，我道：「你到車子旁邊去，陳長青會隨時和我們聯絡。」

他又不情不願地走了開去，我專心一致盯著那塊合金，不一會，它就發出了暗紅色，不到半小時，它發出的光芒，已經和那次五百人的大聚會不相上下了，自它的幾十個小平面，都有色彩不同的光柱射出來，而且越來越強烈。

齊白在車邊，離我少說也有十來步，但是在黑暗之中，他當然可以看到那一團絢麗的光彩，我甚至可以聽到他發出的讚嘆聲。

我繼續全神貫注，光芒也在漸漸加強，我能發出比普通人強烈的腦能量，而腦能量之間會發生互相干涉的現象因之削弱，這一點假設，也得到了證實。

光柱射出了三十公分之後，就開始擴散，一直沒入了黑暗，變得十分淡，如果不用心，就看不出來。

我繼續集中精神，但是發光現象卻沒有什麼再進展，這時，大約已過了一小時左右，我吁了一口氣，站了起來，陳長青才和齊白聯絡過，齊白也著亮了車頭燈，指引陳長青向我們這裡駛來。

我來到齊白的身邊，把那塊合金交到了他的手中，他有點傷感地道：「我真有點懷疑，這是我的寶物還是你的。」

我拍了拍齊白的肩頭：「是你發現的，當然是你的。」

齊白嘆了一聲：「可惜這寶物上沒有什麼偈言什麼留著，不然，一詳參，就可以知道誰是有緣人。」

我笑了起來：「你看神怪劍仙小說看得太多了。」

他又嘆了一聲，這時，已隱約可以看到有亮光閃動迅速向我們移近，不一會，又聽到了汽車駛來的聲音，五分鐘之後，陳長青已駕著吉普車來了。

陳長青一躍下車，先向齊白狠狠瞪了一眼，然後又揮了揮手，表示一切都算了，齊白卻還在不服氣地翻著眼。

陳長青道：「快來搬東西吧。」

他帶來的東西真不少，裝了好幾箱，我們三個人一起動手，把東西搬下來，打開箱子安裝起來，趁這時候，我把新發生的情形對陳長青說著。

陳長青有點不服：「或許我的腦能量更強，等一會，讓我一個人試試。」

三個人花了不到半小時的時間，就把應用的一切設備弄妥了，這包括一具微型電視攝像器，用電線縋下去，但是一端有小巧的支架，可以通過無線電搖控而轉動。還有一具電視接收儀，熒光屏是經過特殊設計的，可以使畫面特別清晰。

接上車上的電源，先試了一試，攝像管對準了地面和人，熒光屏上顯示出來的畫面，果然十分清晰。

陳長青對我道：「雖然有紅外線裝置，但總不如墓室中有光的好，你發動能源吧。」

我性急道：「那又得半小時左右，先利用紅外線攝影來看看。」

陳長青其實已和我一樣心急，所以立時同意，把攝像管自那小孔之中縋了下去，齊白記著深度，到了三十公尺左右，他一叫停就停止。

我們三人都十分緊張，盯著螢光屏，上面出現的畫面，和齊白拍到過的照片是一樣的，那都是我們曾經看到過的，十分熟悉，而且架子上究竟有點什麼東西，也看不清楚。

看了片刻，不得要領，陳長青嘆了一聲：「只好看你的本領了。」

齊白一直把那塊合金握在手中，這時，他把它放到了那個小孔上，我開始集中精神，可是我一面又要注視螢光屏，所以無法真正集中精神，過了半小時，螢光屏並沒有顯示任何不同。

陳長青著急起來：「衛斯理，你只管集中力量，別老顧著看，我這套設備可以立時錄影，我們看到的情景，你也一樣可以看到，只不過遲一點而已。」

我聽得他這樣說，索性走前幾步，背對著螢光屏，再開始集中精神，漸漸地，我真的做到了全神貫注的地步，也看到那小洞中開始有光芒射出來。

不到半小時，光芒已經相當強烈，形成了一股光柱！

陳長青和齊白兩人一點聲音也沒有發出，這更使我可以全神貫注，又過了半小時，光柱的光芒未曾再加強，我一個動念間，想到他們兩人在這樣的光度下，應該已可以把下面墓室中的情形看得清清楚楚了，下面不知有什麼奇特的情景？

雜念一生，自然無法再集中精神，光柱也迅速暗了下來，我轉過去，道：「你們——」

我本來想問：「你們看到了些什麼？」，可是才說了兩個字，看到齊白和陳長青的樣子就陡然呆住了，再也說不下去。

他們兩人的神情相同，雙眼和嘴巴都張得老大，盯住螢光屏，像是泥塑木雕，一動不動，而自他們張大了的雙眼之中，現出了訝異莫名的神情，這說明他們剛才看到的情景，一定怪異之極。

我略頓了一頓，一躍向前，疾聲問：「你們看到了什麼？」

他們兩人如夢初醒一般，喉際一起發出了一種異樣的「咯咯」聲，顯然他們想講些什麼，可是由於過度的震驚，卻發不出聲音。

我在問他們的同時，自然也已向螢光屏望了過去，但這時光亮消失，在螢光屏上所能看到的，仍然只是模模糊糊的一片。

我用力一推陳長青：「怎麼啦，你們。」

陳長青這才緩過氣來，先是大大吞了一口口水，然後按下了幾個掣鈕，再然後，就用一種聽來十分怪異的聲調道：「你自己看吧。」

齊白像是應聲蟲一樣，也道：「你自己看吧。」

這時，倒轉錄影帶的程序已經完成，陳長青又按下了另一個掣鈕，他和齊白都退了兩步，把正對著螢光屏的位置讓給了我。

我心知他們剛才看到的景象一定奇特之極，所以不敢怠慢，全神貫注。

開始的時候，畫面並沒有什麼變化，我有點不耐煩，陳長青在我身後道：「別心急，就快有光亮了。」

果然，在他講了之後不多久，就看到有光亮自那張石桌之下發了出來，看起來暗紅色的，和那塊合金發出來的光芒差不多。

漸漸，光亮越來越盛，雖然是在桌子下發出來的，但是也可以看出發光體有好幾個，這和我的設想符合，桌面上，本來有好幾個同樣的合金，齊白只弄上來了一個，其餘的，都被他撥到地上，滾到了桌子下面。

這時，攝像管對準了那張桌子，光亮漸漸加強，桌面上的情形可以看得相當清楚，我不由自主吸了一口氣，那桌子的桌面上，有著整齊的一排一排的按鈕，而且，那也不是石頭桌子，有灰白色的金屬光芒，桌上的按鈕，至少超過一百個，有著各種不同的顏色。

或者，我不應該說那一排一排的是按鈕，因為事實上，它們並不凸出於桌面，只是一個個顏色不同的小方格，但那當然是和按鈕起同樣作用的裝置，這種「輕觸式按鈕」，在日常生活用品中也可以見得到，並不陌生。

一張桌子有上百個輕觸式的按鈕，這毫無疑問是一個控制臺。

即使是一個控制臺，也不算什麼奇特，比它更複雜的控制臺有的是，可是想想看，一座控制臺在秦始皇陵墓之中！

這實在無法不令人震驚，我也不由自主張大了口，合不攏來。

陳長青帶來的設備，當真十分精良，攝像管在自動調節著焦距，而這時，自桌下發出來的光芒更強，也可以看得更清楚。

當焦距自動調節到最近時，看到的是四個顏色不同的「輕觸式按鈕」，每一個按鈕之上，還有著不同的符號，那是一種十分簡單的圓形，可是我卻無法知道這種簡單的符號代表著什麼。

我吁口氣道：「這是控制臺。」

攝像管在作有限度的移動，我又看到了在桌子的中心部分，有一些十分奇特的現象，那部分的桌面上，有著七個凹槽，看起來不規則，在凹槽中，有不少小小的平面，有的作三角形，有的是方形，也有五角形和六角形。

如果單是看到這些凹槽，自然不知道那有什麼特別的作用。

可是這些日子來，我們對那「異寶」已經絕不陌生，它的形狀有許多平面，都和桌上的凹槽十分吻合，所以，一看就可以知道，那塊合金一定可以天衣無縫地嵌進這七個凹槽之中的一個內。

而且，我也看過齊白在未將那合金取出來之前拍的照片。照片自然沒有那麼清楚，但也可以看到原來桌面上有七個大小相同的東西，那自然是本來有七塊同樣的合金一齊嵌在凹槽之中，被齊白亂七八糟一搞，六塊跌到了桌下，一塊被他弄到了手。

我早就假設過那合金是一個啟動器，看起來，它果然是：在那七個凹槽之下，有著同樣的符號，那是一個長方形，長方形我是看得懂的，但代表著什麼意思，我卻無法明白。

齊白陡然叫了起來：「我早就說過，整個地下宮殿，是外星人在地球上的基地。」的確，齊白在第一次來找我的時候，就已經這樣說過，當時只是一種大膽假設，但現在看來，他的假設接近事實。

這樣的裝置，自然不是當時的地球人所能做得到，那麼，整個秦始皇陵墓，是外星人建造起來的一個地下基地，還有什麼疑問？

我不由自主呼吸有點急促，這時，攝像管開始轉動，螢光屏上的景象也開始轉移，轉到了那些「架子」上，在相當明亮的光線下，可以看得清清楚楚，是十分精密的科學裝置，有儀表，有大大小小不同的螢光屏，有許許多多聯結著的金屬線，還有許多我根本認不出來的裝置。

我的聲音有點乾澀：「天，我們在窺看的是……人類有史以來最大的秘密。這……整個墓室……是一個……偉大得難以想像的操作裝置。」

齊白和陳長青發出如同呻吟一般的聲音，他們自然同意了我的說法。

攝像管繼續轉動著，在那「墓室」中，三面全是類似的裝置，只有一面是一片灰白色，看起來像是一幅相當大的螢幕，但上面沒有任何畫面。

由於當時我集中精神使下面發出光芒的時間相當長，約有半小時，所以攝像管的轉動重複了三次，把下面的一切都看得清清楚楚。

越看，越是令人覺得處在一種絕對無可捉摸的幻景中，思緒變得空洞，除了一個問題之外，什麼都不能想。

這個問題是：「怎麼會這樣，怎麼會這樣？」

就在思緒混混沌沌之際，光亮消失，畫面又回復了一片模糊。

而我這時候的神情，多半也如同我剛才回頭看到齊白和陳長青的神情一樣，眼睜得老大，口張得老大，整個人如同泥塑木雕。

過了好一會，我才轉過身，向齊白和陳長青望去，兩個人爭著要開口，我一揮手：「先別亂發表意見，好好想一想再說。」

齊白道：「不必想什麼了，這下面，是一個外星人的基地。」

我嘆了一聲：「如果是的話，為什麼又荒置了，下面顯然沒有外星人。」

陳長青指著我，神情顯得十分古怪：「你……你見過的那些人，卓長根的父親……他們就是。」

我用力搖著頭：「他們不是，我寧願相信他們是活俑，是冬眠人，是秦朝時代的人，我和他們接觸過，絕不以為他們有足夠的知識，認識這下面的裝置。」

齊白堅持他的看法（在如今這樣的情形下，他有理由這樣做，他的看法難以反駁）：「當然是基地，外星人來了，又走了，還會再來。」

陳長青深深吸著氣，我道：「還記得我們曾設想那異寶是一個啟動裝置？」

齊白和陳長青一起向我望來，我揮著手，一時之間，還沒有什麼確切的概念，我又把錄影帶倒捲回去，然後又放映，到了顯示桌面上有七個凹槽時，我按下了暫停掣。

指著螢光屏，我道：「本來這樣的啟動器有七個，齊白不清楚情形，把其中六個弄到了桌子下面，再也弄不上來了！」

陳長青立時向齊白瞪了一眼，齊白講了一句粗話：「哼，沒有我，你們怎麼也想不到這裡有那麼奇妙的裝置！」

這時，陳長青也想到我想的了，他「啊」地一聲：「我們手裡還有一個啟動器，將它裝進去，利用腦能量，可以啟動……下面的裝置！」

他的話才一出口，齊白已陡然叫了起來：「你說什麼？你放什麼屁？」

陳長青指著齊白手中的東西：「把那東西放到凹槽中去，由衛斯理的腦能量來發動下面的裝置！」

陳長青的話正是我想要說的，齊白的臉色難看到了極點。陳長青卻不理這個，挑戰似地道：「你沒有本事把它放進去？你那個什麼探驪得珠法呢？」

齊白厲聲道：「我當然有辦法把它放進去！」

陳長青盯著他：「那你怕什麼？怕取不回來？」

齊白道：「它本來就是在桌子上，是我取出來的！」

陳長青攤了攤手：「那我實在看不出你有什麼理由要反對！」

齊白反對，道理當然簡單之極，他怕異寶失落在下面，再也得不回來！但是他剛才既然說了滿話，一時之間難以轉彎，他只好把話題岔開去：「就算能發動下面的裝置，又能得到什麼？」

陳長青道：「總可以有新的發現，比只是發點光好，這東西，你稱之為異寶，但若只是能發光的話，有什麼用？一隻電燈泡發出的光比它強得多了！」

齊白怒道：「你根本說不出就算把它放在凹槽中會有什麼事發生！」

他們兩人爭執，我迅速地轉著念，這時，我已經有了一定的概念，我道：「先別吵，你們注意到凹槽下的那個長方形的圖記沒有？」

他們兩人一起點頭，我又道：「假定這圖記，是表示那合金放進去之後的功能的，長方形代表了什麼？」

齊白和陳長青翻著眼，答不上來，我按動鈕掣，使螢光屏上的畫面迅速來到下面墓室之中沒有裝置的那一面，那一面，有長方形的，灰白色的，看來如同螢幕一樣的東西。

我吸了一口氣：「我認為，把啟動器放進凹槽之中，螢幕上就會有東西顯示出來。」

陳長青立時同意了我的看法，大叫一聲，十分興奮地跳了起來。

齊白卻又後退了幾步，大搖其頭。

我道：「就算不是，你也沒有損失，只不過麻煩一點，還是可以把它弄出來。」

齊白終於承認：「我上次弄它出來的時候，成功率只是七分之一，我可不想冒這個險。」

陳長青不屑地撇了撇嘴，齊白又道：「看，已經起霧了，或許根本不必放下去，它發出的光芒，在濃霧之中就能結集出形象，鮑士方就曾看到過，而且還拍了照，當然應該先試一試。」

我點頭：「好，如果再沒有結果，陳長青說得對，這東西的價值還比不上電燈泡。」

齊白深深吸一口氣，一咬牙：「好，再沒有結果，就依你們。」

陳長青十分高興。齊白剛才說已經起霧了，幾句話功夫，霧凝聚得真快，鋪天蓋地，無聲無息地展鋪，我們向四面一看，四周圍已經是白茫茫的一片，而且還在極快地變濃，在我們三人之間，也已經有紗一樣的霧在旋轉繚繞。

第九部：十二金人的投影

陳長青熄了電視，示意齊白把那合金交給我，齊白著實猶豫了一陣，才將之交給我。

我就把那合金放在地上，陳長青和齊白都退了開去，他們自然不會退出很遠，但只退出了幾步，濃霧已把他們掩遮，看不見他們了。

我開始集中精神，那合金很快就發出了光芒，光芒自每一個小平面中射了出來，交織成一片，等到光芒越來越甚，射了出去，在濃霧之中，形成了極其壯觀瑰麗的色彩。

但是那只是一大團一大團流動的色彩，看來真是壯觀之極，齊白和陳長青兩人不斷發出讚嘆聲。那就是鮑士方曾看到過的情景。

壯觀就夠壯觀，意義卻一點也沒有，一大團閃耀的，流動的色彩，那代表了什麼呢？什麼也不代表。

半小時之後，我吸了一口氣：「我看，仍然沒有結果。」

齊白的臉色，在奶白色的霧中，看來十分蒼白，他緩緩點著頭：「好，將它放下去，下面有七個凹槽，放進哪一個去好？」

我道：「這你不必考慮，看來，只能是直對著小洞的，所以你才能把它取上來，快拿你的工具來。」

齊白沒有說什麼，轉身走了開去，不一會，就拿著一隻皮套子走了回來，那皮套子看來像是裝高爾夫球棒用的。他拉開拉鏈，取出了一隻直徑約十公分的金屬圓筒來。

這自然就是「探驪得珠法」的工具，他先從圓筒之中抽出細細的一根桿子來，約有一公尺長，在桿子的一端有一個爪狀物，他取過那合金，放在那「爪」上，用手捏了一下，令「爪」把它抓緊。

然後，他命陳長青把縋下洞去的電機，儘量靠向一邊，把那東西向下伸去。我連忙開了電視，看那東西放下去的情形。

陳長青又取出了一具儀器來，連接在縋下洞去的電線上，向我作了一個鬼臉：「電視攝像管上有發光裝置，可以照亮下面。」

我怔了一怔：「你怎麼不早說？」

陳長青道：「我要是早說了，你就不肯用你的腦能量使下面放光了。」

我又是好氣，又是好笑，果然，他在按下了一個掣之後，螢光屏上就明亮了許多。

齊白在緊張地操作著，不住自那圓筒之中抽出細長的桿子來，桿子一節套一節，看起來像是可以伸縮的釣魚桿。

不多久，就可以在螢光屏上看到，那東西離桌面已經不是很遠，果然如我所料，七個凹槽之中，有一個和墓室頂部打通了的小孔成直線位置。

齊白的神情更緊張，這時，霧更濃了，在我們的身邊滾來滾去，我們的身上，全因為濃霧的沾染而變得濕潤，可是由於那實在是十分緊張的一刻，所以我們都不去注意這些。

等到那塊合金快碰到桌面，齊白突然發出了「啊」地一下驚呼聲，我在螢光屏上看到，那塊合金像是由於凹槽上發出的一種吸力，陡然脫離了桿尖的「爪」向下落下去，儼然合縫，嵌進了那個凹槽之中，只有一面向著上，向上的一面，有四個三角形的平面。

齊白有點驚惶：「不等我鬆桿，就有力道把它吸了下去。」

我指著熒光屏道：「看，正好在那凹槽之中。」

齊白吞了一口口水：「如果吸力那麼強，那……那我不能再將它弄上來了。」

陳長青嘆一聲：「齊白，你怎麼還不明白，那東西離開了下面的裝置，一點用也沒有。」

此時，齊白不出聲，將伸進洞去的細桿迅速地收了回來，我深深地吸了一口氣，已在開始集中思緒：「在原來的位置上，能發揮什麼作用，快些發揮吧。」

這次，我一面注視著螢光屏，一面集中精神思索，由於我同時必須專注下面會有什麼變化，那和我所想的並不衝突，所以很可以全神貫注。

齊白和陳長青也注意著螢光屏，陳長青同時控制著電視攝像管的轉動，不一會就發現，露在凹槽外的那三個三角形的小平面一起射出光芒，光芒向著沒有架子的那一面灰白色的有著長方形框子的牆上射去，陳長青忙把攝像管轉過去，對準了那面牆，陡然之間，我們三個人都呆住了。

那三股光芒，一射到了那灰白色的長方框子上，就組成了一幅形象，看來竟是一個人像！

但是由於我陡然吃了一驚，思緒不能那麼集中，三股光芒迅速暗下來，那個人像在一閃之間也已消失。

陳長青叫了起來：「天，快集中精神，快集中精神，一個人，那上面出現了一個人。」

我一時之間心慌意亂，精神更不能集中，光芒也一直未曾再現，陳長青道：「你還是用上次的辦法好，讓你事後看錄影帶。」

我忙道：「不，不，那樣我更不能集中精神了。」

我說著，長長地吸了一口氣，可是我卻不由自主想到：竟然出現了一個人！

我竭力克制自己，終於，漸漸地，我心神定了下來，可以集中精神了，呼吸也變得緩慢而細長，那三個小平面上，又現出了光芒來，光芒漸漸加強，再度射向那灰白色的框子。

剛才，由於陡然之間看到了人形，心中驚駭慌亂莫名，所以才一下子不能全神貫注，但這次已有了準備，所以人形再現，我仍然能控制著自己，使自己精神集中。

那人形才一出現，十分淡而模糊，齊白沉聲道：「把發光裝置關掉。」

陳長青答應著，墓室中暗了下來，三股光芒看起來更強烈，射向牆上，那情形恰如放映機放出光柱射向銀幕。

而在牆上，那人形也漸漸鮮明，而且現出了金光閃閃的色彩，五分鐘之後，人形清晰可見。

那是一個看起來面目相當威嚴，穿著一身奇異的金色服裝的男人，全身自頭部以外，都被那種金色的衣服包裹著，連雙手也不例外，那衣服看不出是什麼質地，在衣服上，看來有不少附件，但也說不上是什麼東西。

齊白的聲音像是在呻吟一樣：「天，那……這是十二金人，十二金人之一。」

陳長青急速地喘著氣：「十二金人……不是十分巨大嗎，這人……」

齊白道：「他旁邊又沒有人比較，你怎麼知道他不是和記載中一樣巨大？」

我那時也真正呆住了，但是接下來發生的事，卻更令我震呆。

我竭力使自己的思緒不鬆懈，那個金光閃閃的人才一出現時，只是一個人像，可是我精神進一步集中，他竟然活動了起來，就像本來是幻燈片，忽然變成了電影。

不，也不能說是由幻燈片變成了電影，如果是電影，那人的活動是平面的，活動限制在牆上，可是那人一開始活動，他卻從牆上走了下來！真的，在螢光屏上清楚可見，他從牆上走了下來，是一個活生生的人，才一走下來，還不是十分大，可是，卻在迅速地變大。

也就在這時，電視螢光屏上忽然一暗，緊接著，那小洞中，一股強列的光芒衝霄而起。

那股強烈的光芒是奪目的金色，如此突然，令得我們三人一起後退，不知道發生了什麼事情。這時候，我哪裡還顧得什麼集中精神。

我雖然慌亂之極，那股金光還是衝霄直上，而且，在不到十分之一秒的時間中金光擴散。

在濃霧中，我們看到了一個巨大無比的巨人，和剛才在螢光屏上看到的那個人一模一樣，但是放大了不知多少，巨大無比，至少有十公尺高，看起來像是就站在我們面前，可是又有一種虛無飄渺之感，不像是真實的存在。

在一剎那間，儘管我們三人見多識廣，但也都呆住了，實在不知如何應付才好！

那個巨人看起來似實非實，似虛非虛，而且他是那麼高大，當我仰頭去看他的時候，他又是那麼真實，在一剎那間，我真有點懷疑自己是在真實的生活之中，還是在夢境中。

我不知道我的震呆維持了多久，接著，我陡然想起了一個平日很少想到的名詞來：立體投影。

出現在濃霧之中的那個巨人，一定是一種立體投影造成的效果，情形和電影放映在銀幕上差不多，只不過銀幕上的景象是平面的，而如今是立體的。

一想到這一點，我鎮定了許多，也直到這時，我才發現齊白和陳長青兩個人，一邊一個緊緊擠在我的身邊。他們兩個人都不膽小，但是眼前的景象實在太令人震驚了，難怪他們都像是受了驚的小孩子。

我沉聲道：「別緊張，這是一種立體投影的現象。」

陳長青顫聲道：「這巨人……只是一個影子？」

齊白的聲調也好不到哪裡去：「不會……只是一個影子吧。」

就在我們講這幾句話的功夫，那巨人忽然低頭向我們看來。

雖然我肯定那只是一種「立體投影」的現象，可是那巨人看起來卻又是那麼真實，就像是他活生生我們面前，如果抬起那巨大的穿著金光閃閃鞋子的腳，一下子就可以把我們踩死！

話。

那巨人一面低頭向我們看來，一面用一種聽來聲調十分古怪的腔調開始說話。

（天，他不但會動，而且會說話。）

（自然，想深一層，說話的現象也可以解釋，平面投影可以同步配合聲音，立體投影為什麼不能？）

（可是，當時我們所感到的震撼，卻又進了一步。）

巨人的聲音不是很響，聽起來有一種悶裡悶氣的感覺，他在用那種怪腔調道：「怎麼樣，皇帝陛下，還嫌不夠好？我保證你們在一萬年之內，不可能有比這個更偉大的建設，要來放置你死去的身體，太足夠了，你——」

他的話，講到這裡，陡然停了下來。

然後，我們清楚地看到，他巨大的臉龐上現出了十分奇怪的神情，他的眉骨本來就十分高聳，這時一現出奇怪的神情，看起來更是高，以致他的雙眼十分深陷。

巨人剛才所講的那番話，我們實在還未及消化，就看到他現出了那種奇怪的神情。緊接著，他又四面張望了一下，突然發出了一陣聽來同樣十分古怪，但是倒可估計並無惡意的聲響來，給人的直覺是那是笑聲。

接著，他又道：「我真是糊塗了，當然，已經過了許多年，你們是誰？」

他在這樣問的時候，是低頭直視著我們的。我、齊白和陳長青三人，這時異口同聲反問：「你……是誰？」

那巨人又發出古怪的笑聲：「我是你們皇帝的朋友，你們——」

他以一種十分遲疑的神情望著我們，雖然他的體型是如此巨大，真正給人以「天神」一樣的震懾。

但這時，我也完全定下神來，我吸了一口氣：「你所說的那個皇帝，早已死了，今年距離他死的那一年，在地球上的時間來說，是兩千一百九十八年。」

我自己也有點奇怪，何以我會說得如此流利。

那巨人立時又發出他那種古怪的笑聲：「他死了？並沒有長生不老？他的子子孫孫呢？是不是一世二世三世四世，乃至百世千世還在做皇帝？」

巨人這樣問，誰都知道他在問的是什麼人了，我昂著頭回答：「沒有，兩世就完了。」

巨人繼續「笑」著，搖著頭：「看來他的願望沒有一樣可以實現，喔，不，至少有一樁是可以實現，他死了之後的身體，藏在我們幫他建造的……地方，再也不會被人找到。」

我心中亂成一片，那巨人這樣說，那麼，始皇的地下陵墓，竟是由巨人和他的同伴所建成的？

那巨人皺著眉，像是在想什麼，只是極短的時間，他就又笑了一下：「我明白了，全明白了，真是，一直沒有注意，在你們這裡，兩千一百九十八年可以發生不知多少事了。」

齊白和陳長青完全不知如何說話了，他們只是不住點著頭。

由於他們和我，都是仰著頭在看那巨人，所以一面仰著頭一面點頭的樣子，十分古怪可笑。

這時，我已經完全肯定這個巨人沒有惡意，也毫無疑問，他是一個曾到過地球的外星人，在他和他的同伴——我相信一共是十二個人（「十二金人」的記載），不但曾和地球人打過交道，而且還成了秦始皇的朋友。

「天子和天神交往，不是很正常嗎？」

而且，他們還替秦始皇修建了宏偉到不可思議的地下陵墓。

這個巨大的外星人，如今如何會出現在我們面前，細節我還不知道，但大致情形倒可以設想，那自然是那塊合金和下面墓室中裝置的作用。

不過，我仍然堅信，如今在我們眼前的，並不是真實的他，而只是一種立體投影的現象——如果地球上的科學發展到了立體電視階段，那麼，我們就可以像如今看到十萬里之外的人的平面活動一樣，看到十萬里之外的人如真似幻地出現在我們的眼前。

為了證實這一點，我突然道：「我願意相信你原來的形體真是如此巨大，但現在，你出現在我們眼前，我相信只是一種投影現象，是不是可以縮小到和我們一樣大小，方便談話？」

那巨人又笑了兩下：「有趣，你們的見識進步多了，當然可以。」

他那一句話才出口，巨大的金光閃閃的一個巨人突然縮小，一下子就變得比我們正常人還矮了一半，然後，又擴大到和我們一樣的程度。

這時，他就在我們面前，和我們一樣高大，我們三人不由自主一起伸手想去碰碰他，但我們當然什麼也碰不到，因為他只不過是依靠濃霧才形成的一種立體投影現象。

他變得和我們一樣大小之後，又道：「如果我們現在見你們的最高領袖，讓他向我們提一個要求，當然不會是要求我們替他建造一個地方，可以讓他死後把屍體放進去，真是可笑，死了之後要找一個他夢想的地方把屍體放進去。」

我深深吸了一口氣，有點苦澀：「或許一樣會，兩千多年，地球上人類的思想其實並沒有進步多少，權力一樣令人腐化，各種行為本質上也沒有多大的改變，人性還是一樣。」

那巨人（他已不再巨大，但還是這樣稱呼他比較好）唔唔地應著：「生物的本能要改變不容易，非常不容易，接近沒有可能。」

陳長青直到這時才叫了起來：「天！別討論這種問題了，究竟是怎麼一回事？」

巨人的神情相當溫和：「其實很簡單，我們經過你們居住的行星，當然是在很遠的地方經過，無意之間通過儀器，看到了有類似指示降落的建築，於是，我們就決定降落來看一下。」

我們三人互望了一眼，心中都不禁呻吟了一聲：萬里長城！

那巨人接下來又笑了幾聲，他的笑聲和語調有著可以感覺得出來的輕鬆，那真使我慚愧得冒出冷汗。

巨人道：「我們以為可以和水準極高的一種生物打交道，誰知道降落之後，全然不是那麼一回事，那個看來像是指標一樣的建築，原來是為了自相殘殺而建築，真不可想像。」

陳長青和齊白兩人張口結舌，我想急急為地球人分辯幾句，說那是為了防止北方的蠻族入侵而建造的，野蠻人的入侵會殘殺文明人。

可是我張大了口，卻沒有說出來，因為我立時想到：難道只是野蠻人殘殺文明人？文明人還不是一樣殘殺野蠻人？甚至，文明人和文明人之間，還不是一樣在自相殘殺？

想要為地球人自相殘殺的行為辯護，實在太因難，至少，在這樣的題目之前，我說不出一句辯護的話來。

地球人可以為千百種理由而自相殘殺，為了糧食，為了女人，為了權力，為了宗教，為了主義……原因有大有小，殘殺的規模有大有小，自相殘殺的行為，在自有人類歷史記載以來，從未停止過！

所以，別笑齊白和陳長青，我張了口想說而一句也說不上來，還不是一樣的張口結舌！

那巨人並未注意我們的反應，繼續道：「我們逗留在地球上的時間並不長，但也對地球上的生物自相殘殺現象感到了相當的興趣，所以研究了一下，發現有好幾種生物，有自相殘殺的天性，一種是人，還有一種是體型比人小得多的，你們稱之為螞蟻的生物——」

他講到這裡，我們三個人一起發出了一下呻吟聲，在這個外星人看來，人和蟻竟是一樣的！他的心目中，只是「地球上的生物」！

我努力清了清喉嚨：「人和蟻，總有點……不同吧！」

那巨人道：「當然不同，你們有相當完善的思想系統，會進步，現在，你們之間的自相殘殺現象，一定已經不再存在了吧？」

一聽得他這樣問，我不禁低下了頭，心中真是難過到了極點！

那巨人一點惡意也沒有，甚至不是立心在譏諷，他知道人有相當完善的思想系統，以為經歷了兩千多年，人類的自相殘殺行為早已停止了！

可是事實上怎麼樣呢？非但沒有停止，而且變本加厲，比起兩千多年之前來花樣翻新，作為地球人無法在巨人面前抬得起頭來。

那巨人得不到我的回答，呆了片刻，才道：「啊啊，我明白了，唔唔，我知道……」

他看來，像是在找話安慰我：「我說過，要改變生物的天性……非常不容易……接近不可能。其實，你們完善的思想系統應該可以改善，可能是你們未曾努力去做。」

我知道他已經知道地球上的許多事，對他的這種「安慰」，想起在地球上發生的種種事，我只好嘆了一口氣，長長地嘆了一口氣。

然後，我才道：「有許許多多人還在努力，可是許許多多人的努力，上億上萬人的努力，卻總是敵不過幾百個人，幾十個人，甚至只是幾個人的破壞！」

那巨人的神色十分嚴肅，大力搖著頭：「絕不，幾個人絕敵不過幾萬人，幾個人可以驅使比他們人數多幾萬倍的人，由於這些被驅使的人本身有缺點，有著為了各種原因而甘願被驅使的一種天性，少數人能統治多數人，全然是由於多數人本身的弱點。」

我木然半晌，無法作任何回答，看來，當年他們「有興趣」，「研究了一下」，已經把地球人的本性作了十分透澈的剖析。

他繼續發表他對地球人的意見：「這種弱點，其實你們自己也對之有相當深刻的認識，稱之為『奴性』。」

我無意義地作了一個手勢，想阻止他，請他不要再說下去。這樣赤裸裸地剖析地球人的天性，作為一個地球人，實在不怎樣想聽。

可是那巨人卻不加理會，繼續道：「單是『奴性』，那還不要緊，只不過是向強大的力量屈服。可是人在自甘為奴的同時，又想去奴役別人，一方面向強大的表示奴性，另一方面，又向弱的一面表示奴役性，真是太複雜了，地球人。」

等他告了一段落，我們三人才一起鬆了一口氣，幾乎像是哀求，齊聲道：「請……說說你自己。」

那巨人了解似地笑了一下（這又使我冒冷汗）：「我們在長期的星際飛行之中，如剛才所說，偶然地由於一個誤會來到地球，停留了一下就走了。」

我道：「不是那麼簡單吧。」

巨人笑了起來：「自然，也做了些事，研究了……一些地球生物，作為一個大領袖——在我們那裡，應該是智慧的最高代表，可是地球上的皇帝，卻愚蠢得難以想像，他要求長生不死，又要求所有的人都根據他的意志行事——不過，這個人有著比常人強的腦能量倒是真的——」

他講到這裡，向我望了一眼，我忙道：「我絕不會有那種蠢想法。」

巨人點了點頭：「他的那些要求，愚蠢到了我們完全無法想像，最後，他提出了要為他的屍體找一個安放地方的要求，雖然可笑，但總比別的要求好一點，我們就答應了，替他建造了這樣一個他所要求的一萬年之內不會有比這更偉大的建築。」

齊白喃喃地道：「和我設想的完全一樣。」

我問到了一個關鍵性的問題上來了，我指著他，又指了指地下：「你出現在我們面前，這下面的一切設備，又是……怎麼一回事？」

那巨人道：「哦，下面，是整個……這種放死人的地方叫……」

我接上去：「叫陵墓。」

那巨人道：「對，是整個陵墓的中樞，各個通道的關閉開啟等等，全可以通過這個控制臺來操作，自然，你們也明白，啟動的能量是人的腦能量，那時，地球人對自己的腦能力根本一無所知，現在——」

他說到這裡，本來顯然要問「現在一定不同了」的，可是他卻沒有問，只是呆了一呆，隨即神情歉然：「對不起。」

我苦笑道：「是的，現在地球人對自己的腦能量，仍然一無所知。」

那巨人笑道：「對，我甚至無法向你解釋腦能量和地球本身磁場蘊藏著的無窮無盡磁能之間的關係……總之，那下面是一個控制室，但當時人由於無知，也不懂那是什麼，所以一點也不重視——」

他向齊白望去，顯然，他不知通過了什麼方法，可以在一剎那之間知道他想知道的一切事，當他望了齊白一眼之後：「你弄了一個小孔，真不容易。」

齊白囁嚅著，不知說什麼才好。陳長青道：「那麼，你現在……真正的你在什麼地方？」

那巨人道：「在星際航道上，我們還在繼續飛行，只不過忽然接到了訊號，所以才和你們見面的，這種設備，地球人也有了，自然距離不能那麼遠，而且也還不是立體的。」

齊白忽然道：「你是說，我們隨時可以和你見面，交談？」

那巨人搖頭：「不，只是一次，那是我們臨走時的許諾。皇帝要我們留下來別走，當然不可能，他要我們留下來，無非是為了想借助我們的力量來幫他完成那些愚蠢的『偉業』，我們經不起他的懇求，就答應他，給他一次看來像真的現身的機會，也告訴他發訊號給我們的方法，不過他顯然未曾使用過，倒是在地球時間那麼多年之後，你們偶然地找到了這個方法。」

我們三個人一起深深吸著氣，那巨人指著下面：「其實，你們可以把下面的設備弄出來，對你們的知識增長大有好處。」

我們三人又一起嘆息著，搖著頭，並不出聲：可見的將來，無比可能。

齊白緊張地道：「那……異寶，只能用來……和你聯絡一次？」

巨人道：「是，之後效用消失，甚至連磁性也不能再存在，不過——」他忽然笑了起來：「你自然可以把它弄上來，做一個……一個……」

齊白喃喃地道：「鑰匙扣。」

巨人道：「鑰匙扣？這東西對我們很陌生，鑰匙，嗯，用來打開鎖，用來保護一些東西，不被他人偷或搶走，嗯，偷或搶，多麼奇怪的行為，所以，鑰匙扣，我不很了解。」

我不禁黯然，鑰匙扣，多麼普通的一個物件，這東西聯繫著地球人的思想行為，如果地球人的行為沒有偷或搶，沒有對他人的侵犯，那麼，地球上當然不會有鎖和鑰匙這樣的東西！

陳長青急急地道：「一次……也不要緊，你……你能和更多的人見見？」

那巨人道：「只怕不行，下面接收裝置的能量已經快用完，對，還有十秒鐘，你們還想知道什麼？」

十秒鐘，我們想知道的事十天十夜也問不完，可是該死的十秒鐘就這樣過去了，陡然之間，眼前一黑，等到視力恢復正常，除了白茫茫的一片濃霧之外，什麼也沒有了。

過了好一會，我才道：「也該知足了，我們和正在作星際航行的一個外星人通了一次立體傳真的長途電話，真正的長途電話。」

齊白和陳長青對我所作的這樣的形容，點頭肯首。

齊白還真是將一切能量消失了的合金弄了上來，真的鑲成一個鑰匙扣。

卓絲卡娃又打過電話來，可是我什麼也沒有告訴她。

白素和溫寶裕聽了我們的轉述，溫寶裕大叫可惜，然後睜大了眼睛問：

「地球人真是那樣子的？」

白素嘆了一聲，我攤開手：「讀讀歷史，看看現在，是這樣子。」

白素的眉宇之間，有一種異常的抑鬱：「應該說，大多數人是這樣子的，也有少數的例外，等到了大多數和少數的比例改變了，地球人也會改變。」

我喃喃地重複著巨人的話：「要改變生物的天性，非常非常不容易，接近不可能！」

舉例來說，什麼時候，地球人才會全然不知道鎖和鑰匙是什麼東西呢？

〈完〉

聚寶盆

序言

「聚寶盆」可以說是所有衛斯理幻想故事中，立論、根據、設想最完美的一個，把聚寶盆這件寶物，設想成「太陽能金屬物件立體複製機」。

可是在故事上，卻又相當簡單，本來，可以先從歷史故事開始，從明朝到太平天國，再到現在。不過當時寫作的情形如何，已記不得了。

既然寫成現在這種樣子，當然總是有道理的。

倪匡

第一部：隱居郊外秘密研究

中國歷史上，富可敵國的富翁很多，從子貢算起，陶朱、石崇、鄧通，一直到沈萬三、胡雪巖，都是錢多得數不清的大富翁，其中最奇特的，要算是明朝的沈萬三了。

別的人有錢，或是由於善於經商，或是由於皇帝特別厚賜，可是沈萬三的發財，卻是靠一隻「聚寶盆」。

據「挑燈集異」所載：

明初沈萬三微時，見漁翁持青蛙百餘，將事刲剞，以鏹買之，縱於池中。嗣後喧鳴達旦，聒耳不能寐，晨往驅之，見蛙俱環踞一瓦盆，異之，將歸以為浣手器。

萬三妻偶遺一銀釵於盆中，銀釵盈滿，不可數計，以錢銀試之亦如是，由是財雄天下。

還有一本「鬱岡齋筆記」，則說：

俗傳萬三家有聚寶盆，以物投之，隨手而滿，用以致富敵國。

從那兩則記載來看，有了「聚寶盆」這件東西，真是想不發財都不可能的了。

第一則記載，多少有點「善有善報」的意味在內，青蛙報恩，將聚寶盆呈現在沈萬三的眼前，沈萬三發現聚寶盆的妙用，全然是因為他的妻子偶然的發現，而且聚寶盆似乎也只對金、銀起作用，不然，沈萬三以聚寶盆作「浣手器」，他的手一放下去，聚寶盆中就會變出許多手來，沈萬三就變成怪物了！

不論聚寶盆的傳說真實性究竟如何，沈萬三富可敵國，倒是毋庸置疑的。

明太祖朱元璋定都南京，和他同築南京城，沈萬三的那一半先三日完工，可知他的財力遠在皇帝之上，一定是他用了加倍的「物質刺激」才能達到此一目的。

「雲蕉館記談」，一書稱：

我太祖既克金陵，欲為建都立地，廣其外城，時兵火凋殘之際，府庫匱乏，難以成事。萬三恃其富，欲與太祖對半而築，同時興工，先完三日。

沈萬三有了聚寶盆，要金要銀，悉聽尊便，自然富得難以形容。然而富卻害了他，害得他有點飄飄然，明史馬皇后傳，說他築了金陵城之後，又犒軍，明太祖勃然大怒，罵道：「匹夫犒天子軍，亂民也，宜誅！」要殺他的頭，可知明太祖懷恨在心，後來終於將他的聚寶盆拿了來，打碎了埋在金陵門下，金陵門因之俗稱聚寶門，而沈萬三呢，也被充軍到了雲南，財敵不過勢，可憐的沈萬三，「江南一場春夢曉」。

拉拉雜雜抄了許多書，發了許多議論，似乎和小說沒有甚麼關係，然而，這篇小說講的就是聚寶盆。

郭幼倫和他的女朋友蔡美約一起到郊外旅行，他們出發的時候，天氣很好，郭幼倫騎著他的新摩托車，風馳電掣，好不威風。

然而，摩托車這玩意兒最怕下雨，他們到了目的地，才攤開野餐的餐布，烏雲四合，眼看就要下雨。

郭幼倫想拉著蔡美約就在大樹下避避雨，可是天色愈來愈黑，雷聲隆隆，他們害怕起來，連忙向著一條小路馳去。

等到他們來到了一幢小型別墅的門前時，大雨已經嘩嘩地落了下來。

郭幼倫和蔡美約兩人奔到屋簷下，有了避雨的所在，但是因為雨勢實在太大，所以不到兩分鐘，身上已被雨水濺濕，而在這兩分鐘之中，郭幼倫一直在敲著門，希望到屋內避避雨。

看來，那屋子像是沒有人，要不然，郭幼倫敲了兩分鐘門，幾乎將門都拆了下來，屋中如果有人，焉有聽不到的道理？

然而，世上事往往有出人意表的，就在他們以為那屋子中沒有人時，門卻打開了。

門只打開了一些，門口還有一條很粗的鐵鏈拴著，在門內，只可以看到一個中年人的半邊臉。那中年人一副不耐煩的神氣，喝道：「甚麼事？」

郭幼倫忙道：「對不起，真對不起，外面雨大，能不能讓我們進來避避雨？」

郭幼倫是才從美國麻省理工學院畢業回來的高材生，有著博士的頭銜，已就任為一家電子工廠的高級工程師，外表斯文，風度翩翩；蔡美約是一個青春貌美的少女。

門中的那中年人打量著他們足足有一分鐘之久，大約看他們實在不像是歹徒，才勉強地道：「好，可是我不喜歡人家騷擾我，雨一停，你們就得走！」

郭幼倫忙道：「當然，當然，謝謝你！」

那中年人拉開了門鏈，打開門，讓郭幼倫和蔡美約兩人進去。

一進門，郭幼倫向那中年人看了一眼，就微笑了起來。那中年人身上穿著一件白袍，而且，他的身上留有一種郭幼倫十分熟悉的氣味，那是一種高級燒釺油的氣味。

那中年人一定是正在工作，而且，他的工作，郭幼倫可能並不陌生。但是，由於那中年人表示得十分冷淡，所以郭幼倫也不便多說甚麼，只是和蔡美約兩人坐了下來，而那中年人連一句客氣話也沒有，便由一道樓梯匆匆走了下去。

郭幼倫和蔡美約兩人坐了下來，那是一個陳設簡單的小客廳，蔡美約低聲道：「這裏的主人，好像是一個與世隔絕的隱士！」

郭幼倫笑著：「當然不是，我敢說他是一個科學家，而且正在他的實驗室中工作，他可能是我的同行，科學家總是有些古怪的。」

蔡美約用明媚的眼睛望著郭幼倫：「你就一點也不古怪。」

郭幼倫笑著，心頭感到一陣甜絲絲的，他們兩人的手不由自主緊握在一起。

也就在這時候，突然，在樓下傳來了一下沈悶的爆炸聲。

那一下爆炸聲，將郭幼倫和蔡美約兩人嚇了一跳，緊接著，樓下又有濃煙冒了上來，郭幼倫直跳了起來，大聲道：「發生了甚麼事？朋友，你怎麼樣了？」

在郭幼倫的呼叫聲中，濃煙冒得更密，只見濃煙中，那中年人衝了上來，奔上了樓梯，喘著氣，面色鐵青，郭幼倫忙道：「出了甚麼意外？」

那中年人狠狠地瞪著郭幼倫：「關你屁事！」

郭幼倫碰了一個大釘子，後退了半步，不再出聲。那中年人轉過身去，望著樓下，那時，濃煙已在漸漸散去，那中年人的臉色卻愈來愈難看。

小郭心中感到很抱歉，如果自己不來的話，或者人家不至於出意外。

郭幼倫雖然碰了一個大釘子，這時仍然道：「朋友，要是我能幫你的話，我願意幫助你。」

那中年人「哼」了一聲，道：「你懂得甚麼？」

郭幼倫沈聲道：「我或者不懂甚麼，但是，我是麻省理工學院電子工程學博士。」

那中年人轉過頭來，滿有興趣地打量著郭幼倫：「哦，你認得康辛博士麼？」

郭幼倫不禁笑了起來：「那大鬍子麼？他是我的指導教授，我和他太熟了！」

那中年人也笑了起來：「他還留著那把大鬍子？他太太好麼，我真懷念他太太烤的牛油餅，那是世界上的第一美味。」

郭幼倫聽了，不禁呆了一呆。康辛博士是大學中的權威教授之一，也只有他最親密的朋友，才能夠嚐到康辛太太親手烤製的牛油餅，那麼，眼前這個中年人，一定也是一位了不起的科學家了！

郭幼倫在呆了一呆之後，不禁肅然起敬：「先生，你也是麻省理工學院的教授？」

那中年人搖了搖頭：「不！」

他說了那一個字，抬起頭來：「雨停了，你們可以走了！」

郭幼倫以為已經和對方談得很合拍了，可是突然之間，那中年人卻又毫不客氣地下了逐客令，這令得郭幼倫感到十分尷尬，他還想說甚麼，但是蔡美約卻在他的身後，悄悄地拉著他的衣角。

郭幼倫只好道：「謝謝你讓我們避雨，希望不是因為我們的打擾，而使你的工作損失。」

那中年人「哼」了一聲，道：「走吧！」

郭幼倫和蔡美約兩人在那樣的情形下，自然再也無法逗留下去了，他們仍然維持著應有的禮貌，退了出去。

天已放晴，他們自然也失去了郊遊的興趣，立即回到市區。

他們兩人一路上不斷地在談論著那個中年人，郭幼倫的結論是：那中年人既然和康辛博士如此熟，那麼他一定是麻省理工學院的舊人。是以，他在送蔡美約回家之後，回到自己的家中，第一件事，就是翻閱那本厚厚的校刊。

在那本校刊中，郭幼倫有了發現，他看到了那中年人的照片，簡單的介紹是：

王正操博士，傑出的科學家，在複印技術和電視新理論方面有巨大的貢獻，曾參加世界最大的電子顯微鏡的製造工作，他在微粒半導體電子上的理論是傑出不朽的，在本校任教期間，是最年輕的教授之一。

那張照片上的王正操，看來只不過二十多歲，而現在的王正操，已將近五十歲了，所以郭幼倫在學校中未曾聽過他的名字。

使郭幼倫奇怪的是，這樣一位傑出的科學家，自己一個人關在郊外，在做些甚麼呢？

王正操學的是尖端的科學，他那門科學要有新的成就，絕不是一個人在實驗室中能成功的，而且需要大量儀器的配備，這種儀器，幾乎是無法由任何私人所能夠負擔得起的。

這件事和我本來是一點關係也沒有的，可是，那位年輕的博士，郭幼倫先生的哥哥，卻曾是我進出口行中的一個職員，而且，也曾是我在許多事情中的一個十分得力的助手，後來，他去當了私家偵探，成立了一個偵探社，已經成了名偵探。對了，我的老讀者一定已經明白，他是小郭，而郭幼倫，是小郭的弟弟。

而我之所以得知這件事，也是一個很偶然的機會，小郭請我吃飯，晚飯後，大家天南地北地扯著。

小郭忽然問我，道：「一個傑出的科學家，放棄了他在美國大學的教授職位，而在鄉下隱居，做著實驗工作，你說，他是為了甚麼？」

當我聽到小郭這樣問我的時候，我轉動著酒杯，笑了一下，道：「他想做甚麼？那太難以回答了，他可能只不過想發明一個與人對答的洋娃娃，也有可能他正在埋頭研究毀滅全世界的武器！」

小郭聳了聳肩，我隨口問道：「你說的那個教授，是甚麼人？」

小郭道：「他叫王正操，王正操博士。」

我呆了一呆，這個人的名字，我倒是聽說過的，他曾是出了名的怪脾氣科學家，在工程界有著極其重要的地位，我略呆了一呆，便道：

「原來是他，那倒真想不到，他可以說是現代複印技術之父，憑著他的理論，才製造成各種各樣的複印機的。」

小郭道：「不錯，在我弟弟對我提起了他之後，我曾經查過他的資料，確如你所說的那樣，那麼，你認為他現在在幹甚麼呢？」

我喝了一口酒，道：「我怎麼知道。」

於是，小郭便將郭幼倫和蔡美約郊遊遇雨，到了王正操處避雨的經過講了一遍。

我用心聽著，等到小郭講完，我才道：「他自然是在從事一項十分重要的研究工作。」

小郭道：「可是他為甚麼要躲起來研究呢？」

我道：「或者他認為他的研究工作應該保守極度的秘密，不想任何人知道，他有權那樣做，我們也犯不著去打探人家的秘密，是不是？」

小郭笑了起來：「我知道，你雖然這樣說，可是你的心中，卻比我更想知道他在幹甚麼。」

我不禁苦笑了一下，小郭說得對，我和小郭相識太久了，這就是我致命的弱點。當我知道了一件事之後，即使這件事與我全然無關，我也一定要找出答案來，不然，就算我睡在最舒服的床上也會睡不著；就算是在吃最美味的佳餚，也會食而不知其味。

我望了小郭一下：「你有甚麼辦法，可以知道這位博士在做甚麼？」

小郭道：「你的辦法比我多得多，何必問我！」

我吸了一口氣：「我已經想好了，開門見山，我去拜訪那位怪博士。你可以在你兄弟處拿到他的地址麼？我準備現在就去。」

小郭叫了起來：「現在就去？太心急了吧？」

我道：「一點也不，你知道我好奇心重！」

小郭放下了酒杯，去打電話，三分鐘之後，他回來告訴我王正操博士的地址，我立刻出了門，二十分鐘後，我轉進了那條僻靜的小路，又過了兩分鐘，我的車子停在那屋子之前。

那是一個月夜，月色很好，在月色下看來，那幢房子有一種神秘的感覺（或許是我的心理作用，因為我知道屋子中住著一個神秘的人物）。

屋子中一點燈光也沒有，我下了車，來到屋子前，四周圍十分靜寂，是以當我開始敲門的時候，連我自己也被敲門聲嚇了一大跳。

我不斷敲著門，足足敲了五分鐘之久，連手也敲痛了，於是我開始用腳踢，又踢了兩分鐘之久，我才看到裏面著亮了燈。

在裏面著燈的同時，我聽到了一個憤怒無比的聲音在喝問：「半夜三更，甚麼人來敲門？」

我翻起手腕來看了看，真的，已經將近一點鐘了，我忙大聲道：「對不起，王博士，打擾你了，但是我實在想見你，真對不起！」

第二部：聚寶盆的碎片

我聽到腳步聲來到門口，但是門卻沒有打開來，而且，我連聲的「對不起」顯然沒有作用，那聲音變得更憤怒，他簡直是在大聲吼叫著：「滾開，別以為我沒法子對付你這樣的流氓。」

我呆了一呆，忙道：「王博士，我不是流氓……」

我才分辯了一句，門便「砰」地一聲打了開來，我趁門打開，剛想一步跨進去之際，可是我的身子才動了一動，胸前便已被硬物頂住了。

我低頭一看，不禁倒抽了一口涼氣！

頂住我胸口的是一支雙筒獵槍的槍管，而開門的那中年人，他的手指扳在槍機上。

這種獵槍的性能我十分熟悉，如果那中年人的手指向後移動半吋的話，那麼我的胸前一定會出現一個比大碗公還大的大洞。

而且，這種獵槍十分容易走火，所以我一呆之下，立時向後退了三四步。

那中年人喝道：「滾不滾？」

我攤開了雙手：「王博士，我一點惡意也沒有，只不過想來和你談一談。你或許聽過我的名字，我叫衛斯理，如果你容許我介紹自己，那麼，我可以稱自己是一個經歷過許多怪事的人。」

那中年人舉起了槍，我那一番話等於是白說了，他叫道：「滾！滾！」

隨著他那兩下呼喝，就是驚天動地的兩下槍響，我掉頭就奔，奔到了車前。

他的情緒是如此容易激動，我再不走，給他打死了真是白死。

我奔到了車前，再轉過頭去看他，他仍然站在門口，端著槍，神情似乎更憤怒了。

在我回過頭去看他的時候，他厲聲喝道：「你再來，就不會有命活著回去！」

我實在沒有別的話好說了，只好苦笑著：「博士，殺人是有罪的！」

那中年人厲聲道：「打從公路邊起，全是我的物業，外面釘著木牌，警告任何人不得私自進入，我想我殺了侵入我物業的人，沒有甚麼罪！」

我又倒抽了一口涼氣，該死的小郭，該死的小郭的弟弟，他竟未曾向我說明這一點，還好我剛才奔得快，要不然真是白死了！

可是，叫我就這樣離去，我卻實在有點不甘心，我又笑著：「王博士，你一個人工作了那麼久，看來並沒有甚麼成績，可要幫手？」

這一次，我得到的回答更直接了，那是接連而來的四下槍響，我知道無法再逗留下去，便立即跳進了車子，迅速地倒車，到了公路上。

當我的車子駛上公路之際，我還看到那中年人（我猜他就是王正操博士）端著槍，站在門口。

我嘆了一口氣，我失敗了！

我也不再到小郭那裏去，逕自回到家中，當我回到了家中，白素看到我那種悶悶不樂的神情，望了我半晌：「怎麼了？碰了甚麼釘子？」

我將經過的情況講了一遍，她哈哈笑了起來：「你也應該受點教訓了，人家喜歡躲起來，自己獨自做研究工作，你去騷擾人家幹甚麼？」

我翻著眼：「事無不可對人言，他偷偷摸摸，就不是在幹好事！」

妻指著我的鼻尖：「最討厭就是你這種人，專愛管他人的閒事！」

我捉住了她的手：「甚麼，我討厭？」

她笑了起來，我的心情也輕鬆不少，接著，我就暫時將這件事忘記了。

第二天，小郭打電話來問我昨晚的結果如何，我又將經過的情況告訴了他，小郭笑得前仰後合：「你選擇的辦法不當，今晚偷進去如何？」

我道：「算了，看來他不喜歡人家打擾，我們還是少管閒事的好！」

小郭也同意了我的說法，我們又講了一些閒話，就中止了這次的通話。接下來的幾天之中，我還時時想起王正操博士。

我在圖書館中，找到了不少他的資料，也看了他的著作，那種高深的純科學性著作，其實我是很看不懂的，但總算給我囫圇吞棗地記熟了不少名詞。

隨著日子漸漸地過去，我對這位博士的興趣已經消失了，我幾乎已將他忘記了。

那天下午，受一個朋友的委託，叫我辨別一幅王羲之草書條屏的真偽，我明知那是假的，可是那位朋友卻不信我的「片面之詞」，一定要我再找一個專家鑑別一下。

老實說，對一個花了極高的價錢買到了假古董而興高采烈的人，說穿他所買的東西是假貨，那真是一件十分殘酷的事，是以只要有一線希望，我也希望那幅字是王羲之的真蹟。

我來到一家古董店中，那家古董店的老闆已經七十多歲，生平不知看過多少書畫古玩，經他看過，再也不必找別人看。

我走進古董店，一個店員迎了上來，是我熟識的，我問他：「老闆在麼？」

店員道：「在，在裏面房間中，和一位客人在談話，衛先生請進去！」

我走向那間會客室的門口，還未曾推門，門就打了開來，我就看到了王正操。

王正操走在前面，老闆跟在後面，我一側身，王正操走了出去，並沒有看到我，老闆跟在他的後面：「王先生，真對不起，這樣的東西，真是可遇而不可求，能有一件，已經是難得之極了，我一生不賣假古董，可是上次你買的那件，我也不敢肯定它是真的！」

王正操轉過身來：「它是真的！」

他仍然沒有看到我，只是望著老闆：「你再替我留意著，只要有，不論多少錢，我都買。」

老闆有點無可奈何的樣子，只好連聲答應著，王正操轉過身，走了出去。

老闆送到半路便折了回來，向我搖著頭苦笑。

我和老闆一起進了會客室，他道：「天下事真是無奇不有，甚麼東西都有人要。」

我道：「你別小看他，他是一位極有來頭的科學家！」

老闆呆了一呆：「是麼？」

我打開了那幅字，老闆哈哈笑了起來：「快捲起來，別看壞了我的眼睛！」

我心中暗暗代那個朋友難過，將字捲了起來：「他上次向你買了些甚麼？」

老闆道：「那是很久以前的事情了，有一個人，將一件東西放在我這裏寄賣，那是一塊黑漆漆的東西，只有巴掌大小……」

我心急地道：「那是甚麼？」

老闆笑道：「你聽下去，送那東西來寄賣的人說，他的祖上是太平天國的將軍，太平軍打進了南京城，他的祖上聽說聚寶門下埋著很多珍寶，就和幾個同僚連夜發掘，希望發一筆橫財。」

我聽得極有興趣：「他們掘到了甚麼？」

老闆道：「據那人道，他的祖上，那位長毛將軍，甚麼也沒有掘到，可是卻掘到了一些碎片。他們起初也不知道那是甚麼，後來有人告訴他們，那是明初時沈萬三聚寶盆的碎片。」

我聽到這裏，忍不住「哈哈」大笑了起來：「那麼，那個人拿來向你兜售的，就是沈萬三聚寶盆的碎片了，這倒和唐明皇的尿壺有異曲同工之妙！」

古董店老闆也笑了起來：「是啊，這實在太荒唐了，當那人說這樣黑漆漆的一塊東西是沈萬三的聚寶盆，我真忍不住笑了起來，不過，那人的祖上是太平軍的將軍，倒是沒有疑問的，因為他同時還帶來了兩封手書，一封是東王楊秀清的筆跡，另一封，是西王蕭朝貴的信，都十分珍貴！」

我道：「就算有了那兩封信，你也不能將那聚寶盆的碎片收進來啊！」

我在說到「聚寶盆的碎片」之際，特地提高了聲音，而且，又忍不住打了一個「哈哈」。

老闆道：「我自然不會出錢收買那種莫名其妙的東西，我只不過答應他，將這東西放在我的店中寄賣。」

我皺著眉：「即使那樣，對你們店的聲譽也有影響。」

老闆笑道：「自然，我當時也考慮到了這一點，可是那東西卻十分特別，非金非鐵，連甚麼質地也分不出來，粗看，只是黑漆漆的一片，像是一塊舊瓦片，細看，卻有很多緊密的花紋，看來還很精緻，就算不能證明它是聚寶盆的碎片，總也很特別。」

我笑著：「那傢伙想賣多少錢？」

老闆道：「那人倒也有自知之明，他知道那樣的東西是無法定價的，他只要求將東西放在我這裏，要是有人看中了，就將這東西的來歷講給客人聽，隨便人家肯出多少錢！」

我仍然笑著：「要是人家只肯出一元錢呢？」

老闆也笑了起來：「他自然不肯賣，他的意思是，世上一定有識貨的人，會相信那是聚寶盆的碎片，出高價買去。」

我譏嘲地道：「讓他慢慢等吧！」

老闆道：「嘿，你別說，世界上真是無奇不有，真還有人要買這玩意兒。」

我呆了一呆：「王先生？」

老闆點頭道：「是的，那位王先生在幾年前，到我們店裏來買字畫，他先看中了宋徽宗畫的一隻鸚鵡，後來就看到了那片東西。」

我打斷了老闆的話頭：「當時的情形如何，你得詳細和我說。」

老闆道：「好的。他看到了那片東西，呆了一呆，就叫我拿給他看，他拿在手中仔細審視著，足足有半小時不出聲。我就趁機告訴他，這東西，我自己不敢肯定，但是有人說，那是沈萬三聚寶盆的碎片。王先生只是唔唔地答應著，後來，他才問我要賣多少錢。」

我忙道：「你怎麼回答他？」

老闆笑了起來：「我開了那麼多年古董鋪，開價錢最拿手，你知道，古董的價錢本來沒有標準，價錢的高低，得從顧客臉上的喜愛神情來斷定，我當時看到王先生似乎對這塊東西入了迷，一定十分喜愛，所以我先吹噓了一番那東西是如何難得，並且也隱約暗示他，是不是聚寶盆的碎片實在很難說，接著，我就豎起了一隻手指，我的意思是說，一千元。」

我愈聽愈覺得有趣，道：「那位王博士的反應如何？」

老闆笑道：「把我嚇呆了，他竟考慮也不考慮，只是向我豎出的手指望了一眼，就道：『一萬美金麼？好，我買！』立即就拿出了銀行支票來！」

我攤了攤手：「你就以一萬美金價錢，將那東西賣了給他？」

老闆道：「是啊，他連錢都拿出來了，難道我還能自動減價！」

我笑道：「真是無商不奸！」

老闆笑道：「你別罵我是奸商，我自然覺得有點不好意思，是以在將那東西交給他的時候，一再聲明，所謂聚寶盆的碎片實在不可靠，但是他卻連聽也不聽就走了！」

我道：「哼，他發覺受了騙，自然會來找你！」

老闆道：「我也那麼想，所以過了大半年，我才分了八千美金給那人。到今天，他忽然找上門來，我還以為有麻煩了，怎知道他還要一片，他願意出更高的價錢，再買一片！」

我「哈哈」笑著：「他買出味道來了，我想，他可能是想買所有的碎片，用膠水將之補起來，那麼，他就可以有一隻寶盆了！」

老闆搖著頭，道：「難說得很，這種東西，我一生之中，也只遇到過一次，哪裏再去找第二片去？可是剛才我送他出去的情形，你是看到的了，我一再聲明，那片東西實在靠不住。他卻一口咬定那是真的，真不知他用了甚麼辦法，肯定了那真是沈萬三聚寶盆的碎片？」

我又想大笑起來，可是我還沒有笑出聲，突然之間呆了呆。

在那一剎那間，我的心中重覆了一下古董店老闆的問題：「他有甚麼法子證明那一片東西真的是沈萬三聚寶盆的碎片呢？」

如果他無法證明，那麼他就不會再出高價來買第二片；如果他已證明了，那麼他用的是甚麼方法？

而且，如果他已經證明了那的確是聚寶盆的碎片，那麼，聚寶盆究竟是甚麼東西？

就在那一剎那間，我突然想到，整件事一點也不好笑，而且，有太多太多之處值得令人深思。

關於沈萬三的聚寶盆，我自然知道得不少。

相傳，這個盆放金子下去，就滿盆是金子；放銀子下去，就滿盆是銀子。而這個盆最後的歸宿，是被明太祖朱元璋要了來，打碎了埋在南京的金陵門之下的。金陵門至今還被叫著聚寶門。

我呆了片刻，不出聲，這時，古董店老闆反倒笑了起來：「怎麼樣，你也入迷了？」

我忙道：「那麼，你不準備替他去找第二片麼？」

老闆攤著手：「上哪裏找去？」

我道：「再找那個人，他或者還有。」

老闆笑道：「他要是還有，在收到那八千美金時，早就會拿來給我了！」

我想了一想：「那人叫甚麼名字？住在甚麼地方！你能不能告訴我？」

老闆笑道：「自然可以，我去查一查。」

我等了十分鐘，老闆已經查了出來，我立即將那人的姓名、地址抄在紙上。那是：石文通，錫祥路二十三號四樓。

我向老闆告辭。先將那卷字送還給我那朋友，拍了拍肩頭，向他說了一句話：「上一次當，學一次乖！」

然後，我到了錫祥路，走進那條路的時候，我就不禁皺了皺眉，那一條路的兩旁，全是古老得陰沈可怕的舊房子，在這條路上走著，每一步都提心吊膽，提防那些舊房子突然倒下來。

第三部：精密儀器的一部分

我總算找到了二十三號，從下面抬頭向上望去，房子明明只有三層，可是石文通的地址卻是四樓，若不是看到門口有一隻鐵皮信箱，寫著「二十三號四樓」的話，我一定以為找錯地方了。

我踏著搖搖晃晃、咯吱咯吱直響的樓梯向上走去，我自己對自己說，這應該是早該想到了的，石文通的境況一定不會好，要不然，他也不必將家傳的東西拿到古玩店去出售了！

我走完了三層樓梯，才知道所謂「四樓」是怎麼一回事，原來是搭在天臺上的幾間鐵皮屋子。

我走到了天臺上，有兩個婦人正在洗衣服，我咳嗽了一下，她們抬起頭來，用疑懼的眼光望著我。

我知道自己是不速之客，是以我儘量使自己的聲音聽來十分柔和，我道：

「請問，有一位石文通先生，是不是住在這裏？」

兩個洗衣婦人中的一個立即低下頭去繼續洗衣，另一個，則在圍裙中抹著雙手，站了起來，而在她的臉上，則現出十分尷尬的神色來：「先生，你找……我當家的？」

我點點頭道：「是，我找石先生！」

那婦人自然是石文通的太太，而當我那樣說之後，石太太的神情更加古怪，她道：「先生，請你寬限幾天好不好，這幾天，我們實在手頭不便。」

我呆了一呆，一時之間，我實在無法明白她那樣說是甚麼意思。

然而，在看到石太太那種神情之後，我卻明白了，當我明白了之後，我不禁嘆了一口氣，石太太將我當作是債主了！

有一個陌生人上門來，就以為他是債主，那麼，這家人的狀況如何，實在是不問可知了，我早就料到石文通的環境不會太好，但是卻也料不到會糟成這樣。

我忙道：「石太太，你誤會了，我來找石先生，是因為有一個朋友介紹，想和他談談，他並沒有欠我甚麼。」

石太太望了我半晌，像是鬆了一口氣，接著，她道：「真不好意思，我欠的債主實在太多了。」

她說完了這一句，便提高了聲音，叫道：「文通，文通，有一位先生找你！」

她叫了幾聲，我就看到在其中一間鐵皮屋中，探出一個亂髮蓬鬆的頭來，有一雙失神的眼睛望著我，那人約莫四十來歲，憔悴得可怕，穿著一件又舊又破的睡衣，他看到了我，嘴唇抖動著，卻發不出聲音來。

我連忙向他走了過去：「是石先生麼？我姓衛，叫衛斯理。」

我知道他是在南京長大的，是以一開口，就用南京話和他交談。

全中國的方言不下數千種，有人認為閩、粵兩地的方言難學，因為佶屈聱牙，但是學那樣的方言還不是最困難，最難學的是像南京話那樣的方言。

南京話聽來和普通人所講的國語沒有甚麼不同，可是卻有它特殊的尾音和韻味，外地人想學，可以說是永遠學不會的，而我那幾句講得十分字正腔圓，自然是因為我曾在當地居留並且下過苦功的緣故。

我在南京居留，是因為去研究當地的特產雨花台石，在研究雨花台石的過程中，還有著一個十分奇特的故事，和現在的「聚寶盆」的故事是完全無關的，是以約略一提就算了。

果然，我那幾句話出口，石文通神情憔悴的臉上，立時出現了笑容來：「哦，原來是老鄉，衛先生，可有甚麼關照？請進來……坐……」

我在奇怪，為甚麼石文通在「請進來」和「坐」之間要停頓一下，但是當我一跨進他的鐵皮屋之際，我就明白了。

原來他那間屋子，小得根本連放一張椅子的地方也沒有，而且，也根本連椅子都沒有一張，我完全沒有地方坐。

石文通顯得十分不好意思：「衛先生，老鄉來了，總得招待一下，我請你上茶樓……」

我忙道：「別客氣了，是我有事來請教石先生，該我請，要不要請大嫂一起去？」

石文通聽說是我請，立時高興了起來：「好，好，她不必去了！」

他順手拉起一件十分殘舊的西裝上裝，就穿在睡衣上面，和我一起走了出來。

我們下了樓，來到了街口不遠處的一家茶樓中，我先等他狼吞虎嚥，吃了不少東西，才問道：「石先生，你曾經賣過幾件古董給一家古董店，那是兩封太平天國要人的信件和一塊聚寶盤的碎片！」

石文通一聽，神情立時緊張了起來，忙道：「那兩封信是真的，一點不假！」

我點頭道：「沒有人說你是假的，就算那聚寶盤的碎片是假的，只要人家願意出錢買，你也不必負是真是假的責任了。」

石文通嘆了一聲：「其實，那東西是真是假，我也很難說，不過據我祖父說，那真是我的高祖，在聚寶門下掘出來的，一定是聚寶盆的碎片！」

我道：「你們只傳下來一片？」

石文通呆了一呆：「甚麼意思？」

我道：「有人想再找一片，如果你還有的話，那麼可以趁機賣一個好價錢。」

石文通呆了半晌，像是不相信我的話一樣，過了好一會他才道：「那真是怪事一件，居然有人還想要那樣的東西，那真是聚寶盆的碎片？就算是真的，要來又有甚麼用處，又不是整個聚寶盆。」

我笑道：「那總是出名的古董啊，你有沒有？」

石文通道：「可惜，我沒有了！」

我聽得他那樣說，心中不禁一喜，因為他那樣說法，分明是說他沒有了，但是別人還可能有。

我忙道：「那麼，誰有？」

石文通又吃了一大個包子，才道：「韋應龍這小子還有一塊，他家的上代和我家的上代，同是太平軍的將軍，他們一起去掘聚寶門，一共得到了四塊，四個人一人分一片，現在其餘兩人的後代下落不明，但是我知道韋應龍這小子還有一塊。」

我格外地高興：「如果你介紹我買了那聚寶盆的碎片，你可以賺到傭金！」

石文通也高興了起來，忙問夥計要了毛巾，抹著口：「好，不過這小子有錢，不知道他是不是肯賣，這樣，要是他不肯賣，我一定要他賣。」

我付了錢，站起來：「我們去找他談談再說！」

石文通的興致十分高，立時和我離開了茶樓，上了街車，石文通不斷和我說著他家原來是怎樣有錢，後來如何窮得連飯也吃不起。

他也向我說及了韋應龍的一些情況，使我知道了韋應龍現在是一家小型塑膠廠的老闆，我們現在就是到他那家塑膠廠去。

街車走了很久，才來到了工廠區，在經過了幾條堆滿了雜物、汙穢的街道之後，才在一家工廠外停了下來，我看到十幾個工人和一個動作遲緩的小胖子，正在廠外的空地上包裝著塑膠花。

石文通一下車，就大聲叫道：「韋應龍，小子，看看是誰來了？」

石文通擺出一副「老朋友」的姿態，可是那小胖子抬起頭來，向他看了一眼，神情不但很冷淡，而且還顯得十分厭惡，連睬都不睬他。

石文通僵住了，站在街邊，不知該怎樣才好，我連忙走了過去：「這位就是韋先生麼？」

那小胖子向我打量了一下，大概是我身上的衣著看來還過得去，是以他的臉上總算露出了一點笑容來，道：「先生是……」

石文通忙搶著道：「這位是衛先生，大商家！」

韋應龍和我握了握手，對石文通的態度也和善得多了，他連聲道：「衛先生有甚麼指教。」

石文通根本不給我有說話的機會，他又搶著道：「應龍，你還記得我們祖傳的那聚寶盆的碎片？」

韋應龍「哼」地一聲，道：「那鳥東西，有個屁用！」

我想開口，但是又給石文通搶著說了去，他道：「衛先生想買！」

韋應龍呆了一呆，笑了起來：「這種東西也會有人要麼？你別又來和我開玩笑了！」

石文通忙望定了我，這一次，他無法搶著說話了，因為究竟我是不是在開玩笑，他也不知道。

我忙道：「韋先生，絕不是開玩笑，是真的，如果你願意出讓的話，請你開一個價錢。」

韋應龍看樣子比石文通狡猾得多，他呆了一呆，顯然是在弄清我是不是在開玩笑，等他明白了我不是開玩笑時，他又向石文通望去，說道：「你的那塊呢？為甚麼不賣給衛先生？」

石文通道：「我早幾年就賣掉了！」

韋應龍立時道：「賣了多少？」

想不到我只請石文通吃了一餐點心，石文通居然幫了我一個大忙，他向我眨了眨眼，道：「賣了二千元！」

石文通將價錢說得十分低，可是，即使是這個價錢，看韋應龍臉上的神情，他也已經心滿意足了。

可是韋應龍卻道：「嗯……那我的這塊，應該貴一點，至少要值五千元了，對不？」

他望著我，本來我是可以一口答應下來的，但是我卻並沒有那麼做，我道：「我現在無法決定，我要看過你那塊東西之後再說，如果你那塊比較大一些的話，價錢自然可以高些。」

韋應龍道：「好，我帶你去看。」

他大聲吩咐著工人加緊工作，就和我們一起離去，他就住在離工廠不遠的一條街上的一幢普通的大廈之中。

進去之後，他到房中轉了一轉，就拿著一個紙盒子走了出來。

這時候，我的心情不禁十分緊張，因為我就可以看到聚寶盆的碎片了，傳說中的聚寶盆是如此神奇的東西，而且，就算是一片聚寶盆的碎片，自然也充滿了神秘的意味，至少一位譽滿世界的科學家買了一片之後，還要尋求第二片！

可是，當韋應龍將盒子打開來之後，我不禁大失所望，盒中有一些紙屑，在紙屑中，是手掌般大小、形狀不規則的一片碎片。那碎片是黝黑色的，約有一吋厚，從它的厚度來看，像是大水缸中敲下來的一片。

我道：「就是這東西？」

韋應龍道：「是，和石文通的那塊是一樣的。」

我在盒中，將那塊東西拿了出來，那東西一上手，就給我一種奇異的感覺，它十分重，可是它又不像是金屬。

這多少使我感到了一點興趣，我再仔細審視著那東西，我看到，在它的表面有許多細密的紋路，細密到了難以形容的地步，而且還有不少極細小的小孔。

在它斷口處，有很多米粒大小的珠狀物，我用手指剝了一粒下來，發現這種珠狀物之間，有一股極細的線連結著，自然，那股細線一拉就斷。

我實在不明白這是甚麼東西，但是那絕非是一塊大瓦缸的碎片，倒是可以肯定的。

我看了很久，韋應龍道：「怎麼了，五千值不值？」

事實上，不論那是甚麼，也不論韋應龍開價多少，我都準備將之買下來。因為有了這塊東西，我就可以和王正操晤面，弄明白他為甚麼要找尋這東西了。

但是，我還是考慮了半天，才道：「好吧，五千！」

我將那塊東西放進了盒中，數了五千元給韋應龍，韋應龍將鈔票數了一數，才抽了一張給石文通，我帶著那東西，和石文通告辭出來。

到了街上，我和石文通又進了一家茶樓，我開了一張面額很大的支票給石文通，道：「多謝你的幫忙。」

石文通拿著支票，手在發抖，連聲多謝，我笑道：「不必太客氣了，因為韋應龍不知道這碎片可以值多少，我也沒有多付甚麼錢，你拿去做小本買賣，像韋應龍這樣的朋友，不交也罷了！」

石文通忙道：「是，是！我早就知道他不是甚麼好東西！」

我和石文通分了手，回到了家中。

一到家中，我就將那片聚寶盆的碎片取了出來，放在書桌上，用一盞強烈的燈光照著它，然後，取出了放大鏡仔細審視著。

在放大鏡和強烈的燈光照射之下，我發現那一塊碎片表面上的細紋盤旋曲折，而且有許多細節的凸起，那些細小的孔洞直通內部。

而在它的橫斷面看來，那細小的一粒一粒、緊密排列著的晶狀體之間，也彷彿全有著聯繫，我用鉗子夾出了幾粒來，每一粒之間，都有極細的細絲連結著。

那片碎片乍一看來，十足是瓦缸上面敲下來的一塊破瓦而已，可是愈看愈是奇妙，看來，那竟像是高度工藝技術下的製成品。

我不禁呆了半晌，王正操博士在看到了那塊碎片之後，一定有所發現，所以他才毫不猶豫以一萬美金的高價買了下來。而且，更有可能的是，他在買下了那塊碎片之後，一直在埋頭研究那東西。

然而使我不明白的是，王正操並不是一位考古學家，他只是一位電子科學家，學的是尖端的科學，他為甚麼竟對一件古物如此有興趣？

我翻來覆去審視著那塊碎片一小時之後，仍然不能肯定那是甚麼東西，但是那是一件奇特無比的東西，是毫無疑問的了。

當我聚精會神坐在書桌之前的時候，白素曾兩次來催我吃飯，到了第三次，她有點不耐煩了，大聲道：「你究竟在研究甚麼？」

我抬起頭來，在那剎那間，我心中陡地一動，白素對於整件事全無所知，我何不趁此機會，試試一個全不知情的人對那塊碎片的看法如何？

於是，我側了側身，道：「你來看，這是甚麼，你有甚麼判斷？」

她向桌上那塊碎片看了一眼，笑道：「從大水缸上敲下來麼？」

我道：「你仔細看看再說！」

她走了過來，將那碎片拈在手中，臉上現出驚訝的神色來：「怎樣那麼重，好像是金屬的？」

她將碎片放到了燈光下，也仔細地看著，看了好久，才轉過頭來道：「這究竟是甚麼？照我看來，這好像是甚麼太空船的一片破片。」

我不禁呆了一呆，不論我如何想像，我也未曾將那破片和太空船聯想在一起。因為我早已知道，那是明初大富翁沈萬三聚寶盆的碎片，自然不會再去聯想到和太空科學有關的一切。

我呆了一呆之後，忙道：「你為甚麼會那樣想？為甚麼你會想到這是太空船的碎片？」

妻笑了笑：「或許我想錯了，也許是我用詞不當，我不應該說是太空船的碎片，而應該說，這是一具精密儀器的一部分！」

我又道：「你這種判斷，從何而來？」

妻指著那碎片表面上的細紋：「你看，這些紋路像是積體電路，這些凸起的細粒，簡直就是電路上的無數電阻！」

我吸了一口氣，她的想像力堪稱豐富之極，但是也不能說她講得沒有道理。

她又道：「還有那些細小的圓粒，它們使我想起半導體電子管來，雖然那麼細小，但是我相信它們一定有著非凡的作用。」

我聽到這裏，不禁「哈哈」大笑起來：「你完全料錯了！」

她的臉紅了一紅：「那麼，這是甚麼？」

我道：「這碎片，據說是明朝富甲天下的大富翁沈萬三的聚寶盆的碎片，我是用很高的價錢將它買下來的。」

妻聽得我那樣說，也不禁樂了，她將那碎片重重地放在桌上：「不消說，你又上人當了！」

我忙分辯道：「那倒未必，至少它使你認為那是甚麼極其精密的儀器的一部分！」

她瞪了我一眼：「別多說了，快去吃飯吧！」

我們沒有再爭辯下去，而我三扒兩撥地吃完了飯，又找了許多筆記小說，翻閱有關沈萬三那聚寶盆被打碎的經過。

據記載，明太宗聽說聚寶盆靈驗，下令沈萬三獻上聚寶盆，但是聚寶盆到了明太祖的手上，卻一點沒有用，明太祖一怒之下，就將之打碎，埋在金陵門下。

又有的記載說，明太祖懷疑沈萬三呈上去的聚寶盆是假的，便和沈萬三開了一個大玩笑，玩弄了一下數字遊戲，借了一文錢給沈萬三，以一個月為期，每日增值一倍，一個月後，本利清還，沈萬三欣然應之，卻不知上了明太祖的大當。

在「碧里雜存」中，提到這一段事的記載如下：

「太祖高皇帝嘗於月朔召秀，以洪武錢一文與之曰：煩汝為朕生利，只一月為期，初一至三十止，每日取一對合。秀忻然拜命，出而籌之，始知其難。」（沈萬三的名字是沈秀。）

從這段記載看來，朱元璋顯然是有心弄一個陷阱讓沈萬三掉進去，一文錢，每日增加一倍，以一個月為期，那是二的二十九次方，簡直是天文數字！

第四部：他在研究甚麼

從這則記載中，可以看出兩點：

其一、沈萬三的發財，真是靠聚寶盆而來，而不是做生意發財的，做生意要發財到這樣子，自然具有極其精密的數學頭腦，一聽得明太祖這樣說，就該知道不對頭，立時拒絕，怎會「忻然受之」？他沒有數學頭腦，做生意自然也不十分靈活，靠的是聚寶盆，殆無疑問。

其二，如果這時，沈萬三還有聚寶盆在的話，那麼，一個月下來，錢變得再多也是難不倒他的，可是記載後來卻說，明太祖月尾派人來收數，沈萬三「竟至傾家」，那麼，可知他呈上去給明太祖的那隻聚寶盆是真的了，他沒有了聚寶盆，自然再也生不出錢來了！

這雖然是幾百年之前的記載，但是對我來說，卻是十分有用。

因為只要沈萬三當時獻呈給明太祖的那隻聚寶盆是真的話，那麼，我這塊聚寶盆的碎片，自然也是真的聚寶盆碎片了！

這大半夜的翻抄舊書很使我滿意，我將那碎片鄭而重之地包好之後才就寢。

第二天，我起來之後，第一件事，就是再去看那碎片，然後，我穿好了衣服，草草吃了早餐，駕著車，帶著那碎片直赴郊外，去找王正操博士。

到了王博士的住所之處，我用力拍著門，又拍了好久，才有人應聲，門一打開，王正操滿面怒容站在門前，當他一看到我時，更是怒意大熾，厲聲道：「你這流氓又來了？」

我早已料到他看到我會大發雷霆，所以我也早準備好了應付他的話。我忙道：「王先生，我是古玩店劉老闆派我來的。」

這句話，當真具有意想不到的功效，王正操一聽，立時怒容消失：「啊，啊，你是劉老闆派來的，他已找到了我要的東西？要多少錢？請進來。」

他側身讓我進屋去，屋中的陳設很簡單，我坐了下來：「你要的東西，的確又有了一件，但並不是他找到了派我送來的。」

王正操興奮地擦著手：「只要有就好了，其他還成甚麼問題？」

我笑著：「王先生，事情恐怕不如你所想的那麼簡單，這片東西是我的，如果沒有合適的條件，我不會將它輕易出讓。」

王正操呆了一呆，發出一連串的「啊啊」聲來，顯然是他在一時之間不知該如何回答我的話才好，過了半晌，他才道：「啊，那你要甚麼條件？」

我道：「先別談條件，你先看看，我那片東西是不是你所需要的。」

我將那碎片取了出來，交到他的手中，他忙撕開了包在碎片外的紙，將碎片湊到了陽光下，那時，我看到他的手在微微發抖。

只見他雙眼瞪得老大瞪視著那碎片，像是那碎片上有著極大的魔力一樣。同時，他口中在喃喃自語：「太奇妙了，原來是那樣，真想不到，要不是見到了，那真是想不到，原來是那樣。」

我完全不明白他那樣自言自語是甚麼意思，但是我卻可以肯定，我帶來的那碎片，的確是他想獲得的東西了。

我趁他聚精會神之前，走到了他的身邊，一伸手，將那碎片自他的手中搶了過來：「好了，看夠了。」

王正操忙道：「是，是，那正是我要的東西，你要多少錢？快說，我一定籌給你，多少錢？」

我笑著：「錢是其次，我另外有一些條件！」

王正操迫不及待地道：「甚麼條件，快說，我一定答應你。」

我道：「好，你已有了一片這樣的碎片，是不是？」

王正操道：「是的。」

我道：「你研究了那片碎片已有一段時間了，我想知道你研究的結論！」

王正操的臉色變得十分難看，他自然想不到我會單刀直入，向他問出了那樣一個問題。

接著，他又出現了一個十分難看的笑容來，用著分明是掩飾內情的聲調道：「奇怪了，有甚麼結論？最佳的結論，也只不過是那碎片真的是沈萬三的聚寶盆的碎片而已，還會有甚麼？」

我明知道王正操所講的不是實話，但是我卻無法反駁他。

的確，研究那碎片最佳的結論，除了證明那碎片真的是聚寶盆的那一部分之外，還能是甚麼呢？

我略想了一想：「你已經達到了這一結論了，是不是？你曾對古董店的劉老闆說過這一點。」

王正操道：「是的。」

我道：「那麼你有一塊已經夠了，為甚麼還要千方百計地找尋第二塊？」

王正操有點狡猾地眨著眼睛：「那是真正的古董啊，而且是如此富有傳奇性的古董，我有了一塊，自然還想得到第二塊。」

我心中明明白白地知道王正操所說的全是鬼話。但是我卻無法找出他話中的破綻來，自然也無法揭穿他的謊話。

王正操望著我：「好了，你已經明白我為甚麼要另一片碎片，你手中那塊，的確是價值十分之高的古董，你開價錢吧！」

我緩緩地道：「不，我不會開價錢，除非你讓我明白，你真正需要它的原因。」

在那一剎那間，王正操現出極其憤怒的神情來，他不出聲，我也不出聲，氣氛僵硬之極，我一直注視著他，在看著他的反應。

我看到在他那種憤怒的神情漸漸消散之後，他盯著我手中的那碎片，現出十分貪婪的神情，接著又深深地吸著氣，在他的心中，一定在想著如何對付我。但是我已抱定了主意，不論他怎樣，我一定要知道了真相之後，才肯將那碎片給他。

我為了引誘他道出真相來，是以我道：「看來，你在這裏正從事一項十分秘密的研究，是不是？」

王正操勉強一笑：「你錯了，那只不過是普通的研究，說來你不信，我是一個古董的愛好者，對一切古物都有癖好，你看這個！」

他走出去幾步，在一個茶几上，抱起一個大花瓶，又來到了我的身前，道：「譬如這個大花瓶，你看看，是洪武年製，也是我出高價買回來的。」

他一面說，一面將大花瓶的底向著我，在那花瓶底上，我果然看到「洪武年製」四個字，但是那隻花瓶卻顯然是不值錢的貨色。

我笑了幾聲，道：「你……」

我才講了一個字，我絕對料不到的事情發生了，王正操竟突然地舉高了花瓶，向我的頭上疾敲了下來。

在那一剎間，我倒並不感到疼痛，我只是聽到了花瓶的破裂聲，接之而來的是一陣奇異的聲音，像是一架鋼琴，在十分之一秒鐘內，散了開來一樣。

緊隨著那「嗡」地一聲響之後，我眼前一陣發黑，身子一晃，就昏了過去。

那實在是完全出乎我意料之外的事，直到我醒了過來之後，我幾乎仍然不能相信，那竟會是事實！一個如此著名的教授、高級知識分子竟會用那樣的方法來得到他所想要的東西。我們還怎麼做人呢？人實在是太可怕了，可怕到了叫人無法提防的程度。

我在醒過來之後，頭頂上仍然傳來一陣劇痛，像是有一塊燒紅了的鐵放在我的頭上一樣。我想伸手去摸一摸我頭上的傷勢怎樣，但是我卻發覺我的雙手被反綁著。

我轉過頭去看，可以看到我的雙手是被緊緊地反綁在一張巨大的桌子上，而那張桌子則被豎起來，靠在牆上。

我所在的地方，顯然是一間雜物室，有著許多凌亂的雜物，上面滿是灰塵。

我也立即發現，不但我的雙手被反綁著，連我的雙足也被緊緊地綁在那張大桌子上，而我是絕對沒有法子帶著那張桌子移動的。

當我弄清楚自己的處境之後，我不禁苦笑了起來，在我的心中，立時想起了許多有關「怪博士」的故事來。我現在顯然也是落在這樣的一個「怪博士」的手中了，他將會如何對付我呢？

在我所看過的小說之中，怪博士對付他俘虜的花樣可多了，有的甚至會將俘虜浸在鹽酸之中，使之變成一副完整的骨骼模型。

當我想到這些故事的時候，我真感到不寒而慄，王正操會怎樣對付我呢？

我呆了片刻，陡地大叫了起來，我叫得十分大聲，一次又一次地叫著，當我足足叫了幾分鐘之後，雜物室的門「砰」地一聲被打了開來。

面色鐵青的王正操站在門口，尖聲道：「你別叫了，好不好？」

我喘著氣：「這倒好笑了，你搶了我的東西，將我綁在這裏，還不准我叫救命麼？」

王正操搓著手，我看到他的額頭在冒著汗，好像他比我還要緊張。

我又道：「王教授，你太蠢了，我到你這裏來，很多人都知道的，如果你不放了我，那麼，你就有很大的麻煩，罪名嚴重！」

我用話威嚇著王正操，王正操居然連連點頭，他道：「我知道，我知道我有麻煩了，如果我能殺了你，我就不會有麻煩，可惜我不會殺人！」

我不禁呆了半晌，看王正操的神態，他真的是想將我殺死，一了百了！而他之所以未曾對我下手的原因，可能是因為他不論怎樣，總是受過多年高深教育的人，對於殺人這件事，他做不出。

但是，從他想到了殺人這一點，而並不想將我放走、將那碎片還給我，或是將他研究那碎片的真正情形告訴我，那麼也可想而知，我是很難有其他的辦法令他說出來的了！

我嘆了一聲：「王博士，算了，我不再追根問底了，你將我放了，我帶來的那塊碎片算是我送給你的，希望你的研究成功！」

王正操定定地望著我，看他的神情就像一個木頭人一樣。

接著，他又近乎天真地道：「你，你不會是騙我吧，在我將你放走之後，你就去報警？」

我淡然笑著：「你放心，不會的，我尊敬你是一位在科學領域上有極大貢獻的科學家。不想你再作進一步的犯罪行為，是以才那樣做。你一定不肯告訴我你在研究甚麼，我有甚麼辦法？」

王正操又望了我半晌，以十分感激的聲調道：「我不會忘記你的，你對我太好了，我的研究如果有了成果，我一定和你分享，我可以使你成為世界上最有錢的人，最最有錢！」

我聽了他的話，心中不禁陡地一動，脫口道：「你的研究有了成功，你就可以使我成為最最有錢的人？那麼，你現在所做的工作，是在製造一隻聚寶盆？」

王正操一聽我那樣講法，他的臉色又變了，忙打岔道：「別開玩笑了！」

我當時心中一動說出了那樣的話來，但是，我也隨即感到好笑，製造聚寶盆，太可笑！實在是太荒唐了！

所以我也笑了一笑，沒有再說下去：「好了，解開我吧！」

王正操用一柄小刀將繩子割斷，恢復了我的自由，從他的行動來看，他倒不失是一個心地純正的人，因為我只不過是輕描淡寫地說了幾句，他就完全相信了我。

而事實上，他先用那樣的手段對付我，我完全可以將我說過的話不算數，算是騙他的，在道義上來講，我也無愧於心。

但是他卻相信了我，這證明他之所以用那樣的手段對付我，實在是因為他太想得到那碎片了，當他實在太想得到目的物之際，他便自然而然流露出了人性醜惡的一面，這似乎也很可以原諒。

我在抖了抖手之後，又向頭上摸了摸，頭頂上腫起了一大塊。

王正操握著我的手：「多謝你，真的，非常多謝你的慷慨！」

我沒有甚麼話好說了，而且王正操一再地在說多謝，那也表示他不想我再逗留下去了，我便告辭走了出來。

當我來到了陽光之下的時候，我不禁苦笑了起來，我這次不但甚麼都沒有得到，而且還失去了我費了不少錢、不少精神得來的那碎片。

如果硬要說我得到了甚麼的話，那麼，我得到的，只是王正操一個虛無縹緲的承諾而已！

但是，我相信所能得到的也只此而已，因為我向王正操追問的那個問題，已逼得他幾乎要行凶殺人，如果不是他實在不願意道出他的秘密，他決不會在保守秘密和犯罪之間，選擇了犯罪的。

我認為我現在做得很對，王正操雖然對不起我，將我擊昏了過去，但是我卻沒有使他的犯罪有進一步的發展，我及時阻止了事情向惡劣的方面發展，雖然目前看來我一無所獲，而且還遭到了損失，但是誰知道以後的事情會怎樣呢？

我出了門，走了兩步，王正操突然追了出來：「衛先生，等一等，我忘了告訴你一件事！」

我站定了腳步，轉回身來。

他喘著氣：「將你的電話號碼給我，同時，請你別再來找我，我到了有必要和你聯絡的時候，自然會打電話給你的。」

王正操竟然不要我再去找他，這實在太過分了！不論他現在做甚麼，他總拿了我一片聚寶盆的碎片，他的研究工作，我是有份的，而他竟不許我來找他！

在那剎那間，我實是感到了極度的氣憤，我握緊了拳頭，幾乎要大聲呼叫了起來。

可是，也就在十分之一秒之內，我改變了主意，我苦笑了一下，攤著手：「好吧，你認為應該怎樣就怎樣好了，我的電話號碼是——」

我把電話號碼告訴了他，他一轉身走了進去，「砰」地一聲，將門緊緊地關上。

我苦笑著，搖了搖頭，促使我改變主意的原因，是因為我想到，我既然已作了那麼大的犧牲，也不必在乎這一點小犧牲了。

而且，老實說，王正操也不是一個有趣的人，和他見面，可以說是乏味之極，就算他請我前去，我也未必肯去見他。

我來到了車邊，又向王正操的屋子望了一眼，我心中在懷疑，王正操幾時會打電話給我，和他是不是會打電話給我！

我駕車回到了市區，先到那古董店去找老闆，將我又找到了一片聚寶盆碎片的事情講給他聽，接著我問他：「劉老闆，你開了幾十年古董店，見過的古物不在少數，以你來看，你認為那聚寶盆的碎片，究竟有甚麼價值？」

劉老闆笑著：「那真是很難說了，古董是很難講價值的，毛公鼎是甚麼？只不過是幾十斤銅而已，可是價值卻是無法估計的。」

我道：「即使是碎片，也一樣有價值？」

劉老闆皺著眉：「照說，這樣的碎片，應該有銘文的才名貴，你找到的那片有字麼？」

我搖頭道：「沒有字。」

劉老闆笑道：「真不知道那位王博士憑甚麼來斷定它是真的，照我看來，要明初的古董我這裏有，你對明初的將軍印有興趣麼？」

我大笑了起來：「劉老闆，你怎麼兜生意兜到我的頭上來了？」

劉老闆也笑了起來，恰好在這時候，有顧客進來了，我趁機和劉老闆告別，回到家中，將事情的經過和白素講了一遍。

白素望了我半晌，才搖著頭，笑道：「好，那你就等著吧。」

我自然聽得出她話中譏諷的意味，我除了傻笑之外，也根本想不出用甚麼話來回答她。

在我那次和王正操見了面之後，開始的幾天，我著實記掛著那聚寶盆碎片的事。可是，半個月之後，我已經不怎麼想起，一個月之後，幾乎已經忘記了。

王正操自然一直沒有打電話來。

第五部：立體金屬複製機

一直到有一天晚上，天氣嚴寒，北風呼號，我睡在床上，也可以聽到凌厲的北風震撼著窗子所發出的聲響，在凌晨三時，我突然被電話鈴吵醒。

在那樣的天氣，甚至是伸出手來去拿電話，也不是令人愉快的事。

然而，我總不能任由電話鈴一直吵下去，我咕嚕著，拿起電話來，我聽到一個人道：「衛先生？」

我在拿電話的時候，已經看到了時間，不禁無名火起，大喝道：「你倒真會揀時間來打電話，你是甚麼人，明天不做人了？」

那邊呆了呆，才又道：「真對不起，我因為實在太興奮了，忘記了時間。」

而這時候，我也聽出那是王正操的聲音，我忙道：「是王博士麼？」

王正操道：「是的，你快點來，我給你看一點東西，你立即就來，我曾經答應過你，讓你第一個分享我研究的成果的！」

我苦笑著：「真謝謝你，你找的時間真不錯。」

王正操道：「你一定要來，當你看到我研究的結果時，你才知道不虛此行。快來，記得，我只許你一個人來。」

我沒好氣地道：「現在這樣的天氣、這樣的時間，你就算出請帖，也未必有人來的，好吧，我來！」

我放下電話，白素也醒了，她著亮了電燈，我跳起來，穿了一件大皮袍，又圍上了一條厚厚的圍巾，好在我的怪誕行為本就多得很，她也早已習慣，是以她只是瞪了我一眼，翻身又自顧自去睡了。

我出了房間，只感到寒意自頭頂直到腳趾，我籠著手、縮著頸，來到了大門外，寒風撲面而來，我不由自主打了幾個寒戰，心中在詛咒著王正操，同時，罵自己是一個大傻瓜。

當我來到車房，取出車鑰匙來之後，我的手冷得在發抖，以致竟無法將車鑰匙插進鑰匙孔內去，足足費了三分鐘之久，我才弄著了車子的引擎，有了暖氣，我人才又恢復了活力。

我駕著車，直駛郊區，我將車子駕得十分快，是以當我到了王正操住宅的門口，用力擂他的門，他打開門來時，也不禁呆了一呆：「你來得好快！」

我推著他：「快進去，外面風大得很！」

他也叫道：「進來，進來，我給你看！」

他拉著我，穿過了客廳，由一道樓梯走到了地下室，一進地下室，我就看到地下室十分大，裝置著許多儀器和控制臺，分明是一間設備相當完善的實驗室，而看王正操的情形，他正在徹夜工作。

在那樣的寒夜，他竟徹夜從事研究工作，這種精神，實在令人欽佩。

我迫不及待地問道：「你要給我看甚麼？」

他先將我帶到了一張長桌子之前：「你看！」

我向那張長桌上看去，只見桌上攤著十多張白紙，每一張紙，大約有一寸見方，而在每一張白紙上，都有些粉末。

那些粉末數量十分少，我懷疑如果我湊近去看的話，只要打一個噴嚏，就會令它們失蹤，而這時，我鼻子發癢，正想打噴嚏。

所以，我並沒有俯下身子，只是直著身，看著那些粉末，那些粉末，大多數是閃光的青白色、黃色，看來像是金屬粉。

我實在有點難以抑遏心頭的憤怒，大聲道：「這是甚麼鬼東西？」

而王正操卻顯出得意萬分狀的樣子來：「這些，就是我研究的成果！」

我又道：「這些究竟是甚麼？」

王正操逐張紙指著：「這是鋁粉，這是銀，那是金，而這裏是鋅、鐵、和鎂，我檢查過它們的成分，毫無疑問，它們全是我所說的那幾種元素。」

我不禁啼笑皆非：「好了，就算是，那又怎麼樣，有甚麼好看？」

王正操睜大了眼睛：「怎麼？你難道不明白其中的意義，我的發明，可以使整個世界的面目為之改觀，人類的文明將要重寫！」

如果說我不明白王正操的話，是我的愚蠢，那麼，好，我承認自己愚蠢，我已經不準備再和王正操說下去了，我認為王正操的神經有點不正常，可是，王正操接著而來的一句話，卻令我呆住了！

王正操道：「你不明白麼，這些元素，是我複製出來的，你明白了麼？」

我呆住了不出聲，因為世界上，從來也沒有人，將「元素」這個名詞和「複製」這個動詞連結在一起的。

我忙道：「你那樣說，是甚麼意思？」

王正操突然按住了我的肩頭，搖著我的身子：「複製，你應該明白，複製！」

我搖著頭，表示我仍然不明白。王正操拉著我向前走出了幾步，來到了一具十分複雜的儀器之前，那儀器連接著好幾座電子裝置，儀器的本身是一塊凹形的金屬板，上面有著另一塊平的金屬板。

王正操到了這儀器之前，按下了許多掣，然後他道：「拿一樣金屬的東西出來。」

我略呆了一呆，將我手中的一枚白金戒指除了下來，他接過了那白金戒指，放在那微凹的、直徑約有一尺的圓板上，蓋上了那塊平板，然後，又按下了許多掣，最後，他扳下了一個紅色槓桿，我看到有一隻秒錶，開始計時，在二十秒之後，他又扳回了那紅色的槓桿，所有閃亮的燈一起熄滅。

然後，他道：「看，別眨眼。」

看到了那古怪的儀器，和他那一連串的操作，我已經沒有眨眼了。

這時，他掀起那塊鐵板來，叫道：「你看，你看到了甚麼？」

我將眼睜得老大，老實說，我關心的是我那枚戒指，因為它是具有紀念性的東西，當我看到那枚白金戒指還在的時候，我首先鬆了一口氣，別的，我看不到甚麼。

我拿了那枚白金戒指，王正操道：「你怎麼不感到奇怪？」

我苦笑道：「我真感到奇怪，因為我看你操作了半晌，甚麼結果也沒有！」

王正操揮著手，叫嚷著道：「你是個瞎子？難道你竟看不到甚麼？你看不到，在那上面，已多了許多東西？」

我真是又好氣又好笑：「或許我要放大鏡才能看得到你所說的多出來的東西。」

我那樣說法，實在是任何人都可以聽得出這是充滿了諷刺意味的話，可是王正操的反應卻又是出乎我意料之外的。

他點著頭，竟然道：「也許是，我給你放大鏡。」

他真的轉過身去，拉開了一個抽屜，取出了一隻放大鏡來，交給了我。

在那樣的情形下，我著實有點啼笑皆非，可是我卻也無法不接受他的「好意」。

他將放大鏡交了給我，然後，興奮得漲紅了臉：「看，快看啊！」

我實在是不願意再用放大鏡去觀察的，可是在王正操的敦促下，我卻知道，如果我不裝模作樣地看上一番的話，我是過不了關的。

所以，我將放大鏡湊在眼前，俯身下去，觀察那個微凹的表面，也就是剛才放過我那枚白金戒指的地方。

我是抱著甚麼也不會發現的心情去觀察的，可是當我才一俯身下去，看到了那微凹的表面，看來十分平滑，但是在放大鏡下，卻可以看到它上面佈滿了一個一個極其細小的小孔，那種小孔，對我來說，好像不是第一次見到的了，但是我這時，一時之間卻想不起我在甚麼地方曾見過這樣類似的小孔。

在我看到那些小孔的同時，我也看到了在那些小孔的旁邊，都有著一粒極細極微的粉末，那一粒粉末在閃著光，看來好像是金屬粉末。

王正操已不斷地在道：「你看到了甚麼，說啊，你看到了甚麼？」

我據實道：「我看到了很多小孔。」

王正操又道：「小孔旁邊是甚麼？」

我道：「好像是金屬粉末！」

王正操歡呼了一聲：「讓開！」

他一伸手，動作近乎粗暴地將我推了開去，接著，他用了一支十分柔軟的毛刷，在那微凹的表面上掃著，然後，又用一張白紙，將掃聚在一起的一小撮金屬粉盛了起來，遞到了我的面前。

當白紙遞到我面前之際，我已可以不必用放大鏡就看到了那一小撮金屬粉了，雖然它聚在一起，也不會比半粒米更大。

我吸了一口氣：「那是甚麼？」

王正操道：「是白金，不論你用多麼嚴格的方法來化驗，它們是白金，它們的成分，和你那隻戒指上的白金一模一樣！」

我聽了之後，不禁有點火冒，我道：「王博士，我已經說過，我的戒指是有紀念性的，你在我的戒指上銼下一些粉末，是甚麼意思？」

王正操聽得我那樣說，先是一呆，接著，他便「哈哈」大笑了起來。

他笑得那樣開心，像是他已然開到了一個金礦一樣，而他笑得愈是高興，我也愈是惱怒，正當我想再度向他嚴厲責問之際，王正操已停止了笑聲，道：

「你的戒指，一點也沒有損失！」

我怒道：「那麼，這些金屬粉是哪裏來的？」

王正操道：「是我複製出來的。」

我呆了一呆，一時之間，我不明白他那麼說是甚麼意恩。

王正操又道：「你用過複印機沒有？」

我腦中很混亂，我已經有一點意識到他想說甚麼了，可是那是無法接受的事情，我除了點頭之外，甚麼也說不出來。

王正操又道：「你用過複印機，自然知道，一份文件不論複印多少次，都不會有甚麼損失的。」

我道：「可是現在，卻多了一些金屬粉出來。」

王正操立時大聲道：「是的，你怎麼還不明白？那是我複製出來的，我這具儀器是立體複製機，可以複製出任何金屬！」

我呆住了不出聲，我腦中更混亂了。「立體複製機」這是一個我從來也未曾聽到過的怪名詞。

王正操續道：「任何物質的基本組成是原子，而原子又是由電子組成的，電子的排列組合方式的不同，就形成了各種不同的物質。如果你能夠改變電子的排列組合，那麼，空氣可以變成金子，泥土可以變成白金，任何物質可以轉變為其他的任何物質，只要你能改變電子的排列組合。」

我呆呆地聽著，王正操的理論是對的，誰都知道，但是，誰又能做到這一點呢？

我問道：「難道說，你已經解決了這一個難題？」

王正操道：「初步，要是我解決了所有的難題，那麼，在剛才我的操作之後，你看到的，就不會是一些白金的粉末，而是無數的白金戒指，和你手中那隻一模一樣，滿滿的一盆。」

我失聲道：「那樣，這隻盆簡直就是一隻聚寶盆！」我在那樣說的時候，其實還沒有想到甚麼，只不過是為了王正操的話而聯想到了聚寶盆而已。

可是我的話才一出口，我就陡地呆住了：聚寶盆！

照王正操那樣的說法，他這具「立體複製機」簡直就是聚寶盆，而聚寶盆的碎片，正是王正操千方百計要求得的東西，而且在那一剎那間，我也想起，那微凹的表面上有許多小孔，而在我得到那聚寶盆的碎片之後，仔細觀察之際，我也曾發現那上面有許多小孔，所以我剛才有似曾相識之感。

我呆了一會之後，立時瞪大了眼，張大了口，望著王正操。

王正操道：「是的，你真聰明，我這具立體複製機就是聚寶盆，唉，如果再給我有多幾片聚寶盆的碎片就好了，我一定很快可以將立體複製機成功地製造出來。」

我呆了半晌，心中不知道有多少問題一起湧了出來，但是這許多問題擠在一起，卻是凌亂得連我也不知道該如何發話才好，是以我不斷地說著「這個」、「這個」，但結果卻無法說出一句完整的話來。

王正操望著我：「你對我初步研究的成果有懷疑？如果你有懷疑的話，我還可以再試一次給你看看，你身上還有甚麼金屬物品？」

我忙道：「那倒不必了，我沒有甚麼懷疑，可是，你的意思是說，沈萬三的聚寶盆是一具立體複製機？這不是笑話？」

王正操卻正色道：「那有甚麼笑話，你未曾讀過有關沈萬三聚寶盆的記載？」

我道：「我當然知道，但是那一切難道全是真的，真有那樣的事？」

王正操道：「在我未曾看到聚寶盆的碎片之前，我自然將那些傳說當作神話，可是當我一看到那聚寶盆的碎片時，就完全改觀。」

我道：「你在那碎片中看到了甚麼？」

王正操道：「我看到的，是一件精密之極的儀器的一部分，我看到上萬個細小得直到如今人類科學還無法製造出來的電子管被串連在一起，而線路的複雜更是難以形容，我一眼就看出，它如果是傳說中的聚寶盆的碎片的話，那麼聚寶盆就一定是一具可以複製金屬的立體複製機。」

我一面點著頭，一面道：「就和你這具一樣？」

王正操聽我那樣講，不禁苦笑了起來。

王正操道：「我的這一具？我這一具與之相比，就像是石器時代的人剛發明的輪子和現代的汽車相比一樣，相差實在太遠了，我相信沈萬三的那具聚寶盆，是手提的小型立體複製機，就算我的製作完全成功，想要造出一隻那樣子的聚寶盆來，也不是我這一生中所能做得到的了。」

我呆了一呆，道：「那麼，沈萬三的那隻聚寶盆又是誰製造的呢？」

王正操道：「我問過我自己，我想只有一個可能，那隻聚寶盆，是外太空、別的星球上的高級生物到過地球留在地球上的。除此之外，根本不可能有這樣的精密的製品，地球人再過一千年也造不出來。」

我深深地吸了一口氣，從前，人們只將沈萬三的聚寶盆當作是神話的傳說，從來也沒有人試從科學的角度，解釋過聚寶盆放下東西去，「隨手而滿」是怎麼一回事？

而如今，王正操的解釋，顯然是唯一的解釋，所謂「聚寶盆」，實際上，是一具根據改變物質電子排列組合，而改變物質原理所造成的立體複製機。

王正操又道：「而且我也可以肯定，沈萬三的那聚寶盆，動力來源是太陽能，因為我在聚寶盆的碎片中，找到了一組細小的晶體，有著極強的聚光作用，可以利用無窮無盡的太陽能，不像是我那具一樣，每操作一次，所耗費的電量，足夠買十七八兩白金的了。」

我腦海裏仍然一片混亂：「照你那樣說也不對啊，為甚麼朱元璋拿了聚寶盆去『取視無驗』？要不然，他也不會將聚寶盆打碎了！」

王正操道：「這正是聚寶盆必須聚集太陽能才能進行一連串操作的原因，我相信沈萬三在初得了聚寶盆之後，第一次是無意之間發現聚寶盆的秘密的，記載中不是說他將聚寶盆當作『浣手器』麼？可能是暴露在日光之下。而以後，他一定已知道了必須在日光下聚寶盆才起作用的秘密，他將聚寶盆獻給了皇帝，卻保留了這個秘密，皇帝自然不會在太陽下試聚寶盆，所以，聚寶盆也就成為廢物了！」

我眨著眼，仍然沒有法子說得出甚麼來。

第六部：打開人類科學的新紀元

王正操繼續道：「我第一次得到了那碎片，花了極長的時間將那碎片拆了開來，我已從那碎片中，得到了一些基本的概念，我就開始從事研究工作。然而，那片碎片卻不能滿足我的需要，正如七百年前的人，無法從電視機的一部分而仿造出另一個電視機來一樣！」

我道：「所以，你又希望獲得第二片？」

王正操道：「是的，第二片給了我極大的幫助，使我有了初步的成功！」

我搖著頭：「現在你造成的不是聚寶盆，而是散寶盆。」

王正操怒道：「甚麼意思？」

我道：「是你自己說的，你每一次操作所耗的電費，可以買十七八兩白金，而你所得的是多少？」

王正操立時道：「我還未曾研究成功，等我成功了，你想想，我可以要甚麼就有甚麼，任何貴重金屬都會源源不絕而來，那是甚麼樣的情形？」

我心頭怦怦地跳著，心中想，真的，那是甚麼樣的情景！

王正操嘆道：「再給我幾片聚寶盆的碎片就好了，或者，再給我一片，我就可以參考著解決難題了！」

我望著他，王正操提高了聲音，大聲疾呼道：「你知道麼？只要再有一片，我就可以製成一隻聚寶盆，你的白金戒指放下去，不到五分鐘，就可以變成幾千隻、幾萬隻，任何金屬都可以複製出來，你明白了麼？」

他叫到後來，雙手扶住了我的肩頭，用力地搖著。

我並沒有制止他，因為一個人有了那樣的發現，是應該如此興奮的！

我竭力使自己鎮定下來，我將整件事迅速地在腦海中歸納了一下。

在經過了初步的歸納之後，我得到了以下幾點結論：

（一）沈萬三的聚寶盆，是來自外太空的「立體複製機」，製造出這個立體複製機的「人」，他們的科學水準，比地球人高出了不知多少倍。

（二）我和王正操得到的碎片，就是當年被明太祖朱元璋打碎的「立體複製機」的碎片。

（三）立體複製機複製任何金屬物品的原理，是利用無窮無盡的遊離電子，改變它們的組合排列，使它們成為各種不同的金屬元素。

（四）王正操以他超卓的科學技能，在那兩片碎片之中，得到了製造「立體複製機」的知識，他已經獲得了初步的成功。

（五）他還需要那聚寶盆的碎片作為參考，那麼，他就可以做出完善的、大型的「聚寶盆」來。

我將這幾點想了又想，王正操已不再搖撼我的身子，他只是以一種狂熱的眼光望定了我。

我苦笑一下：「你望著我有甚麼用？我沒辦法再弄一片那樣的碎片來。」

王正操的回答快得出奇，他道：「你能的，你能弄到第二片，一定能弄到第三片。」

我搖了搖頭，沒有說甚麼，因為我發現王正操的情緒是在如此的狂熱之中，他根本無法接受任何合理的解釋，也就是說，他已有點不可理喻了。

果然，他立時又道：「你去想想辦法，我來繼續研究它，我們合作，你想想，如果我們成功了，如果我們成功了！」

他連說了兩遍，接著，便深深地吸了一口氣。

他未曾向下說去，事實上，的確很難向下說下去，因為如果他成功了的話，那真是難以想像的，如果他將他的成功公開出來，那麼每一個人都可以用黃金來起屋、用白金板來裝飾牆壁。如果他成功了，「金本位」這件事，根本不再存在，金子比泥土還賤，那會引起一種甚麼樣的變化，的確難以想像。

而如果他成功了，並不公開他的秘密，那麼，他自然又是另一個沈萬三，他可以在一天之內，獲得比美國國家金庫中更多的黃金；在一天之內，他可以成為世界上最富有的人，連科威特的酋長也瞠乎其後。阿拉伯酋長有的只不過是石油，而他，可以有任何金屬，他甚至可以大量複製鈾。

王正操仍然望著我：「一切靠你了，你去想辦法，我保證，在我成功了之後，我們兩人，對所得的利益平均分配。」

我嘆了一聲，那時，我的腦中仍然很亂。

我在回想著我找石文通談及那聚寶盆的碎片的情形，石文通曾告訴我，當時，他們的祖先，那幾個太平天國的將領掘到的碎片，一共有四片之多。

而我們現在得到了兩片，那也就是說，在理論上而言，至少還有兩片不知下落。

自然，要得到那兩片，是極其困難的事，但是困難並不等於做不到。

而且，為了那麼偉大的成就，事情進行起來就算再困難的話，似乎也值得試一試。

我想了片刻：「好，我再去試試！」

王正操的神情，就像是他已得到了第三塊碎片一樣，高興得跳了起來：「只要你肯去找，一定找得到的，一定找得到的！」

他講到這裏，頓了一頓，神情又變得極嚴肅：「記得，千萬不能將我的發明對任何人說起，甚麼人也不能說。」

我略呆了一呆：「我可以答應你不對別人說，但是我的妻子，自始至終參與這件事，我回去之後，得對她將經過的情形講一講。」

王正操叫了起來：「不行，沒有一個女人是可以守得住秘密的。」

我立時道：「你弄錯了，她絕對可以保守秘密！」

王正操團團轉了半晌，才勉強地道：「好吧，可是你要知道，如果我們的秘密傳了出去，那麼，我的研究必然受到各種各樣的干擾，對你、對我，都沒有好處，所以我才要保守秘密。」

我點頭道：「我自然明白。」

王正操搓著手：「為了堅定你的信心，可要我再操作一次給你看看？」

我大感興趣，忙道：「為了堅定我的信心，你最好讓我來操作一遍，而由你指導、解釋！」

王正操道：「好的。」

我取出一柄鑰匙，放在那微凹的金屬板上，然後蓋上了那塊平的金屬板。

王正操指導著我，按下許多掣鈕，一面道：「在整個操作過程中，放在裏面的金屬品，起的只不過是一種觸媒的作用，好在一連串複雜的過程之中，使吸收到的游離電子照這種金屬的電子排列方式來組合。」

我一面照他所說，按下各種各樣的鈕掣，看著幾具比人還高的電子儀器閃著各種各樣的光亮，一面道：「可惜現在複製出來的，只是一些粉末。」

我只不過是無意間這樣說了一句而已，卻未曾料到，我的話居然大大傷了王正操的自尊心，他立時漲紅了臉：

「你別小看了一些粉末，居禮夫婦當年在一噸焦煤之中提煉出來的鐳，只不過是瓷皿底上的一些痕跡，但是鐳就是那樣被發現的。」

我聽了他的話，心中陡地一動，忙道：「王博士，你知道麼？就算你的研究工作沒有再進一步的發展，你也可以說是成功了。」

王正操愕然道：「甚麼意思？」

我道：「現在，你的這具立體複製機，每一次都可以複製出少量的粉末來，用來複製白金自然是虧本的，因為它要耗去大量的電能，但是你想想看，如果它被利用來複製貴金屬的話……」

王正操道：「例如鐳。」

我道：「是啊，每一次能夠得到一點鐳粉，也已是了不起的成就了！」

我以為我的話一定會使王正操大大興奮了，可是王正操在聽到了我的話之後，卻現出了一臉的不屑之色，自鼻子中發出「哼」地一下冷笑來：

「你怎麼那麼容易滿足？一些粉末算得了甚麼？我要完全的成功！」

我聽他那樣講，便不再說甚麼，最後扳下了那紅色的槓桿，然後，又過了片刻，扳回槓桿，揭起那塊金屬板來。

上一次，我要用放大鏡才能看清那些粉末，但是這一次，因為我事先留意，是以我立即就可以看到那些粉末了，這一次，是銅粉。

王正操又用那柔軟的刷子，將那些粉掃在一起，放在我面前。

老實說，我無法不承認他的確是創造了一個了不起的立體複製機。我吸著氣道：「好，我再去找聚寶盆的碎片，祝我們成功！」

王正操和我緊握著手，我告辭出來。

外面的寒風一樣如此凜冽，但是我卻一點也不覺得冷，我心情的興奮，使我完全忘記了寒冷，如果現在不是天還沒有亮，我一定立即去找石文通了。

我先回到家中，將我見到王正操的情形和白素說了一遍，她起先不相信，在我的敘述中，不停地打著呵欠，可是她卻無法回答我的那幾個問題。

我問她：「你不信有立體複製機那回事，那麼，你能解釋沈萬三的聚寶盆是怎麼一回事？為甚麼東西一放下去，就能滿盆都是？」

妻揚了揚眉：「那或許是一件法寶。」

我立時道：「所謂寶物，其實就是科學製成品，哪吒的風火輪，就是今天的機器腳踏車，千里眼就是電視，掌心雷也和手榴彈差不多，所以，聚寶盆就是立體複製機，毫無疑問。」

妻笑著：「我不和你爭論，可是首先得肯定一點，沈萬三有聚寶盆，這個記載是不是可靠？」

我也笑了起來：「現在已不是這個記載可靠不可靠的問題了，事實上，我們得到的碎片，在專家的眼中，一眼就看出那是精密之極的電子儀器。」

她仍不感興趣，再打了一個呵欠：「我不是早已說過了麼？它像是一個太空船的碎片。」

我不禁說不出話來，因為事實上，她的確是早已那樣說過的了。

在那樣興奮的神情下，我無法繼續睡得著，我又在書房中看著許多有關沈萬三的記載，發現那隻聚寶盆除了是「立體複製機」之外，簡直不可能是別的東西。

王正操的發現實在太偉大了，可以說是打開了人類科學的新紀元。因為直到目前為止，人類科學對於「重現」這一方面，只能停留在「平面」階段，或者說，只是停留在「虛像」的階段，而沒有實體的。

照片是平面的，電視是平面的，有所謂「立體電影」，但是那只不過是利用光線所造成的一種視覺上的錯覺而已。但是王正操卻開了一個新的紀元，他創造了立體，改進了另一空間。

立體複製機，從立體複製機聯想開去，將來就可能有立體電視機，而如果立體複製機經過改良，可以複製一切物品，那麼，人只要造出一輛汽車來，在一天之內，就可以複製十萬輛，所有的其他機器全被淘汰，無窮無盡的遊離電子，成為人類取之不盡、用之不竭的財富，到那時候，人真的可以要甚麼就有甚麼，世界上再也沒有紛爭、困擾了。

我一直呆呆地想，做著「白日夢」，等到我陡地驚醒之後，天已大亮了。

由於興奮，我一點也不覺得疲倦，我匆匆吃了一點東西，就去找石文通。

等到我到了石文通原來的住地，才知道他已經搬走了，幸而他的鄰居有他的地址，我又按址找了去。

石文通見了我，歡喜莫名，道：「我已用你給我的錢，開了一家小店。」

我道：「那很好，現在，我還想要一片聚寶盆的碎片，你有辦法麼？」

石文通呆了一呆：「還想要一片？據我祖父說，那東西一共被掘出來四片，可是還有兩片早已下落不明了，上哪兒找去？」

我早知道石文通會那樣回答我的，所以倒也不是十分失望，我只是道：「那麼，你儘量留心著，一有消息，立即通知我。」

石文通連連點頭：「那東西有甚麼用處啊。」

我不便將真相告訴他，只好含糊其詞地道：「那是古董，很值錢的。」

石文通皺著眉：「好，我來想想辦法，在同鄉人之間，儘量找找那兩個人的下落，我知道他們一個姓蕭，一個姓楊，可能他們還在南京，也可能他們的後人也來到了這裏。」

聽得石文通那樣講，好像事情還不是絕望，我又簽了一張支票給他，作為訂金，石文通人倒老實，他推辭不要，我將之塞在他的口袋之中，要他一有消息，就立即來通知我。

我又去找王正操，將石文通的話轉告給他，王正操高興得不得了，他道：「最好那兩片一起找到就好了，那我可以將立體複製機製造得更完美了。」

當天一天，我和他一起在實驗室中，聽他解釋著許多複雜的理論和他的立體複製機還存在的難題，我有的不懂，有的聽懂，但是都囫圇吞棗聽著。我答應王正操，一有消息，就立即告訴他，就和他告辭了。

在那天之後，我並沒有再和王正操怎麼見面，因為我怕打擾了他的研究工作，但是我們倒經常通電話，王正操是一點時間觀念也沒有的，他想起甚麼時候要找我，就會拿起電話來，有時在半夜，有時在清晨。

而他打電話給我，大半是為了催促我加緊去尋找聚寶盆的碎片。我給他弄得啼笑皆非，因為這絕不是著急便可以達到目的的事。

我也照樣去催石文通，可是石文通那方面，卻一點頭緒也沒有。

而當我在電話中問及王正操他的研究工作是不是有進展之際，他的回答總是「沒有」，語氣顯得很沮喪，而且愈來愈沮喪。

到了一個月之後，天氣已經漸漸暖和了，石文通突然來到我的家中，他高興地道：「衛先生，總算不負所托，有下落了！」

我高興得直跳了起來：「找到了？」

石文通忙道：「只是聽人家說，其中的一片有人看到過，是在那姓楊的家裏！」

我忙道：「那姓楊的住在甚麼地方？」

石文通苦笑了一下：「看到的人，是在十多年之前看到的，那時，姓楊的住在南京，我又去打聽過，那姓楊的已經死了，他的兒子好像不住在南京。」

聽到了那姓楊的住在南京，我已經涼了半截，更何況那姓楊的已經死了，而且，他的兒子也不在南京。

我呆住了出不得聲，石文通道：「真是沒有別的辦法了，那姓蕭的根本打聽不到下落，我知道姓楊的是一個有錢人家，他們家的大屋在南京很有名，如果到他家的大屋去找一找，或者有些希望。」

我苦笑道：「到南京去？」

石文通也苦笑著，我拍著他的肩頭：「不論怎樣，我謝謝你。」

在送走了石文通之後，我略想了一會，便又去找王正操，當我見到他的時候，嚇了一大跳，他憔悴得可怕，一見到我就道：「要是再找不到另一片碎片的話，我可能要瘋了！」

我將石文通的話轉告了他，他呆呆地聽著，過了好一會，他才道：「是那樣啊！」

我也不知道「是那樣啊」究竟是甚麼意思，我想告訴他，就算有人到南京去，那也是沒有希望的了，因為十幾年來的變動是如此之大，誰會一直保留著一片一點用處都沒有的東西？但是我卻沒有說出來，我反倒道：

「王博士，如果你將你的研究工作，由科學先進的國家集中力量來研究，或者很快就會有成就的。」

王正操卻發起怒來，喝道：「胡說，我絕不會公開的，你走吧！」

他下了逐客令，我自然也沒有辦法再逗留下去，所以只好走了。第二天，我打了一個電話給他，電話響了很久，沒有人接聽，我放下電話，沒有在意。第三天我又打了一個電話給他，又是沒有人接聽。

我呆了半晌，肯定有甚麼事發生了，我決定去看看他，等我到了他的住所之後，敲門敲了很久，也沒有人來開門，結果，我是撞門進去的。

當我撞門進去之後五分鐘，我就肯定屋中沒有人。在地下實驗室中，那些電子儀器仍然在，但是那一片微凹的金屬板卻不見了，顯然已被拆了下來。

我大聲叫著，也沒有人應我，而我根本無法在別人處打探他的下落，因為他一個人生活，完全不和外界發生任何接觸。

王正操失蹤了！

在他失蹤之後的第三天，我突然想起那天王正操在聽我說起那姓楊的舊屋在南京時的奇怪神情，我立時明白他是到甚麼地方去了，他到南京去找那另外一片聚寶盆的碎片去了！

當我想通了這一點的時候，我不禁苦笑，我自然希望他能夠回來，但是像他那樣的科學家，去了之後，回來的可能性實在太少了。

一直到了半年之後，王正操仍然音訊全無，而我有一個機會，趁一班科學家在此地舉行會議的時候，帶他們去看了王正操的實驗室，但是沒有人說得上那些儀器是有甚麼用處的。

而當我提及「立體複製機」和聚寶盆之際，所有的科學家都笑得前仰後合，完全將我的話當作夢囈一樣。

唉，我發現，一個偉大的、能改變人類文明的科學家，必須有豐富的想像力才行！

〈完〉

筆友

序言

「筆友」創作於二十多年前，那時，電腦還才進入人類的生活不久，絕不普遍，所以這篇故事，作了電腦「活了」的設想，頗得好評，被稱為是中國科幻小說中最早以電腦為題材的作品。

這個故事中幻想的電腦「活」了，只不過是愛上一個少女。那可以算是喜劇，如今人類對電腦的依賴，已到了「不可一日無此君」的地步（好快！）要是電腦活了，胡作非為起來，人類也只好束手待斃，一點反抗的餘地都沒有，而且，那是典型的作法自斃，作繭自縛。

現在來摒棄電腦，來得及嗎？

不，來不及了，已經太遲了！

倪匡

第一部：快見面的筆友

有很多雜誌上，都有「徵求筆友」這一欄。

筆友不如是誰首先想出來的玩意兒，但不論是誰首創的，首創者一定是一個對心理學有極其深刻研究的人。

人是喜歡想像的，人的想像力，甚至無窮無盡，而且憑通信來交朋友，就可以使人的想像力有發揮的餘地。

兩個人，本來是絕不相識的，但是可以通過寫信而變成相識，當他們相互之間瞭解得十分深刻之際，他們就算是面對著面，卻仍然可以不知對方就是自己的朋友，這又可以滿足人的掩蔽心理。

人常喜歡公開自己心中的話，但同時又希望沒有人知道自己是甚麼人的。許多無目的的犯罪，犯罪者就是基於這一點心理而從事犯罪的。

而正因為通信的另一方，可能根本不能和自己見面，所以筆友之間的「交談」，有時反倒比天天見面的朋友更來得坦白。

最喜歡交筆友的年齡，當然和一個人最喜歡幻想的年齡是有關的：根據統計，大約在十五歲到十八歲左右。

而高彩虹那年剛好十六足歲。

高彩虹是妻子的表妹，我結婚那一年，她還是跳跳蹦蹦，只喜歡吃冰淇淋和汽水的小女孩，但是幾年一過，當她穿起高跟鞋、旗袍，眼睛上塗得五顏六色之際，你是絕不能將她和幾年前的小女孩聯繫在一起的了。

彩虹的生性很活潑，一切流行的東西都會，她也喜歡交筆友。

我和彩虹見面的機會並不多。

我是她的表姐夫，她見了我多少有點拘謹，我猜想她不怎麼高興見到我，但是她和她的表姐倒是感情十分好的。

那一天，彩虹竟然破例走到我的面前，我正在陽臺上看報紙。

這幾天的天氣很不正常，悶而濕熱，在冬天有那樣的天氣，真是怪事。

彩虹來到了我的身前，叫了我一聲。

我向她笑了笑，道：「你來了麼？吃了飯再走，和你表姐多玩一會。」

我和她之間，似乎只有那幾句話可以說，而在經常，她一定是高高興興地答應著，轉身走了開去。可是今天，她的態度卻有點不尋常。

她又叫了我一聲，然後道：「我有一件事，想和你商量一下，表姐夫。」

我放下了報紙，道：「有甚麼事，你只管說好了！」

她臉上紅了一下，神情十分靦腆，道：「表姐夫，我有一個朋友，明天要來見我。」

她的話，聽來實在是沒頭沒腦的，她有一個朋友，明天要來見她，那和我有甚麼關係？為甚麼要找我來商量？但是我都沒有說甚麼，只是微笑著鼓勵她說下去。

彩虹繼續道：「我從來沒有見過他，表姐夫，我們是在信上認識的。」

「噢，是筆友。」我明白了。

「是的，是筆友。」彩虹道。

「彩虹，」我略想了一想：「如果是筆友的話，那最好不要見面，很多筆友在一見面之後，從此以後就不再通信了。」

彩虹睜了眼睛，道：「會有那樣的情形？」

我說道：「當然會，而且還十分普遍，筆友是靠想像力在維持著的，而事實和想像，往往有很大的一段距離，所以見面之後，就……」

的。

我沒有再說下去，彩虹是一個十分聰明的少女，她自然會明白我的意思

彩虹低下頭去，過了半晌，才嘆了一口氣，道：「可是，表姐夫，我卻非見他不可。」

我有點不愉快，沉聲道：「為甚麼？」

彩虹的臉頰紅了起來，道：「因為……我愛他。」

我陡地一呆，大聲反問道：「甚麼？」

也許是我那突如其來的一聲反問，實在太大聲了，是以彩虹嚇了老大一跳，連忙向後退去。

就在這時，妻子走了出來，扶住了彩虹，接著埋怨我道：「你看你，彩虹好意找你商量，你卻將她嚇了一大跳，她是將你當作兄長，才向你說出她心中的話的！」

我不禁苦笑了一下，心中暗忖，如果我有一個妹妹，而她又對我說出那種荒謬的話來，我一定先給她一巴掌，再慢慢來教訓她！

但是，彩虹卻不是我的妹妹，她甚至不是我的表妹，而是白素的表妹，我當然不能打她，然而我又絕不能像是和我完全無關的人那樣對她表示漠不關

心，況且，我也難以掩飾我心中的那種滑稽之感。

我用一種十分奇怪的聲調笑了起來，道：「原來是這樣，你愛上了他，現在的男孩子真幸福，竟會有一個從來未曾見過面的少女愛上了他，彩虹，但連見也未曾見過他，這算是甚麼愛情？」

我自問我的責問是最為名正言順的，彩虹一定多少也會感到她的所謂「愛上了他」是極其荒謬的了才對。

但是，我卻完全料錯了！因為彩虹一聽得我那樣問她，立時睜大了眼，當我是一個星球怪人一樣地望定了我，然後，又像是我犯了不可救藥的錯誤一樣搖了搖頭。

再然後，她嘆了一口氣，道：「表姐夫，想不到你沒有老，但是你卻完全落伍了，你知道麼？你們這樣的人，已經發霉了！」

她忽然那樣指責我，倒使我又是好氣，又是好笑，我道：「我發霉了？或者是，比起你來，我自然沒有那麼新鮮，但是我希望聽你新鮮的意見。」

彩虹一揮手，擺出了一副演講家的姿態來，道：「你剛才問我，連見也未曾見過面，那算是甚麼愛情，對不對？這種問法，便是發霉的問法，是中古時代的『一見鍾情』，現在，還講這些麼？

「一點也不，表姐夫，你該知道，愛情是心靈深處感情的交流，是人類最深切、最透澈的感情，那應該是觸及靈魂深處的，而不應該是表面的。

「而一個人，就算我一天看上二十小時，我所看到的仍然是他的表面，而看不到他的內心的，是麼？」

想不到彩虹竟如此會說話，我不得不點頭。

彩虹又道：「可是，我在十三歲開始起，就和他成了筆友，他在和我三年的通信中，已使我徹底地瞭解了他的為人，瞭解了他的內心，為甚麼一定要見他？為甚麼我不能愛他？」

彩虹的話，聽來是振振有詞的，但是那卻是屬於愛情至上的理論，我不相信她的筆友如果是一個畸形的怪人，她還會維持她那種愛情。

但一則為了她那種認真的神情，二則，妻正對我頻頻在使眼色，所以我便放棄了出言譏諷她的主意，只是笑著道：「你說得很動人——」

想不到這一句話，也引來了彩虹的反對，大聲道：「什麼叫我說得動人？表姐夫，你難道認為愛情是靠視覺來決定，而不是心靈來決定的麼？」

我實在忍不住笑，但我還是忍住了，我道：

「好，那麼我們該從頭討論起了，你有一個通信三年的筆友，你已愛上了他，他自然也愛你，他明天要來見你了，那麼，我看不出這件事和我有甚麼可商量的，但你卻說要和我商量這件事。」

彩虹猶豫著，沒有出聲，白素道：「彩虹要你陪她去接飛機！」

我笑了起來，道：「要我這發霉的人和她一起去接飛機？給她那新鮮的愛人看到了，不怎麼好吧？」

彩虹一頓足，嗔道：「表姐夫！」

我看她的臉孔漲得通紅，真是急了，我忙道：「彩虹，別急，我只不過和你開玩笑而已，但是為甚麼要我一起去接他呢？你們一定已商量好了各自戴甚麼標誌，以便互相識別的，對不？」

彩虹皺起了眉，道：「表姐夫，我……很難說明為甚麼，但是你是經歷過許多稀奇古怪的事情的，所以我才覺得要和你來商量一下。」

我聽了之後，更是大惑不解，這其中有甚麼稀奇古怪的事呢？我實在想不出來。

彩虹看到我在猶豫，她便道：「我先讓你看最後他給我的那封信。」

我知道事情一定有點不尋常，是以我忙道：「好的，他信中說些甚麼？」

彩虹一面打開她的手袋，取出了一封信來，她的精神像是十分焦慮，道：

「他寫信給我，一直是很有條理的，但是這封信，不但字跡潦草，而且有點……有點語無倫次的樣子。」

我已伸手將信接了過來，抽出了潔白的信紙，那的確是一封極其潦草的信，以下便是這封信的全文：

「彩虹！他們一定不讓我來見你，但是我卻非來見你不可，我一定要來見你，你是我心愛的人，我怎能不見見我的愛人？

如果他們的阻攔不成功，那麼，我在十二日早上八時的那班飛機就可以見到你了，當然我希望你到機場來，或者我不能……

我不能說甚麼，他們一直在阻攔我，但是我想他們不會成功，但願他們不成功，願所有的一切都保佑我能見你。

伊樂，你的。」

我迅速地看完了整封信，然後抬起頭來，道：「彩虹，彷彿有些人不讓他來見你。」

彩虹點頭道：「看來像是那樣，但是三年來，伊樂從來也未曾向我提及過他有些甚麼和他有關係的人是可以阻止他行動的。」

我有點不明白，我道：「難道他只是一個人？譬如說，他的父母，或者他的監護人，或者他是像我那樣發了霉的人，不讚成他千里迢迢來看一個未曾謀過面的少女，而且愛上她？」

「不，不，」彩虹立時道：「伊樂沒有父母，他說他根本不知道他的父母是誰，他也沒有監護人，他說有六個人是照料他的。」

「他是一個富家子？」

「我想是的，」彩虹說：「不然他怎可能有六個人照料他？但是表姐夫，我卻不是為了這才愛他的，希望你明白這一點。」

對這一點，我倒是毫無疑問的，我略想一想，道：「你是否曾想到，那些想阻止他來見你的人，伊樂信中的所謂『他們』，就是那照料他的六個人？」

彩虹搖著頭，道：「我不知道，我從來也未曾想到他的行動會受人阻攔，而從來也不能想像他會是一個那樣沒有勇氣的人，會因為人家的阻攔，而改變了他的行動，他一定會來的！」

我看出彩虹在講那句話的時候，態度神情都是很認真的。

我又問道：「那麼，在你的想像之中，他應該是怎樣一個人呢？」

彩虹一聽，臉上焦慮的神情，立時消退了不少，自她的臉上，現出一種異樣的光采來。

她道：「伊樂幾乎是一個完人，他甚麼都知道，他學識之豐富，決不是我所能形容的，他……我想你見了他，一定也會喜歡他的。」

我笑了起來，道：「你把他說得那麼好，那我一定要見一見他了。好的，明天我起一個早，你先到我這裡來，然後我們一齊到機場去。」

彩虹仍不免有點憂慮，道：「表姐夫，你說他……會不會終於不能成行呢？」

我道：「我不能預言，你應該更明白這一點，因為你瞭解他，你有他的照片？」

彩虹搖著頭，道：「沒有，我們沒有交換過照片。」

我皺了皺眉，道：「那麼，你憑什麼認出他來？」

彩虹想了一會，道：「我想我一看到他，就可以認出他來的，不知道為了甚麼，我有這個感覺，感到他即使雜在一萬個人中間，我也可以認出他的。」

我沒有再說甚麼，因為我明白彩虹為甚麼會有那樣的感覺。

她之所以會有那樣的感覺，是因為她長期以來和伊樂通信，久而久之，憑藉著她自己的想像，塑造了伊樂的形象。雖然在她腦中塑造出來的伊樂，只是她的想像，但是她卻固執地相信著這個想像。

筆友見面，往往會造成悲劇，那就是因為想像和事實總是有距離，而有時距離又十分之大的緣故。對於彩虹和伊樂的事，我卻並不十分耽心，因為伊樂不管怎樣，總是一個環境優裕，而且勤力向學、學識豐富的年輕人。

也就是說，伊樂的實際情形，和彩虹的想像可能不會相去太遠的。

我只是道：「好的，但記得明天一早來。」

彩虹和她的表姐一齊離開了陽台，我繼續看我的報紙，但是我發覺我的精神，竟不能集中在報紙上，我放下了報紙，向遠處望去。

遠處的山被濃霧阻隔，形成一層層朦朦朧朧的山影，看來十分美麗，但是山上的建築物，卻也完全隱沒看不見，我陡地感到，彩虹此際的心情，一定和我這時所看到的景象相類的：她有一個朋友叫伊樂，她甚至已愛上了他，但是伊樂是甚麼樣子的，她卻未曾見過，伊樂還躲在濃霧之中！

我伸了一個懶腰，希望明晨八時，飛機到達之後，濃霧便會消散，我們都可以見到伊樂。

第二部：出色之極的信件

第二天，早上六時半，天還只有濛濛光時，彩虹便已經來了。幸而白素早已起身，連忙將我從床上拉了起來，等我見到彩虹的時候，是六時三刻。

彩虹經過精心的打扮，她選擇了一件十分淡雅的服裝，那件米白色的服裝將她顯得高貴、大方和成熟。

我一看到她，便點頭道：「彩虹，你揀了一件好衣服。」

「那是伊樂設計的，表姐夫！」彩虹高興地回答：「他是在三個月前，將圖樣、顏色一起寄來的，他信中還說，經過了三年的通信，他深深地相信這件他設計的衣服穿在我身上，一定是最適合不過。」

我不得不承認這句話，我道：「很不錯，你的那位筆友，他可以成為一個第一流的服裝設計師！」

彩虹更高興了！但不論她如何高興，總難以掩飾她昨天晚上一夜未睡的疲倦神態。

我心中已然感到，如果那個伊樂先生不能依時來到的話，那麼對彩虹而言，一定是一個沉重的打擊。

白素也在耽心這一點，她偷偷地問我，道：「你看表妹能見到她的筆友麼？」

我笑著回答：「不必緊張，就算她的筆友因故不能來，難道她就不能去看人家麼？」

白素笑了起來，道：「你倒想得週到。」

七時十分，我和彩虹一齊到機場了，一路上，彩虹不斷埋怨我將車子開得太慢，又在每一個紅燈之前頓足表示不耐煩，說城市交通管理不善。

但事實上，當我們到達機場的時候，只不過七點四十分，彩虹急急地到服務台前去詢問，那班班機在八時正抵達，於是她又開口抱怨時鐘走得太慢，好不容易，飛機在跑道上停了下來，她又急不及待地奔向閘口。

在閘口又等了二十分鐘，在那二十分鐘之中，彩虹不住地攻擊海關的旅行護照檢查制度和行李檢查制度，使我不得不勸她，道：「彩虹，你以為伊樂會喜歡見到一個一小時以來，不斷埋怨這、埋怨那的女孩子麼？」

彩虹嘆了一聲，「我多麼心急想見他！」

我當然明白她的心情，那是她的初戀，她不知為她初戀的對象作出了多少幻想，如今，她以為她的幻想會變成事實了，所以她不能不心急。

第一個旅客從閘口走出來了，那是一個三十歲左右的生意人，接著是一對新婚夫婦般的青年男女，然後是兩個老婦人，再接著，是一隊奇形怪狀服裝的樂隊。

跟在那隊樂隊之後的，是一個身形高大，膚色黝黑，像是運動家一樣的年輕人。

那年輕人在走出閘口的時候，正在東張西望，彩虹的臉突然紅了起來，她推著我，道：「表姐夫，你過去問問他，他可能就是伊樂？」

我倒願意這年輕人就是伊樂，是以我走向前去，向他點了點頭，道：「閣下是伊樂先生？」

那年輕人奇怪地望著我，道：「不是，我叫班尼。」

我連忙向他道歉，後退了一步，回頭向彩虹望了一眼，攤了攤手，做出一個無可奈何的手勢，彩虹現出十分失望的神色來。

這時，那叫班尼的年輕人已和一個穿著軟皮長靴和短裙的少女，手拉著手走開去了。

我看到彩虹又伸手向閘口指著，我回過頭去，看到在幾個絕不可能是伊樂的人之後，又有一個看來神情很害羞的年輕人，提著一隻箱子走出了閘口。

我知道彩虹的意思，她又是叫我去問那年輕人是不是伊樂？

那實在是一個十分尷尬的差事，但是我既然陪著她來了，卻也不能不問，是以我又走了上去，微笑著，道：「是伊樂先生？」

那年輕人的神情有點吃驚，忙道：「不，不，你認錯人了，我叫趙家駒。」

我不得不再度退了下來，回頭向彩虹望去，彩虹面上失望的神色，又增加了不少。

我再繼續等著，陸續又有三四個年輕人走出來，每一個年輕人走出來，我總上前問他們是不是伊樂，但是他們的回答都是「不是」！

半小時之後，看來那一班班機的旅客已經全走出閘口了，我退回到彩虹的身邊。

彩虹咬著下唇，過了好一會，才道：「他，他沒有來。」

我安慰著她，道：「或許我們錯過了他，待我去向空中小姐要旅客名單看看。」

我向閘口走去，對一位站在閘口的空中小姐提出了我的要求，那位美麗的空中小姐猶豫了一下，我向彩虹指了一指：

「她在等一個她未曾見過面的筆友，不知是不是我們錯過了他，還是對方根本沒有來，所以才希望查看一下旅客名單。」

「他的筆友叫甚麼名字？」空中小姐問。

「伊樂。」我回答。

空中小姐開始查看她手上夾子上的旅客名單，她查看得十分小心，但結果她還是搖了搖頭，道：「沒有，這班客機上沒有這位先生。」

我向她道了謝，那位空中小姐十分好心，她又告訴我，一小時後還有一班客機，也是從那個城市中飛來的，或許他在那班客機上。

我再次向她道謝，然後回到了彩虹的身邊，向她轉達了那位空中小姐的話。

彩虹嘆了一聲，道：「不會的，他既然在信上說得很清楚，是搭八時正抵達的那班飛機來，不會改搭下一班的，一定是他信中所說的那些人不讓他來，可是，他為甚麼會被人阻攔得住呢？」

我很不忍看彩虹那種沮喪的神情，道：「你可以寫一封信去問問他。」

彩虹搖著頭，道：「不，我要打一封電報去問他，叫他立時給我回電。」

我道：「好，那也是一個辦法，我們可以立時在機場拍發這個電報，你記得他的地址麼？」

彩虹勉強笑了一下，道：「表姐夫，我和他通信通了三年，怎會不記得他的地址？」

我陪著彩虹去拍出了那封電報，電文自然是彩虹擬的，我不知道內容，但是那一定相當長，長到了彩虹的錢不夠支付電報費而要我代付的程度！

彩虹在和我一起離開機場時，才道：「表姐夫，回電地址，我借用你的地址，我怕爸爸突然看到有電報來，會大吃一驚。」

我忙道：「那不成問題，我們一齊回家去等回電好了，我想，不必到中午，回電一定可以來了。」

彩虹滿懷希望而來，但是卻極度失望地回去，一路上，她幾乎一句話也未曾講過。

到了家門口，白素迎了出來，一看到我們兩人的神情，她也知道發生了甚麼事情了！而彩虹則立即向她的表姐奔了過去，哭了起來。

白素忙用各種各樣的話安慰著彩虹，我自顧自走了開去，心中在暗忖，這件事，是不是就只是伊樂忽然受了阻攔，不能前來那樣簡單？

但是我想來想去，卻不可能有別的甚麼事發生，是以我也只將彩虹的哭泣當作一種幼稚的行徑，心中多少還有點好笑的感覺。

彩虹足足哭了一小時有餘，然後，她紅著哭腫了的雙眼在門口等回電了。我告訴她，電報最快至少也得在十二時才會來，但是她都不肯聽我勸，咬著唇，一定要等在門口。

讀者諸君之中，如果有誰嚐試過去勸一位十六七歲的女孩子，叫她不要做傻事，那就可以知道，那一定是不可能的事情。

所以，我勸了兩次，也不再勸下去，任由得她在門口等著。

這一天清晨時分還見過一絲陽光，但是天色越來越陰沉，到了將近中午，天色黑得如同黃昏一樣，而且還在下著雨。

彩虹一直等在門口，我也知道她一直等在門口，因為白素不時走進來，在我面前唉聲嘆氣。

一直到達了中午，已快到一點鐘了，我才聽到白素在勸彩虹不要再等，但彩虹則固執地道：「別理我，表姐，你別理會我好不好？」

白素又來到我對面坐了下來，她剛坐下，便聽得門口傳來了一聲吆喝，道：「收電報！」

我們兩人一齊跳了起來，一齊奔下樓梯，到了大門口，我們看到送電報的人已經騎著摩托車走了，而彩虹手中則拿著一封電報，一動不動地站著。

由於她背對著我們，我們看不到她臉上的表情。但是我的心中卻在奇怪，何以她等了兩三個鐘頭，終於等到了電報，卻不將之拆開來？

我的心中正在奇怪，白素已忍不住道：「彩虹，快將電報拆開來看看，伊樂怎麼說？」

彩虹本來只是木頭人一樣地站著，但是白素的話才一說出口，她的身子便像是雷殛一樣震動了起來，她轉過身來。

她臉上可以說一點血色也沒有，她望了我們一眼，將手中的那封電報放在桌上，就向外走了出去。

我一個箭步跳向前去，伸手抓起那封電報來。

一抓到那封電報，我便明白何以彩虹的面上會變得一絲血色也沒有了。

那並不是伊樂的回電，不過是電報局的通知書，通知書上清清楚楚地寫著：

尊駕於上午八時四十二分拍發之電報，該地址並無收報人，無法投遞。

沒有伊樂這個人！

我抬起頭來，彩虹像是一個夢遊病人一樣，仍然在向前走著，我大叫一聲，道：「快去追她回來。」

白素奔了出去，她本來也是對中國武術有極高造詣的人，但自從結婚以來，她幾乎還未曾用那樣快的速度奔跑過，她趕到了彩虹的身邊，幾乎是將彩虹硬生生拉進屋子來的。

接著她又讓彩虹在一張椅子上坐了下來，我忙道：「彩虹，別著急，事情總有辦法的。」

彩虹緩緩地搖著頭，我也不知道她搖頭是什麼意思，我又道：「彩虹，最主要的是你對他有沒有信心，他是不是有可能是故意在避開你。」

「不會！」

彩虹立即回答。

「那就行了，那我們就可以假定，是有一些人在阻攔著他和你的見面，那種阻攔，一定可以打破的，請你相信我。」

彩虹苦笑，道：「怎麼……打破它呢？」

「首先，我要研究研究伊樂這個人，彩虹，三年來，他的來信，你都收藏著？」

「是的。」

「拿來給我看，你從他的信中，或者看不出他是怎樣的一個人，但是我卻是一定可以看得出來的！」

彩虹略有為難的神色，但是她隨即點頭道：「好的，我這就回家去拿。」

我忙道：「叫你表姐陪你去。」

彩虹苦澀地笑著：「不必了，你認為我那樣經不起打擊！就算只是我一個人，也可以經受得起，何況還有你們兩人幫助我。」

我道：「我的意思是叫你的表姐駕車送你去，那你就可以快些回來，我實在急於知道這個伊樂是怎樣的人和他的家庭背景。」

白素聽得我那樣說，立時便挽著彩虹，向外走了出去。

我在沙發上坐了下來，思索著何以那封電報會無法遞交的原因。

我心想，唯一的原因自然是因為伊樂的家人反對伊樂和不相識的少女談情說愛，伊樂所住的那個城市，正是民風十分保守的城市，但是我還是不能肯定，那必須等我看到了伊樂的全部來信之後，才能作出決定。

白素和彩虹在半小時之後就回來了，在彩虹的手中，捧著一隻盒子，當她揭開盒蓋的時候，盒中滿滿都是信，至少有一百多封。

在信封中，她還都小心地註明收到的日期，和將信編了號。

我接過了所有的信，道：「別來打擾我，我要好好研究這些信件。」

我走進了書房，關好了門，開始根據彩虹的編號，看起伊樂的信來。

伊樂的信在開始的二三十封，並沒有什麼特別之處，但是到了編號「三十」之後的那些信，都是一篇篇辭情並茂，罕見的散文！真難使人相信，一個二十歲的年輕人（那是伊樂的信中說的），會有那樣美妙的文筆。

而越向下看去，越是令我驚異，因為伊樂不但文筆好到了極點，他知識的淵博，更是使我嘆為觀止，他幾乎什麼都懂，有一封極長的信，是和彩虹討論第二次世界大戰後期的太平洋逐島戰的，我不以為像彩虹那樣的女孩子，會對這個問題有興趣。

但是，任何女孩子面對著那樣知識深邃的討論都會心儀的。

那一封長信，我相信即使叫當時盟軍最高負責人來寫，也不能寫得更好些。

而他幾乎是什麼都懂，大約彩虹曾寫信給他，向他訴說過一些身體不舒服的事，所以有一封信中，他開列了一張中藥方。

在那張中藥方下面，彩虹寫著一行字：只喝一次就好了，不過，藥真苦！

二十歲的年輕人會開中藥方子，而且藥到病除，會討論文學、藝術，軍事、政治、考古、歷史、地理，種種問題，還會作最佳妙的時裝設計。

老實說，我再也不奇怪彩虹雖然未曾見過他，但是卻會愛上他了。

關於他家庭中的事，伊樂說得很少。

他看來沒有兄弟姐妹，也沒有父母，但是的確，他曾提到有六個人在侍候他，他還曾提及過一個「脾氣古怪，經常補充他知識」的老人。

但是他未曾說明那老人和他的關係，看來像是家庭教師。

我一封又一封信看著，一直看到幾乎天亮，我才發現了一個很奇怪的地方，所有的信中，沒有一封是談論到運動的！

彩虹是一個十分好動的少女，幾乎每一種運動她都喜歡，但是伊樂在這方面的趣味，顯然是和她不合的，因為伊樂對於世界知名的一切和歷次世界運動會的經過，都知道得十分詳細，然而他的信中卻從來未曾提及他自己曾參加過什麼運動！

當我想到了這一點的時候，我覺得我已對整件事有了一個概念！

我閉上了眼睛，在我的眼前，好像已浮起了一個有著一雙充滿了智慧的眼睛，但是面色卻異常蒼白的青年人，我似乎還彷彿看到這個青年人坐在輪椅上，他是殘廢，生理上有缺憾，這就是他最後終於不敢來見彩虹的原因。

而我也像是已看到了結局，彩虹是一個有著如此狂熱情緒的少女，不論伊樂是怎樣的一個人，她既然已愛著他，一定仍會愛他的。

於是，我又好像看到了大團圓的結局。

但是，我卻沒有再向下想去，因為我發現我自己所設想的，太像一篇令人作嘔的流行小說或是愛情文藝悲喜劇了。

現實生活中是不是會有那樣的情形，真是天曉得。

我在書房的安樂椅上躺了下來，睡了兩個來鐘頭，然後才打開了書房門。

第三部：一個大軍事基地

我一打開書房門就嚇了一跳，因為彩虹竟挨在門框上睡著了。

我的開門聲驚醒了她，她睜開眼，跳了起來，道：「表姐夫，你在他的信中，看出了一些什麼來？」

我用十分輕描淡寫的口氣道：「彩虹，伊樂像是不喜歡運動，對不？」

彩虹點了點頭，道：「是的，他信中從來也未曾向我提起他曾參加任何運動過。」

我慢慢向前走著，彩虹跟在我的後面。

我又道：「他的信中，好像也從來未曾提及過他曾到什麼地方去玩或是去遊歷，對不對？」

彩虹點了點頭。

我站定了身子，這時白素也從房間中走了出來。

我又道：「伊樂給你的所有的信，談的都是靜態的一面，全是他所知的一切，他為什麼從來也不談起動態的一面？例如他今天做了什麼、昨天做了什麼，難道你的信也是那樣的？」

彩虹又呆了半晌：「當然不是，我常告訴他我做了些什麼，我曾告訴他我打贏了全校選手，取得了乒乓球冠軍，我告訴他很多事。」

我的聲音變得低沉了些，道：「彩虹，那你可曾想到他為什麼從來不向你提及他的行動？」

彩虹怔怔地望了我半晌，才道：「表姐夫，你的意思是他……他……」

彩虹像是不知道該如何措詞才好，或者是她已然想到了其中的關鍵，但是由於心中的震驚，所以講不出來。

我接上口去，道：「他一定有異乎常人的地方，彩虹，你明白了麼？」

彩虹長長地吸了一口氣，道：「我明白了，表姐夫，你是說，伊樂是殘廢？他不能行動？」

「那只是我的猜想，彩虹。」

為了怕彩虹受的打擊太大，我連忙解釋著。

彩虹沒有出聲，只是默默地轉過身，向前走去，她是向著一堵牆走去的，在她幾乎要撞到那面牆時，我叫了她一聲，她站定了身子。

她就那樣站著，一動不動，也不出聲。

我和妻互望了一眼，各自做了一個無可奈何的手勢。

我已將我一夜不睡，研究伊樂來信所推測到的結果，對彩虹說了出來。對彩虹而言，那自然是一個十分可怕的結果，彩虹自然深受打擊，而我們也無法勸說。

過了足有三五分鐘之久，彩虹才轉回身來。出乎我們的意料之外，她面上的神情，卻不像是受了什麼深重的打擊，而相當開朗。

她道：「伊樂真是太傻了，他以為他自己是殘疾，我就會不愛他了麼？」這正是我昨天晚上便已經料到的結果，我笑了笑，不置可否，彩虹雖然只有十六足歲，但是她是個早熟的孩子，我相信她自己已有決定能力。

彩虹又道：「他有那種莫名其妙的自卑感，我一定要好好地責備他，現在，事情已很簡單了。」

「你有了解決的辦法？」我問她。

「是的，他不肯來見我，那麼解決的方法自然是我去見他！」彩虹十分堅決地說。

彩虹會講出那樣的話來，我也一點不覺得意外。可是，在這時候，我總覺得我對伊樂的推測可能是犯了什麼錯誤。但是究竟是什麼錯誤，我卻說不上來。

我只是想到，要來看彩虹，那也是伊樂自己提出的，他之所以不能成行，好像並不是受了他自己自卑感的影響，而是因為有人在阻攔。

如果他是一個十分自卑的殘廢者，那麼，他如何會有勇氣表示要來見彩虹呢？

但是這一個疑問，我暫時無法解決。

而白素聽得彩虹說她要去見伊樂，不禁嚇了一大跳，忙道：「表妹，那怎麼行？舅父、舅母第一個不會答應，你學校也不會讓你請假的！」

然而彩虹卻固執地道：「我不管，我什麼也不管，我一定要去見他，我已不算小了，我可以去見他的。表姐夫，謝謝你替我找到了問題的癥結！」

她向我們揮了揮手，跳下了樓梯走了。

白素嘆了一聲，道：「理，你看著好了，不必一小時，我們這裡，一定會熱鬧起來了。」

我明白她那樣說是什麼意思，是以只是笑了笑。

白素的估計十分正確，不到一小時，彩虹又回來了，她鼓著腮，一副鬧彆扭的神氣。

和她一齊來的，是白素的舅父，滿面怒容，再後面便是白素的舅母，鼻紅眼腫，正在抹著眼淚。

凡是女兒有了外向之心、父母的反應幾乎是千篇一律的，父親發怒，母親哭。做父母的為什麼總不肯想一想，女兒也是人，也有她自己的獨立的意見？

白素的舅父在年輕的時候，是三十六幫之中赫赫有名的人物，這時雖然已屆中年，而且經商多年，但是他發起怒來，還是十分威武迫人。

我和白素連忙招呼他們坐了下來，舅母哭得更大聲了，拉著白素的手，道：「你看，你叫我怎麼辦？她書也不要讀了，要到那麼遠的地方去，去看一個叫伊樂的人，誰知道這個伊樂是什麼樣的人！」

舅父則大聲吼叫著，道：「讓她去！她要去就讓她去，去了就別再回來，我當沒有養這個女兒。」

而彩虹呢，只是抿著嘴不出聲。臉上則是一副倔強的神態。

舅母聽得舅父那樣說，哭得更厲害了，白素悄悄地拉著我的衣袖，道：

「你怎麼不出聲？」

本來，我不想將這件事攬上身來的，因為彩虹那樣的愛情，在我這已「發霉」的人看來，也未免是太「新鮮」一些了。

但是，如今的情形，卻逼得我不能不出聲，不能不管這件事了，我嘆了一聲道：「不知道你們肯不肯聽從我的解決辦法？」

舅母停止了哭聲，舅父的怒容也稍卸，他們一齊向我望來，我道：「看彩虹的情形，如果不給她去，當然不是辦法，但是她卻從來未曾出過遠門，而且那邊的情形究竟怎樣也不知道，唯一的辦法是由我陪她去，你們可放心麼？」

我話才一出口，舅母已然頻頻點頭。

舅父呆了半晌，才道：「誰知道那伊樂是什麼人，彩虹年紀還輕，只有十六足歲——」

不等他講完，我就知道了他的意思，是以我忙打斷了話頭，道：「所以，你們兩位必須信得過我，給我以處理一切之權，我想表妹也願意和我一起去的。」

我向彩虹望去，她點著頭。

舅父面上已沒有什麼怒容了，他嘆了一聲，道：「只是麻煩了你，真不好意思。」

我笑道：「千萬別那麼說，我們是自己人，而且那城市是一個十分好玩的地方，我還未曾去過，正好趁此機會好好去玩一玩。事情如果就那樣決定了，那我立即通知旅行社，替彩虹辦旅行手續。」

舅父已經同意彩虹去探訪伊樂了，可是當他向彩虹望去時，還是沉著臉，「哼」地一聲，我和白素兩人心中都覺得好笑，因為世上決不會有人再比他愛彩虹愛得更深的了，但是他卻偏偏要擺出父親的威嚴來，那確然是十分有趣的事。

我留他們晚飯，第二天開始，彩虹就準備出遠門了。

五天之後，一切手續都以十分快的速度辦好，下午十二時，我和彩虹一齊上了飛機，向南飛去。

在飛機上，我對彩虹道：「我們到了之後，先在酒店中住下來，然後，再由我一個人根據地址去看看情形，你在酒店等我。」

彩虹立即反對：「不，我和你一起去。」

我道：「那也好，但是你必須作好心理準備，我們就算依址造訪，也不一定見得到他，這其中可能還有一些我們不能預測的曲折在。」

彩虹的面色又變得蒼白，道：「會有什麼曲折？」

「我也說不上來，但是我可以向你保證，我一定盡我所能，使你見到伊樂。」

「表姐夫，如果伊樂是一個殘廢，你想爸會怎樣？」

「別問爸會怎樣，媽會說怎樣，彩虹，這是你自己的事情，只要問你自己怎樣就可以了！」

彩虹點著頭，她忽然抱歉地對我笑了一笑，道：「表姐夫，我曾說你發霉了，很對不起。」

我被她逗得笑了起來，道：「你不必介意，我和你未曾相差一代，但卻也差了半代，在你看來，我們這些人就算不是發霉，至少也是變了味兒。」

彩虹也笑了起來，飛機在雲層之上飛著，十分穩定，彩虹大約是連日來太疲倦，不一會就睡著了，我閉上了眼睛，在設想著我們可能遇到的事。

飛機降落的時候，天色已經黑了，那城市的機場不算落後，可是辦事人員的效率，卻落後到了可怕的程度，在飛機場中足足耽擱了一小時，至少看到了十七、八宗將鈔票夾在護照中遞過去的事，才算是通過了檢查，走出了機場，已經是萬家燈火了。

我們搭車來到早已訂好的酒店中，才放下行李，彩虹便嚷著要去找伊樂了。

我一則扭不過彩虹，二則，我自己也十分心急，也想早一點去看看伊樂是怎樣的人，我通知侍役替我們找一輛由中國人駕駛的出租汽車，等到侍役通知我們，車子已在門口等候之後，我們下了樓。

那司機看來很老實，我將伊樂的地址講給他聽，他聽了之後，揚起了雙眉，現出奇怪的神色來。

我道：「我們到了之後，你在外面等我們，我會照時間付酬勞給你的，你可願意麼？」

「願意，當然願意，」司機回答著，他忽然又問：「先生，你是軍官？」

我呆了一呆，實在不知道那司機這樣問我是什麼意思。

我道：「不是，你為什麼那樣問？」

「沒有什麼！」

司機打開了車門，「請上車。」

我和彩虹一齊上了車，車子向前駛去，城市的夜景十分美麗，雖然有一些小街巷十分之簡陋骯髒，但是在夜晚，它們卻是被夜色隱藏起來的，可以看到的，全是有霓虹燈照耀的新型建築。

漸漸地，車子駛離了市區，到了十分黑暗的公路上，我不免有些奇怪：「你記得那地址麼？」

「記得的，先生。」

「是在郊區？」

「是的，離市區很遠，那是一個小鎮——要經過了一個小鎮之後，才能到你要去的地方。」

我心中十分疑惑，那是什麼地方呢？我沒有再問，因為看來那司機不像在騙人，所以只好由得他向前駛去。車子以每小時五十哩的速度，足足駛了四十分鐘，才穿過了一個小鎮。但是那卻不是普通的小鎮，那鎮的房屋全都十分整齊、乾淨，而且，房屋的式樣都是劃一的，當車子經過一座教堂之際，我更加驚疑！

如果在鎮上看到一座佛寺，那我一定不覺得奇怪，因為這裡的佛寺是世界知名的，但是我卻看到了一座教堂，我忍不住問道：「這是什麼鎮？」

司機道：「這鎮上住的，全是基地中的人員。」

「基地，」我更奇怪了，「您說什麼基地？」

司機突然將車子停了下來，轉過頭，扭亮了車中的小燈，用十分奇怪的眼光看著我，將我剛才告訴他的地址複述了一遍，道：「先生，你不是要到那地方去麼？」

「是啊，那是——」

「那就是基地，是市郊最大的軍事基地。」

我呆住了，那實在是再也想不到的事情，難怪那司機會問我是不是軍官，因為我要去的地方，正是一個龐大的軍事基地。

難道伊樂竟是軍事基地中的一員？

如果他是的話，那麼他又如何可能是殘廢呢？

這其中究竟有什麼曲折？

本來，我已想到了好幾套辦法，來應付我們見不到伊樂的場面的，可是我做夢也想不到伊樂的地址，會是一個軍事基地！

我連忙向彩虹望去，彩虹也知道了我的意思，她急忙道：「是那個地址，三年來，我一直寫的是這一個地址，他也一直可以收到我的信！」

在那樣的情形下，雖然我心中十分亂，但還是需要我的決定，所以我道：

「向前去。」

司機道：「先生，你連地址是軍事基地也不知道，我看你是很難進去。」

我吸了一口氣道：「你只管載我們去，到了不能再前進的時候，由我來應付，決計不會使你為難的，你只管放心好了。」

我雖然那樣對司機說著，但是到時究竟有什麼辦法可想，我卻一點也想不出來。

而且，要我想辦法的那一刻，很快就到來了。

車子又向前駛出了半哩，便看到了一股強烈的光芒，照在一塊十分大的招牌上。那路牌上用兩種文字寫著「停止」，還有一行較小的字則是「等候檢查」。

同時，還可以看到在路牌之後，是十分高的鐵絲刺網和兩條石柱，石柱之旁，各有一個崗亭，在兩個崗亭之間的，是一扇大鐵門。

大鐵門緊閉著，再向前看去，可以看到零零落落的燈光，那是遠處的房屋中傳出來的，在基地之中，好像還有一個相當規模的機場，但因為天色很黑，是以看得不是十分清楚。

司機停下了車，兩個頭戴鋼盔，持著衝鋒槍的衛兵走了過來，一邊一個，站在車旁。

彩虹嚇得緊握住我的手，她一直在和平的環境中長大，幾時曾見過那樣的陣仗，那兩個衛兵中的一個伸出手來，道：「證件。」

我感到喉頭有些發乾，但是我還是道：「我沒有證件，我們剛從另一個城市飛來，是來找一個人的，我們希望見他。」

那兩個衛兵俯下身，向車中望來。

他們的眼光先停留在我的身上，然後又停在彩虹的身上，打量了我們一分鐘之久，其中一個才道：「我想你們是不能進去的，基地是絕不准沒有證件的人出入的，你們應該明白這一點。」

我忙道：「是不是可以通知我們要見的人，請他出來見我們？」

衛兵略想了一想，道：「好，他叫什麼名字？」

「叫伊樂。」彩虹搶著說。

「軍銜是什麼？」衛兵問。

彩虹苦笑著：「我不知道他有軍銜，我——甚至不知道他是軍人。」

衛兵皺了皺眉道：「那麼，他是在哪一個部門工作的，你總該知道。」

彩虹又尷尬地搖著頭，道：「我也不知道，但是，我寫信給他，寫這個地址，他一定收得到的。」彩虹又將那地址唸了一遍。

衛兵搖著頭道：「不錯，地址是這裡，但那是整個基地的總稱，看來很難替你找到這個人了，小姐。」

我忙道：「那麼，他是如何取到來信的呢？」

衛兵道：「通常沒有寫明是什麼部門的信，會放在飯廳的信插中，按字母的編號排列，等候收信人自己去取。」

我道：「那就行了，這位伊樂先生曾收到過這位小姐的信，三年來一直如此，可見他是這基地中的人員，你們能不能替我查一查？」

那衛兵顯得十分為難道：「這不是我們的責任，但如果你們明天來，和聯絡官見見面，那麼或者可以有結果的，現在只好請你們回去了。」

我也知道，如果再苛求那兩個衛兵，那是不可能的事，我拍著彩虹的手臂，道：「看來我們只好明天再來一次了！」

彩虹無可奈何地點著頭。

那司機顯然不願在此久留，他已迫不及待掉轉了車頭，向回途駛去，不一會，又經過了那小鎮，四十分鐘後，又回到了市區。

第四部：根本沒有這個人

當我們回到酒店之後，她進了自己的房間，道：「表姐夫，我想睡了。」

我安慰著她，道：「明天我們一定可以找到他的了，你不必著急，明天一早我們就出發。」

彩虹苦笑著，點著頭，關上了房門。

我回到自己的房中，嘆著氣倒在床上，也不知道是什麼時候睡著的。直到我被一陣拍門聲驚醒，睜開眼來，才知道天色已經大明了。

我連忙開了門，彩虹已是滿面埋怨之色，站在門口道：「表姐夫，你忘記我們要做什麼了？」

「記得，記得，」我連忙說：「我是立時可以出發的，但我們去得太早也沒有用，你吃了早餐沒有？」

「我吃不下。」彩虹搖著頭。

我匆匆地洗了臉，我的動作已經夠快的了，但是還被彩虹催了六七次之多，我們一齊走出酒店的大門，門童替我們叫來了車子。

四十分鐘之後，我們又在昨天晚上到過的那兩個崗亭之前了，我向衛兵解釋著，我們要找一個人，他是在這個軍事基地中工作的，他叫伊樂，並且告訴他，昨天晚上我們已經來過，我們希望能見聯絡官。

一個衛兵十分有耐心地聽完了我的話，他回到崗亭去打電話，另外有一個衛兵，用槍對準了我們，那出租車的司機嚇得面色發白，身子也在發抖。

那衛兵在五分鐘後，又來到了車旁，道：「麥隆上尉可以接見你們，但是你們不能進基地去，沒有特准的證件，任何入都不准進基地去，這是最高當局的命令，誰也不能違反。」

我問道：「那我們如何和這位上尉見面呢？」

「在前面的駐守人員宿舍中，另有一所辦公處，是聯絡官專用的，你們可以到那裡去見他。而且你們也不能再到這裡來，這種行動是不受歡迎的。」

我苦笑著道：「如果我們找到了要找的人，你想我們會喜歡到這裏來麼？」

那衛兵沒有說什麼，揮著手，令我們快快離去。

駛到了那小鎮的盡頭處，在一所掛著「聯絡官辦事處」的招牌的房子前停了下來。

我和彩虹下了車，走進那房子去，一個年輕的軍官攔住了我們，在問明了我們的來意之後，他便將我們帶到了一間辦公室之前，推開了門。

在那辦公室中，坐著幾名軍官，一名女少尉抬起頭來，那年輕軍官道：「這兩位，想見麥隆上尉。」

「上尉正在等他們，請進。」女少尉說。

我和彩虹走了進去，那女少尉用對講機將我們的來到通知麥隆上尉，然後，我們又被帶到另一扇門前，敲了門，等裏面有了回答之後，才走了進去，見到了麥隆上尉。

麥隆上尉的年紀也十分輕，大約不到三十歲，態度和藹。

我們在他的面前坐了下來，我又將彩虹和伊樂的事，詳細向他講了一遍。

麥隆上尉的耐性也十分好，用心地聽著。

最後，我提出了要求，道：「所以，我想請閣下查一查，那位伊樂先生究竟是在基地的哪一部分工作的，並請你通知他，請他和我們見見面。」

在聽了我的要求之後，麥隆上尉的臉上，現出了十分為難的神色來，他沉吟了半晌，才道：

「衛先生，高小姐，我十分願意幫助你們，可是這件事，卻實在太為難了。你們或者不知道，我們這軍事基地，是需要特別保守秘密的——」

我道：「上尉，天下大約也沒有不需要保守秘密的軍事基地。」

「是的，但是我們的軍事基地十分特殊，基地中的人員，甚至是不能和外界人士接觸的！」

我搖頭道：「不致於吧，基地中的人員也有眷屬，這小鎮不是全為他們而設的麼？」

「是的，但是所有的眷屬，都經過嚴格的審查，兩位遠道而來——」麥隆上尉禮貌地住了口，他不必講下去，我們也可以知道他的意思，那是說我們的來歷不明，要求又奇特，實在是十分可疑的人物。

我早已料到了這一點，是以我攤了攤手，道：「上尉，我明白你的意思，我沒有別的證件可以證明我的身分，但是閣下不妨和貴國的最高警務總監聯絡一下，向他瞭解一下這種證件持有人的身分。」

我一面說，一面將一份證件放在他的面前。

那是國際警方發出的一種特殊身分的證明，世上持有這種身分證明的人，大約不會超過六十人，我因為在不久之前，曾幫助國際警方對付過義大利的黑手黨，事後經過我的要求，得了這樣一份證件。

那證件上，有五十幾個國家最高警務負責人的親筆簽字，而持有這證件的人，在那五十幾個國家中，都可以得到特許的行動自由，但麥隆上尉以前顯然未曾看到過這樣的文件過。

所以，他好奇地看著這份證件，看了好一會才道：「好的，我會打電話去問，請你們到外面去等一等。」

我和彩虹退了出來，在外面等著。

足足等了十五分鐘，上尉辦公室的門才又打了開來，他笑容可掬地請我們進去，道：「衛先生，你的身分已經查明了，警務總監和國防部也通過了電話，我們將會盡一切可能幫助你，我立即和基地的檔案室聯絡，請坐！」

我們又在他的面前坐了下來，他拿起電話，接通了基地的檔案室，要他們查伊樂這個人，一查到之後，立時打電話通知他。

然後，他放下電話，和我們閒談著，彩虹幾乎沒有講什麼話，她只是心急地望著辦公桌上的那一隻電話。

麥隆上尉顯然是一個忙人，幾乎不斷有電話來找他，也不斷有人來見他。

每一次電話鈴響起來，我都看到彩虹的臉上現出了充滿希望的神色來，但是在上尉講了幾句話之後，她就又變得十分失望。

我們足足等了四十分鐘之久，那是十分難捱的四十分鐘，彩虹已然焦急得不耐煩了，終於，又一次電話鈴響了，麥隆上尉拿起了電話：

「是的，我是麥隆上尉，你們的調查結果怎樣？」

我和彩虹兩人立時緊張了起來，但是我們都聽不到電話中的聲音，只聽得麥隆上尉在怔了片刻之後，道：「不會吧，怎麼會查不到？是的，他叫伊樂，你肯定基地內根本沒有這個人，請你等一等！」

他抬起頭來，道：「檔案室已查過了基地上所有工作人員以及士兵的名單，衛先生，沒有伊樂這個人！」

彩虹的面色一下子變得十分蒼白，她緊抿著嘴，一聲不出，但是我卻可以看得出，她是隨時可以大聲哭出來的。

這樣的結果，對於我來說，卻不覺得是十分的意外，因為我早已料到過，「伊樂」這個名字，可能只是一個假名，因為伊樂的工作單位也未曾告訴過彩虹，彩虹寄給他的信，自然是放在食堂中任人自己去取的，那麼，他用一個假名，也就不足為奇了。

而如今，基地所有人員中既然沒有這個人，那麼，他用假名這一件事更可以肯定了。

我心中突然對這個「伊樂」恨了起來，他竟是如此無恥卑鄙的騙子，用一個假名字來和彩虹通信，令得彩虹對他神魂顛倒，這傢伙，我絕不能那樣輕易地放過他！

事情發展到現在，看來已經很明朗化了，伊樂是一個假名，使用這假名字的人，一定是在那軍事基地之中，只過他的真名叫什麼還不知道，但是要查出他的真名，那也不是什麼難事。

我忙對麥隆上尉道：「請你讓我直接和這位檔案室的負責人講幾句話，可以麼？」

上尉向著電話，道：「中校，那位衛先生要和你講幾句話，是的，請你等一等。」

上尉將電話交到了我的手中，我首先道：「我是衛斯理，對不起得很，我可能打斷了你日常的工作，但是我一定要查到這個人。」

電話那邊是一個相當誠懇的中年人的聲音，他道：「我是譚中校，真對不起，我們查遍了所有單位的名冊，都沒有閣下要找的那個人。」

「可是，他一定是在基地之中，伊樂可能是他所化的一個假名。」

「那我就沒有辦法了。」譚中校為難地回答：「我又有什麼辦法，知道誰是假化了伊樂這個名字的人呢？基地中有上千名人員！」

「我卻有辦法，你願意幫助我們麼？」

「請你相信我，我們絕對有誠意幫助你，國防部曾引述警務總監的話，說你是一個特殊的人物，要我們盡一切可能幫助你。」

中校這樣說，我倒真放心了，我又道：「三年來，寫信到基地中，寫著伊樂的名字，不但信有人收，而且每一封信都有回信，收信的那人，自然是在食堂的信插中取到來信的，對麼？」

譚中校略停了片刻，才道：「我想是的。」

「那就很容易辦了，我們再寄一封信來，和以前的信一樣，那信也必然被插在食堂的公共信插之中，只要你派人監視著食堂，就可以知道那封信是什麼人取走的了。」

譚中校沉吟了一下，道：「你這個辦法不錯，很有用，但是……但是這樣的監視，和我們軍隊的一貫傳統，卻是不相符合的。」

「中校，」我說著：「在基地中，有一個人格可稱是十分卑鄙的人，他雖然未犯軍紀，也沒有觸犯法律，但是他卻用十分卑鄙的手段傷害了一個少女的心靈，我想，如果有機會給他叛國的話，他一定不會遲疑的，這樣的一個人，你總也想將他找出來的！」

我的話說到後來，聲音已相當激動。

譚中校也顯然給我說服了，他立時道：「好，我親自去監視誰將這封信取走，你去投寄這封信好了，請留下你酒店的電話號碼，我將會直接和你聯絡的。」

我將酒店的名稱和我住的房間號碼告訴了譚中校，譚中校掛上了電話。

我也放下了電話，轉過身來，道：「多謝你，上尉，多謝你的幫助。」

麥隆上尉的兩道濃眉緊蹙著：「衛先生，高小姐，我們的軍隊中竟有那樣卑鄙的無聊人，連我也覺得難過。」

我苦笑了一下，彩虹望著窗外，她的聲音聽來很不自然：「沒有甚麼。」

麥隆上尉道：「一星期之後，我會有半個月的假期，如果你們還未曾離去，我願意陪你們一齊參觀遊歷我們的國家，也算是——我的一份歉意。」

我忙道：「上尉，你又沒有做什麼事損害了我們，又何必表示歉意？」

麥隆上尉嘆了一聲：「可是使得高小姐傷心的人，卻和我在同一部隊。」

麥隆上尉的話才說出口，彩虹已突然轉過身來，她道：「我沒有傷心，上尉，那不值我傷心！不必再寫什麼信了，我們回去吧，就當從來也沒有這件事發生過好了。」

我立時道：「不行，我非得將這小子從基地中揪出來，給他吃一頓苦頭，他別以為那樣做不必負什麼責任，法律或者不能將他怎樣，但是我的拳頭卻不會放過他，你快寫！」

彩虹嘆了一聲，道：「表姐夫，他一直在愚弄著我，而我不知道，現在我知道了，他也不能再愚弄我了，還生甚麼事呢？」

我大聲道：「不行，你快寫信，一定要將他找出來！」

彩虹顯然也不知道我執拗起來，也那樣難以被人說服，她望了我一會，按鈴吩咐侍者拿著信紙信封進來，她對著空白的信紙發呆。

我道：「不必寫信了，寫個信封，塞一張白紙進去，也就可以了。」

彩虹又呆了半晌，她顯然是想到了她以前和伊樂通信的情形，是以心中難過。

以前，她在寫信給伊樂的時候，可能不住地在幻想，在她的幻想中，伊樂可能是一個風度翩翩，學識豐富，熱情誠實的青年人，是她心目中的白馬王子。

但是現在，幻想卻完全被殘酷的事實所粉碎了，伊樂是一個化名，是一個不負責任，沒有人格的騙子的化名了！

彩虹呆坐了好久，才寫好了信封，我連忙隨便摺了一張白紙塞了進去，親自到郵局，將那封信寄了出去，在寄出那封信之後，我就開始等待譚中校的通知，我估計那封信，至遲在第二天早上，就可以寄達軍事基地了。

那也就是說，最遲到明天中午，我就應該接到譚中校的電話了。

我一步也不離開我的房間，一直到第二天中午一時左右，電話鈴果然響了起來，那邊才「喂」了一聲，我便已聽出那是譚中校的聲音，我忙道：「中校，結果怎樣？」

「我看到了那封信，衛先生，它一早就被插在信插中，但是午飯已開過了，所有的人都應該到過食堂，可是並沒有人拿走那封信。」

我不禁呆了一呆，這件事倒頗出我的意料之外，我和彩虹到了這裡，並且向基地方面調查過伊樂，這件事，伊樂是不應該知道的。

伊樂既然不知道我們已在調查他，那麼他就沒有理由不去取那封信！

我呆住了不出聲，譚中校又問我，道：「衛先生，你看這件事應該怎麼辦？」

我道：「讓那封信仍然留在信插中，或許那傢伙不想在人太多的時候取走它，中校請你繼續進行監視，直到他取走信為止。」

譚中校說：「好的，看看情形發展如何。」

我放下了電話，向彩虹看去，彩虹的眼皮還有點腫，但是她的神態卻是鎮定了許多，她走向窗口，望著街上，道：「表姐夫，我們該回去了。」

我道：「你可以先走，你離開學校太久了也不好，但是我卻要留在這裏，繼續查下去。」

彩虹略想了一想，便同意了我的建議，道：「好的，那我一個人先回去。」

我連忙向航空公司查航機的班期，當天下午，就將她送上了飛機。

送走了彩虹之後，我的心中輕鬆了不少，因為我本來最怕彩虹受不起那樣的打擊，她想到了回家，想到了學校，那我可以說已沒有什麼顧慮了。

那樣，我就可以全心全意地來對伊樂這臭小子了。

第五部：冒險入基地

我從機場回到酒店之後，譚中校打過一次電話來，他留下了話，說是半小時後再打電話來，我在電話旁等著，沒多久，譚中校的電話果然來了，可是他所講的一切又令我失望，那封信仍然在信插上，並沒有人取走。

我度過了焦躁不安的一夜，一直到第二天下午一時，譚中校第三次來電話，告訴我那封信仍然在信插上時，我不得不失望了！

隔了整整的一天，那封信仍然在信插上，那證明伊樂是不會去取那封信的了。

我實在是想不出這其中的可能來，唯一的可能，只有伊樂已知道我們來了，但是他怎麼會知道的？

莫非伊樂就是那天晚上，兩個衛兵中的一個？

或者，化名伊樂的，就是譚中校？

我又和譚中校討論了一會，我承認這個方法失敗之後，只怕沒有什麼別的辦法可以將那個伊樂找出來，於是我想起了伊樂的那些信來，我問譚中校，在基地中可有那樣一個學識淵博，幾乎無所不知，但是又不喜歡運動的人。

譚中校的回答是否定的。

我又問：「那麼，基地中是不是有一個特別重要的人物，是有六個人在服侍他的？」

譚中校笑了起來：「那不可能，基地司令的軍銜是上將，也不過一個副官和兩個勤務兵，不會有六個人服侍一個人的特殊情形。」

我苦笑著，在那樣的情形下，即使我心中一百二十個個不願意，但卻也只好放棄了。

我道：「對不起，麻煩你了，我想你可以撤銷監視，將那封信撕掉算了，我也準備離去了。」

譚中校倒真是客氣：「希望你明白，我真是想幫助你，但卻無能為力。」

我嘆了一聲，放下電話，開始收拾行李。

一點結果也沒有，多待下去也沒有意思，我自然只好回家去。

下午五時，我到了機場，飛機是五時四十分起飛，我辦完了行李過磅的手續，買了一份晚報，坐了下來，等候召喚上機。

我實在沒有心思去看報紙，因為我是遭受了挫敗而回去的，我竟不能查出一個這樣無聊的騙子來痛懲他，那實在十分之不值。

我只是隨便地翻著報紙，但突然之間，我卻被一段廣告所吸引住了。那段廣告所佔版面不多，只兩個字比較大些而已，而我就是被那兩個較大的字吸引了的。

那兩個字是：彩虹。

而當我再去看那些小字時，我心頭頓時狂跳了起來，那內文只有幾句，但是已足以使我的行動計畫完全為之改變。

那內文乃是：

「我知你已來，但他們不讓我見你，我無行動自由，請原諒我，伊樂。」

我當時是坐著的，但是一看到那段廣告，我整個人直跳了起來，我的行動一定太突兀了，是以令得我身邊的一位老太太嚇了一大跳。

我也來不及向那位老太太道歉了，我奔出機場，召了一輛計程車，一直來到那家報館中，找到了負責處理廣告的人，我指著那段廣告問他：「這段廣告是由什麼人送來刊登的，請你告訴我。」

那位先生有些陰陽怪氣，他用一種非常不友善的態度打量著我，我取出了那證件來，道：「我是國際警方的人員，你必須與我合作！」

那人這才道：「一般來說，來登廣告的客戶，是可以受到保護的。他們的來歷、姓名不應洩露，而且刊登的廣告，也沒有違反法律的地方，除非……除非……」

他講到這裏，露出了奸笑和發出乾笑聲來。

他臉上忽然現出十分奇怪的神色來，我忙問道：「怎麼？查不到？」

「不，查到了。」他抬起頭來：「可是，那廣告……是軍部送來。」

「是軍事基地送來的，對不對？」我更正了他的話。

他點頭道：「是，是，是昨天送來的，和一段拍賣軍事廢料的廣告在一起，今天兩段廣告一齊刊登了出來，你說和哪一件大案有關？」

「是的，」他已經有點起疑，我不能讓他有懷疑的機會，是以忙肯定地回答著：「請你將原稿找出來，我要看看原稿，兩份我都要。」

他找了一會，道：「全在這裏。」

他將兩張紙遞了給我，我先看一張，那是一張拍賣廢棄器材的廣告，摺成一隻信封的樣子，上面寫著「後勤科　發」四個字。

還有一份，就是那份廣告了，廣告和登出來的一樣，而兩張廣告的字體也是一樣的，顯然是一個人所寫的。

這一點也不值得奇怪，廣告可能是擬好了，交給文書人員去抄寫的。

而我翻過來，又看到了四個字，那四個字是「第七科　發」。

我自然知道，「第七科」只是一個代號，是基於保密的原則而來的，它可能是「保衛科」，也可能是「飛彈科」等，現在我自然不知道它究竟是什麼科，但是我卻已經知道，伊樂是在第七科的。

伊樂究竟是怎樣的一個人，看來我的觀念，又要來一次大大的改變。

在未曾來之前，我認為他是一個殘廢者，但後來，我認為他是一個騙子。

但是現在，我卻不再認為他是一個騙子，而認為他是一個做秘密工作的人，是以他的行動，幾乎是沒有自由的。

但是，他是用什麼辦法將這份廣告送出來，在報紙上刊登，使我能夠看到的呢？

我無法回答這些問題，但是我可以肯定，在伊樂這個人的周圍，一定有著極其神秘的事情，那些事情的神秘性，可能是我所不能想像的。

我本來是想立即和譚中校聯絡的。但是我又立即想到，譚中校是基地中的高級軍官，如果基於某種神秘的原因，伊樂不能和外人相見的話，那麼他當然是服從決定，而不會違背上級的決定而全力來幫助我的！

那也就是說，找譚中校非但沒有用，而且會壞事！

我看了看手錶，早已過了飛機起飛的時間，而我也決定留下來，我自有我的行動計畫。

我將兩張廣告的原稿摺好，放進口袋中，向那人揮了揮手，道：「多謝你的合作。」

那人一直送我出報館門口，還在不斷問我道：「究竟你要廣告原稿做甚麼？」

我笑著：「講給你聽，你也不明白的。」

那人和我握手，我離開了報館之後，到了另一家酒店，要了一間房間，然後，我關在房間中思索著。

其實我的心中早已有了行動的計畫，這時，我只不過是檢討我的計畫是否可以行得通而已。

我的決定是：偷進那軍事基地去！

那的確是一個大膽之極的計畫，即使我有著國際警方特等的身分證明，但是那軍事基地是絕對不許別人進去的，我若是被發現，不堪設想！

但是我想來想去，卻也只有這一個辦法可以使我和伊樂見面，我非但要偷進基地去，而且要找到第七科的辦公室，想想容易，要實行起來，是十分困難的。

但是我還是決定那樣做。

我離開酒店，去買了一些應用的東西，才又回到酒店之中，一直等到天黑。

天黑之後，我又離開了酒店，我的第一步行動，就是帶著我所買的那些應用之物，走到了酒店的停車場中，偷走一輛汽車，將那些應用的東西放進了車中，駕著車離開了市區。

我已到那軍事基地去過兩次，是以我已記熟了道路。

當我的車子經過那小鎮之後，我便轉進一條岔路之中，我知道那條路是通向一片村子去的，而在過了那片林子之後，則是一個小湖。

這一切，全是我從買到的全市詳細地圖中查出來的，我將車子駛得十分小心，令得它幾乎是了無聲息地滑進林子中去的。

我將車子儘可能停在隱蔽之處，我提著那袋用具下了車子，我翻過了一片小山坡，已經可以看到圍在軍事基地外的鐵絲網了。

那種有著銳利尖刺的鐵絲網，足有十二呎高，而且每隔兩百呎就有一個相當高的崗樓，大約有二十呎，崗樓上的探照燈在緩緩轉動著。

我伏在地上，打量著眼前的情形。

要偷進軍營去，不是不可能，但是卻也相當困難。

第一，我絕不能被探射燈的光芒照到。

第二，我必須找到隱蔽的據點以展開活動。

我在打量了片刻之後，發現那都不是難事，探照燈轉動的速度並不快，我離鐵絲網約有一百五十呎，而探照燈至少有十二秒是照射不到的，我可以在十二秒的時間衝向前去，在崗樓之下暫時歇足，只有那墓，才是探照燈光芒照不到的死角。

我在探照燈緩緩轉過去之際，便發力向前奔去，奔到了崗樓下，喘了一口氣，我還等了兩秒鐘，探照燈才照回我剛才奔過去的地方。

我停了半分鐘，在工具箱中取出了一枝電器匠用的的電筆來，用那枝電筆輕輕碰在鐵絲網上，才碰上去，電筆的盡端便亮了起來，不出我所料，那是電網！

這軍事基地一定是有著極其秘密的任務的，要不然，雖然每一個軍事基地都防守，但也不見得每一個軍事基地都防守得如此之嚴。

我戴上了一副絕緣的橡皮手套，然後，我取出了一隻十分鋒利的大鉗子去鉗鐵絲網，我已經十分小心了，但是鉗子鉗斷鐵絲網時嗶啵發出來的那一聲響，仍然令得我嚇了一大跳！

剎那之間，我簡直以為我已被人發現了，好像已有十數柄機槍對準了我的背脊一樣，令得我的背脊直冒冷汗，人也僵硬了片刻。

我喘了口氣，才開始去鉗第二根鐵絲，直到鉗斷了十根鐵絲，弄開了一個可以供我鑽進去的大洞。

我十分小心地從那洞中鑽進去，因為這鐵絲網上的每一根鐵絲，全是帶電的，如果我被其中一枝尖刺刺破了衣服，而那尖刺又碰到了我皮膚的話，那實在不堪設想。

我慢慢地通過那破洞，終於，我的身子穿過了鐵絲網，在那一剎間我心情之輕鬆，真是難以形容的。

我在草地上打了一個滾。

我本來是想一滾就跳起來的，因為我已經成功地偷進了那軍事基地之中。

但是，我這一滾，卻滾出禍事來了。

我才滾出了幾呎，突然之間，我身下的地面一軟，整個人向下沉去！

那竟是一個陷阱！

幸而我手上還握著那柄鉗子，就在我身子將要跌進去之際，我用鉗子的柄勾住了一株小樹。

那株小樹顯然也不能承受我的力量太多，我另一隻手抓住了草，勉力將我自己的身子拖上了地面。

當我肯定回到了結實的地面之後，我再藉著黯淡的星月微光向下看去，我看到的情形，令我伏在地上半晌起不了身。

那是一道足有十呎深的溝，那溝有六呎寬，緊緊挨著鐵絲網掘過去的，在黑漆漆的溝底上，插著很多削尖了的竹片，如果我剛才真跌了下去的話，那麼，我這時一定已血肉模糊，躺在溝底了。

我呆了好一會，才慢慢站起身來，用力跳過了那道溝，發力向前，奔了出去，五分鐘之後，我已奔到了一座非常大的庫房之前。

我在那庫房的門前停了下來。

我已經偷進軍營來了，我的下一個步驟，便是要弄清楚那「第七科」在甚麼地方，才能和伊樂見面。

我也早已安排好了計畫，我走向一條電線桿，那條經過我特意選擇的電線桿，幾乎是全隱沒在黑暗之中的，我爬了上去。

要分別電線和電話線，並不是一件十分困難的事，我找到了一根電話線，鉗斷，然後拉出銅線來，用最迅速的手法，接在我帶來的一具電話上。

當我接好了線，我拿起電話聽筒，模仿著譚中校的聲音：「怎麼一回事，剛才電話是怎麼一回事？今天是誰當班？」

我也立即聽到了一個慌慌張張的聲音：「是列上士，剛才電話線好像斷了，你現在可以聽到我的聲音，那就已經沒事了。」

「我是譚中校。」我說：「有要緊的事務，你替我接到第七科去！」

在這時候，我等於下了一個賭注，因為我不知道第七科是不是有人在值夜班，如果有的話，那我的計畫自然進行得很順利。

但如果第七科根本沒有人值夜班的話，那麼，我還得花一番唇舌掩飾我假冒的身分。

我的心中自然十分緊張，只聽得接線生立時答應了我，這令得我安心了些。

接著，我便聽到了一個女人的聲音，道：「第七科！」

我忙道：「我是譚中校，你們有幾個人在值班？」

那女子像是十分奇怪，這點，在她的聲音之中是可以聽得出來的，她道：「沒有人請病假啊，我們當然是六個人同時值班的。」

我呆了一呆，六個人同時值班，六個人，這個數字，使我想起伊樂的信中，曾說他是經常和六個人在一起的，那麼，他應該是那六個人中的一個？

但是好像又有些不對頭，因為當那女子說「當然是六個人」之際，像是那是理所當然，絕不容懷疑的事，而伊樂則說有六個人和他在一起，那麼，連伊樂在內，一共應該是七個人才對。

我自然沒有在那樣的情形下繼續想下去，我只是立即道：「我是譚中校，現在，我有一件十分緊急的事命令你，你暫時離開一下，到第五號崗樓附近的庫房來見我，快，立即就來。」

我想將她引出來，我就可以逼她帶我到第七科去了！

卻不料我的話才一出口，那女子已尖聲叫了起來：「你不是譚中校，你不知道我們是絕對不能離開工作崗位的！接線生，接線生，這電話是從甚麼地方打來的，你快查一查！」

我呆了一呆，知道我的計畫已經觸礁了，我連忙拉斷了電話線，滑了下來。

我一著地，便聽到一陣車聲，已經有一輛車子駛向五號崗亭。

緊接著，警號便嗚嗚的響了起來！

那顯然是五號崗亭中的人也發現有人弄斷了鐵絲網偷跑進來，我連忙向前奔去，可是，在不到兩分鐘之內，至少有二十多輛汽車開了大燈，從四面八方駛了過來！

我已無路可走了！

如果我再向前去，我一定會被發現的，我所能做的只是立時躲起來，我迅速地向前奔出了幾步，來到了一扇門前，用最快的手法弄開了鎖，推門而入，又立時關上了門，我的眼前立時一片漆黑。

我只知道自己進入了一所庫房之中，至於那樣我是不是安全，不得而知。

我背靠著門站著，連氣也不敢喘，我聽到來回飛駛的車聲，和奔跑而過的腳步聲以及呼喝聲，正不知有多少人在捕捉我！

幾分鐘後，我就聽得有人叫道：「這裏的電線被弄斷了，他爬上電線桿的工具還在，快在附近展開搜索，不能讓他溜走！」

在庫房外面的腳步聲更緊密，我相信外面每一吋的地面，他們都已搜查過了，幸而他們未曾想到搜查庫房裡面，我明白他們不搜查庫房，是以為庫房的鎖十分好，不是隨便弄得開的。

那鎖的確十分好，因為像我那樣的開鎖專家，也弄了六七秒鐘才弄開，但願他們不搜尋庫房的門便收隊，那我就可以逃過去了。

但是，在二十分鐘之後，我又聽得一個聲音叫道：「打開所有的庫房，用強力探射燈照射庫房內部，他一定躲進庫房去了。」

另一個聲音道：「上校，打開庫房，是要基地司令批准的。」

那聲音怒吼道：「快叫副官去請基地司令！」

我吸了一口氣，他們終於想到要打開庫房了，去請基地司令，再等基地司令將庫房的門打開，那需要多少時間呢？

算它二十分鐘吧，那麼，這二十分鐘就是我唯一可以爭取得到的時間了。

我不能到外面去，那麼，我就必須在這二十分鐘內，在這所庫房之中找到妥善的地方躲起來，好使他們不發現我！

我連忙按亮了電筒，想看看倉庫中的情形。

而當我一按亮電筒之後，我不禁呆了一呆，我看到了兩個很大的支架，斜放在那兩個支架上的，是兩枚各有將近一百呎長的飛彈！

那麼大的飛彈，那一定是一枚長程的洲際飛彈了！

我雖然從來也未曾見過那種飛彈，但是我卻也可以猜得到，多半那種飛彈還是裝上了原子彈頭的！

也就是說，只要基地司令在某一個地方，一按鈕，帶有核子彈頭的長程飛彈便會發射，核子戰爭便會爆發，人類的末日便會來到！

第六部：主理亞洲最大電腦

我現在也明白為甚麼這基地要如此保守秘密了，原來它竟是一個核子洲際飛彈基地！

我電筒再移動著，整座庫房之中，除了那兩枚大型飛彈之外，沒有別的東西！

那也就是說，我沒有藏身之所！

而時間卻在慢慢地過去，我已聽到大聲呼喝「立正」的口號，那表示有高級軍官到場了，來的自然是基地司令。

我已沒有選擇的餘地，我連忙奔向前去，爬上了支架，然後，順著斜放著的飛彈，攀在冰涼的金屬上，向上爬了上去。

我一直爬到了飛彈的頂端，因為我發現那頂端有一個帆布套子套著。

我用一柄小刀割斷了紮緊那帆布套的繩子，鑽進了那套子之中。

我總算找到了一個可以躲起來的地方，我躲在帆布罩之下，為了使我的身子不滑下去，我必須緊抱住飛彈尖端的凸出物。

我所抱的，可能就是一枚核彈頭！

我抱住了一枚核彈頭，這實在是匪夷所思的，但是現在我卻要靠這樣來避免被發現。

我等了不到五分鐘，便聽到鐵門被推開的聲音，我低頭看去，也可以看到燈光，更可以聽到不少人一齊走了進來。

我那時離地大約有五十呎高，而且我又有帆布罩蓋著，我知道自己只要不是蠢得大聲叫嚷的話，我是一定可以躲得過去的。

我估計至少有一排人進來搜索。但是因為庫房之中，根本沒有多少地方可供搜索，是以不到五分鐘他們便退了出去，門又關上，眼前又是一片漆黑。

抱住了核彈頭的滋味，畢竟不是怎麼好受，所以我等了片刻，沒有甚麼特別的動靜，我便順著飛彈的彈身慢慢地滑了下來。

我在考慮著，我在甚麼時候走出去才合適。

在走出庫房之後，又怎麼樣？

現在這一切情形，全是在我的估計之外的，如果我早有準備，那麼我大可帶些糧食、水來，在庫房之中住上它一兩天再說。

但現在我自然不能這樣，我準備在天亮之前就出去，然後再設法去尋找伊樂。

我到了門口，向外聽著，外面各種各樣的聲響漸漸靜了下來，可能已然收隊了。

但是我也知道，即使收了隊，加強警戒也是必然的了。

我的心中十分懊喪，因為我事先未曾料到，我在電話中假冒譚中校，也會有漏洞。我的漏洞是叫第七科中任何人來見我，原來他們的工作，是絕對不能離開崗位的。

在一個洲際核子飛彈基地中，他們擔任的究竟是甚麼工作，以致如此緊張？我這時實在想不透，而我也不準備去多想它。

我在聽得外面幾乎已完全靜了下來之後，便用手電筒向鎖照去，當手電筒光芒照到鎖上的時候，我整個人都像是遭了雷殛一樣地呆住了！

我記得那種鎖，那種鎖在裡面，除非將整個鎖炸毀，否則是絕對打不開！

也就是說，我無法打開那鎖，絕對沒有辦法，在我的身邊，自然帶有少量的炸藥，也能夠將鎖炸開，但是在發生了一下爆炸之後，我還能逃得脫麼？

我苦笑著，不由自主在地上坐了下來。

我走不出去了，當然，我不是真的走不出去，但是我卻必須成為俘虜。

我在地上呆坐了很久，仍然想不出甚麼妥善的辦法來。

我考慮著當爆炸發生後我逃出去的可能性，那幾乎等於零，最大的可能是我死在亂槍之下！

我唯一活著走出去的可能，是敲打鐵門，等他們聽到了來開門，將我活捉！

我當然不喜歡那樣，但是我無法再做其餘的選擇！

我坐在地上，捧著頭，我不住地苦笑著，這時如果我有一面鏡子的話，我一定可以在鏡子中看到一個窮途末路的傻瓜。

過了不知多久，我才將耳朵貼在鐵門上，向外面仔細傾聽著。

我聽到了不絕的腳步聲，那自然是守衛所發出來的，那些腳步聲，使我爆門逃生的希望告絕，我在巨型的飛彈之下團團打著轉，我曾克服過許許多多的困難，我應該有辦法的！

我在考慮了將近半小時之後，才想出了一個辦法：設法將那柄鎖拆下來！

如果我拆下了鎖，那我自然可以打開鐵門，也自然而然可以等待機會，偷偷打開鐵門溜出去了。

我充滿著希望，又回到了鐵門前，但是，當電筒照到那柄鎖的時候，我的希望又幻滅了。

那柄鎖是銲死在門上的，如果有適當的工具，我自然可以將它弄下來，但是我卻沒有甚麼工具！

而且，即使我有工具的話，我也不能不發出聲響來，而只要一發出聲響來，那結果就像是我自己拍門，求他們放我出來一樣。

我開始團團亂轉，在接下來的幾小時中，我設想了幾十種離開這庫房的方法，但是沒有一個辦法行得通，我用電筒照射著庫房的每一個角落，希望有一個地方可使我逃出去。

但是，一直到電筒中的乾電池也消耗盡了，我還是找不到甚麼出口。

在我被困在庫房中八小時之中，我已筋疲力盡，心力交瘁，又渴又餓，再也沒有法子支持下去了；我的腦中昏昏沉沉，幾乎不能再多想甚麼。

我腳步踉蹌地來到了鐵門前，我已準備投降了。

我用力大聲拍著鐵門，我還未曾出聲，便聽得鐵門外，已引起了一場混亂，一定有很多人向鐵門奔過來，因為腳步聲是如此之雜沓，而且人聲嘈雜。

不一會，便有人大聲問：「甚麼人？」

我應道：「我，就是你們要找而找不到的人。」

外面也立時有了回答，道：「你將手放在頭上，別動，等基地司令來下令開門，門打開時，如果你的手不放在頭上，那我們立時開槍向你掃射！」

我想告訴門外的人，不必叫基地司令前來，只要用一柄簡單的百合匙，就可以將門打開，而我就是那樣走進庫房來的。

但是，我卻忍住了沒有說，我只是道：「好的，但是請你們通知譚中校，告訴他，和國際警方有關的衛斯理在這裡，請他來見我。」

外面傳來了一陣低議聲，我聽不清他們在議論些甚麼，但是他們顯然是為了一個偷進軍事基地來的人，竟會和國際警方有關連而感到奇怪。

但他們還是答應了我的要求：「好的，我們請譚中校來。」

我後退了幾步，等著。

我大約等了半小時，便聽到了汽車疾馳而來的聲音，接著，鐵門上發出了聲響，我記起了守衛給我的警告，連忙將雙手放在頭頂上！

接下來的時間，可以說是我一生之中，最是狼狽的時刻！

而我之所以會處身在如此狼狽的境地之中，竟是因為我妻子的表妹的筆友，這樣的事，講出去給人家聽，人家也未必相信，而自己想起來，都是啼笑皆非的！

鐵門一打了開來，好幾盞探射燈，一齊照射在我的身上，同時，我估計至少有十柄以上的衝鋒槍對準了我！

在那樣強烈的光芒照射之下，我幾乎甚麼都看不到，我在剎那間的感覺，就像是赤身露體站在許多衣冠楚楚的人面前！

我想向前走去，但是我才跨出了一步，便至少有十個人同時喝道：「別動！」

我只得又站住了不動，接著，我便聽到了譚中校的聲音：「衛先生，果然是你！」

而另有一個聽來十分莊嚴的聲音道：「中校，這是甚麼人？」

譚中校道：「我很難解釋，但是將軍，他是國際警方所信任的人，他有一張特殊的證件，有我國警務總監的簽名，而國防部也曾特別通知，要我們協助他的。」

將軍十分惱怒，道：「包括讓他偷進秘密基地來？哼，太荒唐了！」

譚中校倒十分替著我辯護，忙道：「我想他一定有原因的，將軍，交給我來處理好了！」

我可以完全聽到他們的交談聲，但是我卻一點也看不到他們。

將軍像是在考慮，過了幾分鐘，他才道：「好的，但是譚中校，你必須明白，本基地是絕對不能對外公開的，而這個外來的人卻已經知道了本基地太多的秘密了，你要好好處理。」

譚中校忙道：「我知道，將軍，請相信我。」

「好，」將軍回答道：「交給你了！」

接著，便是腳步聲和車聲，然後便是譚中校的聲音，道：「將燈熄了。」

我的眼前突然一陣發黑，等到我的視力漸漸恢復之際，我看出現在只不過是天色黃昏時分，在我的面前，仍然有十幾柄槍對著我，而譚中校就站在我的身前不遠處望著我。

我苦笑了一下，道：「中校，我們又見面了！」

譚中校點頭道：「是的，又見面了，但是想不到是在這樣的情形下，你為甚麼要偷進基地來？你可知道，即使你有那樣特殊的身分，我也很難為你開脫罪行的！」

我嘆了一聲：「我可以喝一點水，坐下休息一會兒嗎？我給你看一樣東西，你就知道為甚麼了！」

譚中校又望了我片刻，才帶點無可奈何的神氣道：「好的，你上我的車吧。」

我和他一齊上了一輛吉普卓，五分鐘後，已在他的辦公室中，我坐在沙發上，喝了一杯熱牛奶之後，我才將那廣告稿取了出來，交給他看。

譚中校用不到幾秒鐘的時間，就看完了那段稿子，他的臉上也出現了疑惑之極的神色來，抬起頭來望著我，一句話也不說。

我忙道：「中校，現在你知道我是為甚麼要來了？伊樂在軍事基地中，他隸屬於第七科。中校，你能解釋為甚麼他行動不能自由的原因？」

譚中校臉上的神色，仍然是十分之怪異，他在聽了我的話之後，卻連連搖頭，道：「不可能的，衛先生，那是不可能的。」

「你那樣說，是甚麼意思？」

「衛先生，第七科一共有二十四名軍官，日夜不停地輪值——」

「伊樂一定就是那二十四名軍官之一！」

譚中校苦笑道：「所以我說那是不可能的，第七科的二十四名軍官，全是女性。」

我從沙發上直跳了起來，然後又坐了下來。

第七科的所有軍官全是女性！

我苦笑著，實在不知道說甚麼才好，我對伊樂這個人，曾作了許多估計，估計他是一個殘廢人，估計他是一個騙子，但現在看來，似乎還應該加多一樣估計，那便是：伊樂可能是一個心理變態的同性戀者！

我實在有啼笑皆非的感覺，望著譚中校，一句話也講不出來。

譚中校皺起了雙眉，揚了揚手中的廣告稿，道：

「從廣告稿看來，似乎事情沒有那麼簡單，通常，基地如果要刊登廣告，一定是由各科交來，而由秘書處統一發出去的，毫無疑問，這廣告一定是第七科二十四位軍官中的一個擬寫的。」

我忙道：「那個人就是伊樂。」

譚中校同意我的說法，道：「或者是，我們一起去展開調查，衛先生，你可知道，基地中的第七科是主理甚麼的？」

我搖頭道：「不知道。」

「那是電腦計算科，」譚中校說：「這個科主理著全亞洲最大的電腦。」

我並沒有出聲，譚中校又道：「這座電腦，不但是基地的靈魂，而且也是我國國防的靈魂，更是盟軍在亞洲防務的靈魂，它和一個龐大的雷達系統連結著，敵人來自空中的攻擊，即使遠在千里之外，它也可以立時探索得知，在螢光屏上顯示出來的。」

我道：「所以，第七科的工作人員，在工作時間必須嚴守崗位，不准離開了。」

譚中校笑道：「當然是，因為如果敵人對我們展開攻擊，是絕不會事先通知我們的，對麼？」

他頓了一頓，然後再說：「由於這種工作需要極度的小心才能夠勝任，所以我們在第七科的工作人員全是女性。」

我吸了一口氣，道：「中校，從你所說的看來，我想事情比我想像的還要複雜，那廣告的原稿，你也看到的了，它的來源如何，希望你能調查。」

譚中校道：「好的，明天一早，我就展開調查，但是有一件事，十分抱歉，你今晚必須暫留在基地之中，並且要有人看守你。」

我在沙發上躺了下來，我實在十分疲倦了，我道：「那不成問題，你請便好了。」

譚中校向外走了出去，我雖然心事重重，但是終究敵不過疲倦，還是睡了過去。

我在沙發上睡著，一夜之間，不知做了多少稀奇古怪的夢。

我先夢見伊樂是一個坐在輪椅上的殘廢者，接著又夢見他是一個油頭粉臉的愛情騙子，然後又夢見他是一個不如從何處來的怪人。

當我夢到伊樂原來也是一個女人，而且是一個令人嘔心的同性戀時，我醒了過來，而陽光也已射進窗子來了。

我坐起身來，不多久，我就聽到腳步聲，行敬禮聲，譚中校推門走了進來。

譚中校的面色十分凝重，他望了我一眼，在我的對面坐了下來。

我忙問他：「調查過了麼？」

譚中校並不立時回答，只是燃著了一支菸，深深地吸了幾口，才道：「是，調查過了。」

「那廣告是由誰發出去的。」

「沒有人承認，一位專理文書、翻譯電腦文字的軍官說，是由她從電腦的文字帶上翻譯過來的，夾雜在別的電腦指示文件之中，她只當是上級的命令，就照譯好了之後，送到了秘書科去，廣告稿一到秘書科，自然就發到報館去了。」

我呆了一呆，道：「我有點不明白，甚麼叫作電腦的文字帶？」

譚中校向我望了一眼，道：「這具電腦最主要的構成部分之一，便是將答案通過一條半吋寬的紙帶傳送出來，紙帶上全是小孔，在不懂的人看來，一點意義義也沒有，但是在專家看來，那就是文字了。」

我點頭表示明白，又道：「那麼，這則廣告雖然是由電腦的文字帶傳譯過來的，也一定有人控制電腦，令得它傳出那樣的文字來的。」

「那當然。」譚中校同意我的看法。

接著，我和他兩人異口同聲地道：「那就很簡單了，使用電腦，令電腦發出那樣文字帶來的人，一定就是伊樂了！」

譚中校直跳了起來，道：「好，那樣，我們的偵查範圍便縮小了許多了，因為電腦傳出所有的文字帶都是有記錄的，根據記錄，我們可以知道那是甚麼時侯傳出來的，當時在場的六個人，自然是最大的嫌疑者了。」

我點頭道：「那你應該立即去展開調查。」

譚中校匆匆推開門，走了出去。

我在他的辦公室中，又等了大約三十分鐘，一個軍官推門走進來：「衛先生，譚中校請你去。」

我忙道：「他在甚麼地方？」

「他在第七科。」那軍官回答。

譚中校在第七科，而且又請我去，那一定是他的調查已經有了結果，那使我十分興奮，我連忙向外走去。

那軍官帶著我上了一輛吉普車，車子來到一幢十分宏偉的建築物前，停了下來。

接著，通過了三道檢查，又經過了一扇厚達呎許的鋼門，我便看到了那座電腦！

那座電腦幾乎佔據了三千平方呎的空間，其大無比，各種各樣的顏色的小燈，各種滴滴答答的聲音，許多幅閃耀著各種光芒的螢光屏，各種按鈕的控制臺，使得人一走進來，有置身在另一個世界中之感。

這時，在每一組控制臺前，都有一位女軍官，在全神貫注地工作著，那軍官打開了，我走進了那道門，就看到了譚中校。

那是一間小小的休息室，當門關上之後，外面的一切聲響便都被隔絕了。自然，我也看到在房間中，除了譚中校之外，還有六位女軍官。

那六位女軍官的年齡，大約是二十五歲，她們的面色都十分蒼白，現出十分驚惶的神色來，看來她們六個人都有犯罪。

照說，她們六人之中自然有一個是化名伊樂，和彩虹通信的人，其餘五個人，應該是無辜的，但為甚麼她們的神色都如此倉皇呢？

我一進去，譚中校便道：「請坐！請坐！」

譚中校的面色也十分難看，我坐了下來之後，譚中校搓著手，道：

「衛先生，我代表我們國家的軍隊向你道歉，因為在我們的軍隊中，竟發生了那樣荒唐絕倫的事情！」

我心想，他所謂「荒唐絕倫」的事情，自然是指女軍官化名和彩虹通信一事了，我也有同樣的感覺。

我還不知道那是她們六個人之中哪一個做的事，是以我向她們六人瞪了一眼：「對，那的確荒唐了些。」

譚中校又道：「衛先生，你一定不能相信——」

他的話未曾講完，我已經道：「中校，請你先告訴我，哪一位小姐是伊樂，我想告訴她，她的無聊之舉，令得一個女孩子多麼傷心。」

譚中校苦笑了一下，道：「衛先生，沒有伊樂。」

我陡地一呆，剎那之間，我充滿了受戲侮的感覺，我一定發怒了，因為我的臉頰發熱，聲音也大了許多：「甚麼意思？」

「沒有伊樂，」中校重複著：「世上沒有伊樂這個人，衛先生。」

我瞪著他，不知如何開始責問他才好，他竟然賴得那樣一乾二淨，這不是太豈有此理了！

第七部：電腦活了

我的神情十分之震怒，是以譚中校連忙搖著手：「衛先生，你聽我解釋，一切全是她們六個人做出來的，她們嚴重地違反了軍官守則，一定會受到極嚴重的處分！」

我完全糊塗了，根本不知他在說些甚麼。譚中校又道：「你或許不明白，由她們自己來說，或者你會明白一些的。」

我向她們看去，她們都低著頭一聲不出，譚中校大喝道：「快講，當初是由誰最先想出來的，曼中尉，是你，你說！」

六位女軍官中，有一個抬起頭來。

她是六人之中，年紀最輕的一位，圓臉，大眼，看來十分精靈，但這時她卻像待罪羔羊一樣地望著我，過了一會才道：「那最先是我的主意，我想，如果將一封信……送進電腦去，讓電腦來回信，不知是甚麼樣的結果，那是在三年前開始的，我們隨便在一本雜誌上剪下了一則徵友的啟事……」

我吸了一口氣：「那是高彩虹的徵友啟事。」

「是的，我們完全是隨便剪下來的，那只不過是為了好玩，想看看電腦的反應如何，那徵友啟事上，有著高彩虹的興趣、愛好和年齡，我……將之翻譯成電腦的語言，結果，我們得到了一封回信，也是由我翻譯繕寫了，寄出去的。」

我苦笑著，坐在沙發上，根本不想站起來，一切原來全是那樣的一個玩笑！

我的話聽來也顯得有氣無力：「那麼，三年來，擔任回信角色的，一直是電腦？」

「是的，」那女軍官的面色更惶恐了，「電腦是沒有名字的，我們隨便取了一個名字叫伊樂，我們將高彩虹的來信譯成電腦文字送進電腦去，回信就由電腦自己完成，三年來一直如此。」

我又深深地吸了一口氣，我閉上了眼睛，在那片刻間，我記憶著彩虹給我看的那封信，我發現那女軍官此際所講的一點不錯，因為除了一台電腦之外，是不會有一個人有那麼豐富的學識，幾乎無所不知的。

在信中，「伊樂」有六個人服侍他，那自然是輪值的六名女軍官了。

我迅速地轉著念，可是突然之間，我卻睜大了眼，自沙發上直跳了起來！

我如此突兀的行動，一定出乎所有人的意料之外，因為大家都瞪大了眼望著我，不知發生了甚麼事。

這時，不但他們不知發生了甚麼事，連我自己，也是混亂到了極點，因為我想到了一點，那幾乎是不可能發生的。

我搖著雙手：「不對，不對，這其中有一點不對！」

那女軍官望著我，不知我是甚麼意思。

我道：「那些信我全看過，小姐，你自然也是全看過？」

「自然，都是我經手翻譯的。」

「我想，你一定也看得出，那些信中充滿了感情，那是極濃的感情，是人類的感情，而不是電子儀器所能產生出來的感情！」我幾乎是尖聲叫嚷著。

那女軍官苦笑著：「我們早就發現了這一點，但我們卻不知道事情會發展得那樣嚴重，你和彩虹小姐竟會找到基地來——」

我打斷了她的話頭：「不是，我不是這意思，我是在問：對於電腦的覆信，竟充滿了人類才有的感情這一點，你有甚麼解釋？」

那位女軍官並沒有出聲，另一位年紀較大的女軍官道：「我能解釋，我是經過嚴格訓練的電腦專家，我可以解釋這一點。」

「請說。」

「電腦雖然是儀器，但是根據人類給它的資料，它也會作出變化的反應，一座電腦中所儲存的資料是如此之多，而且全是人給它的，那麼，在它的反應中含有人的感情，也就不是甚麼奇怪的事情了。」

這樣的解釋，我勉強可以接受，但是我的心中，卻仍然有著兩個極大的疑問！

我先提出了第一個大疑問來：「各位，你們一定不能否定這一事實，那便是要和彩虹見面，是電腦自己提出來的，在信中，它還說你們不讓它有行動的自由，這……不是太過份了？」

那年紀較大的女軍官點頭道：「是的，我們在看到了這封信之後，也覺得這個遊戲應該停止了，我們也感到這座電腦的情緒，已不受……控制了。」

「你說甚麼？」

我大聲問：「電腦的情緒？」

「我應該說是電腦的反應，電腦的反應，就是電腦積聚資料的自然反應，電腦認為在通信三年之後，雙方該見面了，那是一般筆友在通信三年之後都會這樣提出來的，並不值得……奇怪。」

我直視著那女軍官：「小姐，你在作違心之言，你是電腦專家，你並不是不覺得奇怪，而是覺得奇怪透頂！因為，電腦對你們發出了怨言，埋怨你們限制了它的自由，不讓它見彩虹！」

那位女軍官的臉色，頓時蒼白得可怕！

譚中校也因為我的如此突兀的話，而突然高聲叫了起來：「衛先生，你在說些甚麼？」

我做著手勢，令他們全都別出聲，然後我才道：

「中校，我是說，電腦在經過了三年通信之後，電腦本身已因之而產生了一種新的情緒，這種情緒是日積月累而來的，是出乎她們幾位意料之外的，中校，這座電腦愛上了高彩虹！」

譚中校在聽了我的話之後，他臉上的神情，像是服食了過多的迷幻藥一樣！

他張大了口，望了我好一會，才道：「衛先生，你……是在開玩笑？電腦怎會愛上一個人？」

我並不直接回答譚中校的這個問題，只是道：「你可以問她們，她們全是電腦專家。」

譚中校立時向那六位女軍官望去，她們六人的面色都很難看，在靜默了幾分鐘之後，年紀最長的那位才嘆了一聲，道：「中校，衛先生的話，或者是對的，我們都發現……發現……電腦在……彩虹這件事上，不受控制……而且……」

「而且怎樣？」我和譚中校齊聲問。

「而且……」那女軍官硬著頭皮講了出來：「而且它曾向我們提過最後警告。」

我那時，臉上的神情大約也和服食了過量的迷幻藥差不了多少，因為我的聲音在我自己聽來有虛無縹緲之感，我反問道：「警告？」

那女軍官道：「是的，電腦曾自動傳出文字帶，說它必須和彩虹見面，否則……否則……」

「否則怎樣？」我迫不及待地問。

「否則它就……自己毀滅自己。」女軍官回答。

譚中校站了起來，雙手無目的地揮動著，像是要揮去甚麼夢魘一樣，他道：「夠了，夠了，那實在太荒謬了，事情到這裏已告一段落了，衛先生，請你將一切轉告高小姐，我們將會處分她們。」

我沉聲道：「中校，我看事情並未告一段落。」

「還有甚麼？」

「還有那段廣告稿，中校。」我緩慢地回答著。

譚中校顯然不明白我的話是甚麼意思，是以他瞪大了眼睛望定了我。

我重覆著，道：「電腦那段廣告稿，譚中校，曼中尉，你們都不覺得奇怪麼？我想你們六個人之中，誰也不曾控制過電腦，發出那段廣告吧？」

那六名女軍官甚至不知道有那段廣告這件事，而等我解釋清楚之後，她們都駭然之極：「當然不是我們，那是……那是……」

她們遲疑著未曾說出來，譚中校卻已咆哮了起來：「那是甚麼？」

年紀最長的那位軍官站了起來，她的面色十分蒼白，但是她臉上的神情卻是十分嚴肅，她先向譚中校行了一個軍禮，然後道：「中校，必須立即向最高當局報告這個情況。」

「報告甚麼情況？」譚中校有點無可奈何。

「那座電腦，」女軍官頓了一頓：「中校，那座電腦，我們認為……或者說我個人認為那座電腦……它活了。或者不應該說它活了，而應該說……應該說……」

她顯然找不到適當的詞彙來形容發生在電腦身上的那件事，是以她遲疑未曾說下去。

我立時接上了口，道：「應該說，電腦在積存的資料的基礎上，產生了新的、不受人類控制的思想，電腦的這種思想，通過文字帶表達出來。」

我的話，令得那六名女軍官點頭不已。

譚中校的臉上現出詭異莫名的神色來，苦笑著：「如果我將那樣的情形報告上去，那麼上級一定將我送到神經病院去。」

我正色道：「中校，事情發展到如今這般地步，和我個人已完全沒有甚麼關係了，但是和你們國家卻有著極重大的影響，這座電腦現在的確已有了它自己的感情，自己的思想，這是不容忽視的問題，你必須將之報告上去，請第一流的專家來挽救這件事！」

譚中校顯然已被我說動了，雖然他的口中還在不斷喃喃地道：「荒謬，太荒謬了！」

倏地，他站了起來，道：「好的，我照你們的話去做，衛先生，你還必須在看管之下留在這裡，我去會晤基地司令，商討對策。」

譚中校帶著副官走了出去。

我在譚中校的辦公室中，和那六位女軍官又交談了片刻，使我對整件事的來龍去脈知道得更清楚。

她們六個人，將彩虹的來信送進電腦去，又將電腦的覆信寄給彩虹，以此為樂，那自然是一種十分無聊的行動。

但是值得原諒的是，她們的確未曾想到事情會有那樣嚴重的後果。

彩虹會從電腦的覆信中愛上了「伊樂」，其實那是不足為怪的，因為這座電腦積聚的資料是如此之豐富，世界上可以說沒有任何人會有那樣豐富的知識，也沒有任何人會有那樣好的文采，更沒有任何人能從一個人的來信中如此深刻地瞭解對方的心理。

由電腦來扮演大情人的角色，那自然是世界第一的大情人了，也難怪彩虹墜入情網了。

我和彩虹一起找到基地來，向譚中校查問基地中有沒有一個人叫作「伊樂」，譚中校是資料科的主管，但是全部資料，包括人事資料在內，卻也都是儲存在電腦之內的，譚中校要查有沒有「伊樂」這個人，一定要透過電腦，是以那六位女軍官也立時知道我和彩虹已經找上門來，她們知道闖禍了！

在她們知道闖禍了之後，她們自然不敢再去取那封信，這便是我最後要彩虹寄出的那封信，為甚麼一直放在食堂的信插中無人來取的原因。

本來，事情發展到那時，她們人人之間只要能相互保守秘密的話，是不會再有甚麼人知道她們曾玩弄過這樣一個「遊戲」的。

但是，那廣告卻突如其來地出現在報紙上！

據她們六人所說，那段廣告稿，並不是那座電腦第一次自動不受控制傳出的文字帶，在那段廣告稿之前，還有許多文件帶，其中甚至有威脅要自我毀滅的語句，但都被她們六人收起來了。

可能是電腦也知道了這一點，是以那段廣告稿的文字帶傳送出來之際，並不是那六人當值的時候，另一班當值的軍官並不知道有那樣的「遊戲」，也不知道這座電腦自己已有了思想，自己有了行動，看到有文字帶傳出來，自然照譯送出去。所以，我才看到了那段廣告。

對整個事情的過程，我有了十分清楚的瞭解，但是我卻如同跌進了一片迷霧中一樣：那副電腦活了，這實在太不可思議了！

或許，那「活」字用得不十分恰當，但是它的確是活了，它有自己的思想產生，那種思想，並不是積聚的資料，而是在積聚的資料之中產生的。

電腦在某種程度上，和人腦是十分相似的，人腦在人的成長過程中、不斷地吸收知識，就和電腦不斷增加資料的積聚一樣。

人腦在吸收知識到了一定程度之後，人的一切反應，有很多是超乎吸收的知識之上的，有新的發明、新的思想產生。

新的是在舊的基礎上產生出來的，人腦能夠產生新的東西，電腦在同樣的情形下為甚麼不能？

我越想越感到可怖，感到我的身子，像是浸在冰水之中一樣！

這座電腦如今因為「愛情」困擾，它的「情緒」在極度的惶惑不安之中，而它，卻是負擔著這個長程核飛彈基地的最重要責任！

我相信，那麼多枚的長程核子飛彈，一定也是由電腦控制發射的，如果它「胡作非為」起來……

我一連打了幾個寒戰，我必須將我想到的這一點，告訴譚中校和基地的最高負責人，因為那事情實在太嚴重了，嚴重到了難以想像的地步！

我忙對那年紀最長的女軍官道：「你們所說的電腦不受控制的情形，是怎樣的？」

那女軍官苦笑著：「常我們值班的時候，文字帶會自動傳送出來。」

我深深地吸進了一口氣，道：「電腦有自己工作的能力，有這可能麼？」

那女軍官給我逼問得哭了起來，道：「我不知道，照理論上說，是可能的，只要有電源，它就能有動作，我不知道會有那樣的結果。」

我正色道：「我不是在恐嚇你們，可是你們可曾想到，電腦如果有自動工作的能力，它如果『發怒』了，會有甚麼結果？我想，長程核子飛彈的發射一定也由它控制的，如果它也自動一下的話——」

在我一開始講話的時候，譚中校和兩位將官以及幾個便服人員已走了進來。

我繼續著我的話，到我講完，那位女軍官已經尖聲叫了起來：「切斷電源，快切斷電源！」

譚中校則抓住了她的手臂，喝道：「你叫甚麼？電腦的電源系統是獨立的，電源不能切斷，因為它在電腦的中心部分。」

我忙道：「那是甚麼意思？」

「這座電腦在建造之初，就預算它要在二十四小時不停經年累月地工作，所以它的電源是特殊設計的，在電腦的中心部分，由電腦自動控制發電，那也就是說——」譚中校苦笑了一下。

「那怎樣？」

「就算我們切斷了電源，但如果事實如你所說，那電腦已經『活』了的話，那麼，它也會再開放電源的，衛先生，剛才你提到長程核子飛彈，很不幸的，事情正如你所言，飛彈的發射由電腦控制！」

我頓著足：「那你們還不想辦法？」

譚中校的面色很難看，他道：「我先替你引見，這兩位是基地司令和副司令。」

我和兩位將軍握了手。

譚中校又介紹兩個便衣人員，那是兩個身形高大的西方中年人，他道：「這兩位，是基地的高級技術顧問，是我國軍隊的貴賓，他們全是電腦專家，是這座電腦的主要設計人。」

我和他們握了手，然後嘆道：「你們不覺得事情十分嚴重麼？」

一個顧問道：「如是事情是那樣，那的確十分嚴重，但是我們還要證明電腦是不是除了積聚的資料之外，產生了屬於它自己的思想。」

我道：「這幾位軍官已很可以證明這一點，當然，我們還可以進一步再去證明一下。」

基地司令道：「我已和國防部長談過，可以暫停電腦工作一小時。」

「司令，」曼中尉說：「電腦的正常工作不必停頓，它有十二個文字帶的傳送口，我們可以在其中任何一個傳送口的文字帶中得知電腦的想法的。」

我們互望著，心中都有一種奇異之極的感覺。

人類大約是覺得人和人之間無法徹底瞭解和互相信任，所以才發明了電腦，和將一切最重要的工作交給了電腦。

人類以為電腦是人最忠實的夥伴，因為電腦是死的，電腦的一切知識全是人給它的。

但是卻未料到，電腦也會「活」著，也會產生它自己的思想。

如果說有一天，電腦會完全背叛人類，那實在也不稀奇。

我們一齊向外走去，在電腦控制臺前值班的另六名女軍官，仍然在全神貫注地工作。

我們來到了其中一個控制臺前，基地司令親自對那位守在控制臺前的女軍官下了命令，那女軍官才離開了她的工作崗位，而由曼中尉坐上了控制臺前的椅子。

曼中尉才一坐了上去，令得我們目瞪口呆的事便立即發生！

控制臺上的十幾排小燈突然閃亮起來，燈光一排又一排地迅捷走動著，但是我們間的每一個人都看得十分清楚，曼中尉的手並未曾觸及任何按鈕。

接著，文字帶的傳送口上，紅燈亮起，有節奏的「得得」聲響了起來，文字帶開始轉了出來。

不是專家，是無法看得懂紙帶上的文字的，因為那看來只是一個個的小孔而已。

但是，曼中尉和那兩個顧問全是專家，文字帶才一傳出來，曼中尉便執住了文字帶的一端，緩緩向外拉著，她的臉色灰白。

那兩個顧問的臉上，也現出了極之古怪的神色來，當文字傳出了足有三尺長短之後，一個顧問道：「中尉，請你告訴它，我們會設法。」

曼中尉的手指有些發抖，但是她的手指仍然在控制臺前的幾列字鍵上，迅速地敲打著。

在曼中尉開始在字鍵上敲打之後，文字帶也停止傳送了，司令和副司令已齊聲問道：「它說些甚麼？這些字帶上說甚麼？」

兩個顧問苦笑著：「它說我要見她，我要見她，這句話重覆了七次之多，然後它說，如果見不到……彩虹……它就毀滅自己，毀滅一切。它最後一句話是：你們應該知道我有這力量！」

兩位將軍一齊笑了起來，他們在那樣的情形之下發笑，顯然是他們想要令得氣氛輕鬆些，想所有的人都認為那是一件可笑的荒唐的事！

但是由於他們自己的心中首先不那樣認為，是以他們勉強作出來的笑聲，是令人遍體生寒的。

而他們也聽出了他們的笑聲起了很壞的反效果，是以他們立時又停止了發笑。而當他們停止發笑時，氣氛又更加惡劣！

副司令用一種聽來十分奇怪的聲調道：「太無稽了！電腦竟會用那樣無稽的話來威脅我們，我們所看到的一切，全是事實？」

那兩位顧問先生顯然比較容易接受事實，因為他們立時齊聲道：「是的，是事實。」

接著，一位顧問在我的肩頭上拍了拍：「衛先生，你有超級的想像力，所以才想到電腦已有了它自己的思想，現在電腦一定要見那位小姐——」

我大聲道：「那是沒有意義的，電腦只是一台……」

我本來想說「電腦只是一台機器」的，但如今這座電腦，就算彩虹站在它面前，它也看不到的。

那顧問搖著頭：「不，事實上它看得到，它有二十四個觀察點，觀察點是無線電波反射原理所構成，它『看』到的東西，也存入它的記憶之中，它曾經認出過兩架國籍不明的飛機，是蘇製的米格十九。」

第八部：電腦的愛情

我張大了口，說不出話來。

另一個顧問道：「我們最好不要違拗它，因為它的責任重大，最好請那位小姐來，站在它的觀察點前，讓它看看。」

我團團地轉著，在那樣的情形下，我實在不知道該用甚麼樣的動作，來表示我心中的情緒才好，在轉了好幾個圈之後，我才道：

「那麼，你們必須弄清楚一點，這個被寵壞了的孩子，它的目的，絕不止看看那位小姐，它還『愛』著那位小姐，說不定它在『看』到了那位小姐之後，愛她更甚，要和她結婚！」

我是想一面說，一面哈哈大笑起來的，因為那實在是非常好笑的一件事。

可是，我卻又一點也笑不出來！

在我講完了之後，所有的人都沈默著，不出聲，因為他們都知道我的話是真的。

就在那時候，傳送文字帶的轉盤，又再度自動地轉動了起來，曼中尉忙又拈起文字帶來，讀道：

「我已等得不耐煩了，我知道彩虹在，她是來看我的，我要見她，一小時之內要見她，不然照我的計畫行事！」

「一小時。」我們幾個人都呻吟似地叫了起來。

我忙道：「那不可能，彩虹已回去了，一小時無論如何不行，快對它說！」

曼中尉連忙又按動著字鍵，但是文字帶再度傳出，卻只是重覆著一句話：

「一小時，從十四時三十一分十五秒起計算，一小時。」

那簡直沒有通融的餘地了！

我們互相望著，基地司令最先開口：「如果一小時之內找不到那位小姐，那會有甚麼結果？」

他那個問題，是向那兩個專家發問的。

兩個顧問呆了片刻，才道：「我們不敢說，但是我們的勸告是，千萬別冒這樣的大險，電腦的自動控制系統可以做很多的事，如果——」他們也難以講得下去，只是搖頭苦笑著。

而他們的話雖然未曾講完，我們也全可以知道他是甚麼意思的了。他們的意思是，如果電腦的自動控制系統，在電腦的那種「情緒」之下作反常的活動，那麼，說那是人類末日的開始也不為過！

基地司令的面色十分蒼白，道：「那……那我們怎麼辦？難道沒有法子可以對付它？」

顧問道：「有是有的，可以拆除它的自備電源，使整個電腦停止活動！」

「那就快拆除它的自備電源！」

「但是，」顧問抹著汗，「那至少得兩小時以上的工作，才能接觸到自動供電的電源中心、再加以破壞，而我們的限期只有一小時。」

司令也開始抹汗道：「那和它商量，將限期改為三小時，快和它商量！」

曼中尉輕巧的手指又不斷地在字鍵上敲了下去。我們幾個人，都被一種詭異之極的氣氛所包圍著。

現在，我們是在就一件極嚴重的事在展開談判，但是我們的談判對象，卻是一座電腦。

在曼中尉的手指停下來之後，文字傳送帶又轉動了起來，文字帶一節一節地傳送出來。

兩個顧問拈起文字帶來，從他們臉上那種苦笑的神情，我就知道提議已被拒絕了！

果然，一個顧問一字一頓地唸著文字帶上的話，道：「三小時，那足夠拆除電源，使一切停頓了，不行，只有一小時——還有三十六分三十秒。」

基地司令脫下了將軍帽，用力抓著他已然十分稀疏的頭髮，道：「通知國防部，通知全世界，快改變預定的飛彈射擊路線，使飛彈發射到大海去，快！」

兩名女軍官立時答應著，她們不斷操縱著儀器，但是四分鍾之後，她們面青唇白地來報告，道：「司令，電腦完全失靈了！」

一個顧問道：「不是失靈，而是它不聽指揮了，由於它的失戀，它已下決心要毀掉全世界，它甚至不肯讓飛彈在海中爆炸。」

我也苦笑著：「其實，那麼多核彈在大海中爆炸，和在大城市中爆炸，有甚麼不同？」

另一個顧問道：「多少好些，雖然免不了是毀滅，但至少可以有幾個月的時間給人類去後悔，為甚麼要製造那麼多核武器！」

基地副司令突然抓住了曼中尉的肩頭，將曼中尉從座位上直提了起來。

抓住曼中尉的，雖然只是副司令一人，但是基地司令卻也參加了對曼中尉怒喝，他們兩人一齊罵道：「都是你，都是你闖下的禍！」

曼中尉的神色蒼白之極，睜大了眼，一語不出。

在那樣的情形下，幾乎每一個人的行動都有點失常，連我也不能例外，我突然手起掌落，重重地一掌，砍在副司令的頸際。

那一掌，令得他痛極而嚎，鬆開了曼中尉，退開了幾步，而我已立時一轉身，伸手抓住了基地司令胸前的衣服。

基地司令身上的將軍制服本來是威嚴的象徵，是令人一望便肅然起敬的。但是我們已知道，世界末日離現在只不過幾十分鐘，還有甚麼值得尊敬的？

我揪住了將軍的衣襟，厲聲道：

「別將責任推在曼中尉一個人的身上，如果不是你們這些將軍那麼熱衷於核武器，怎會有那樣的事發生？你們設立那樣龐大的核武器基地，不是為了有朝一日可以使用核武器麼？現在好了，你們如願以償了！」

基地司令氣得張大了口，說不出話來。

我用力向前一推，基地司令跌出了兩步。

我用力揮著手，大叫道：「每個人都儘快趕回去吧，快些趕回去，或許還來得及和你們最親愛的人擁抱著一齊迎接死亡，快走吧，世界末日終於來了！」

我那時失神地狂叫，樣子一定十分怪異。

但是，所有在電腦旁邊的人，卻沒有一個人笑我，他們的神情都十分嚴肅，其中有兩個年紀較輕的女軍官，甚至哭了起來。

被我推倒在地的基地司令，這時已掙扎著站了起來，大聲叫道：「我們可以先炸毀電腦！」

兩個顧問齊聲道：「司令，你忘記了？我們在裝置一切的時侯，曾假定過電腦若是受到了破壞，一定來自敵方，所以電腦在遭受破壞時的反應，便是立即發射所有的長程飛彈！」

基地司令呆呆站著，我則「哈哈」笑著，我實在沒有法子控制我自己的情緒，我必須笑，雖然我不知道自己為甚麼要笑。

整個第七科亂成了一片，那還是消息未曾傳出去，加果消息傳出去了，那整個基地會亂成一片，整個國家，整個世界都會陷入極度的混亂之中！

我一面大笑著，一面想要奪門而出，但譚中校卻將我從門邊硬生生地拉了回來。

我被譚中校拉了回來之後，才聽到曼中尉，那位年輕的女軍官，正在宣布一些甚麼，她說：「是我闖的禍，應該由我來結束它。」

副司令撫著被我擊痛的頸際：「中尉，你已經闖下了無可收拾的大禍，你已無法結束它！」

曼中尉的面色雖然蒼白，但是她的神情，卻出乎意料之鎮定。

曼中尉道：「我想，還是有辦法的。」

基地司令甚至忍不住罵了一句粗言，在明知世界末日就快來到的時候，人都有一種難以自我控制的情緒，一切平日隱藏在教育、禮貌面具下的本性也就會自然而然地流露出來。

一個莊嚴的將軍竟會突然罵出粗言來，便是那種情緒的結果。

他一點也不覺難為情，罵了之後，還立時道：「你有甚麼辦法？你能有甚麼辦法？」

曼中尉給將軍的那一下粗言罵得目瞪口呆，一時之間，不知該說甚麼才好。

但是，我卻看出曼中尉真想說甚麼，她好像的確有辦法可以提出來一樣。

是以我忙道：「曼中尉，你不妨說說你有甚麼辦法。」

將軍又罵了起來，曼中尉向我看了一眼：「可是將軍他……他……」

基地司令揚著拳頭，喝道：「他媽的，你有甚麼話就他媽的快說吧，要知道只有幾十分鐘了！」

曼中尉嚥下了一口口水，道：「幸而這座電腦並聽不到我們的談話，不知道我們會怎麼對付它。」

副司令道：「我們也無法對付它！」

我大聲道：「別打斷曼中尉的話，讓她說下去，我們的時間已不多了！」

基地副司令惡狠狠地望著我，他剛才給我重重地砍了一掌，現在已經十分惱怒，他可能會不顧自己的身分，要來和我打架！

不論我的情緒是多麼瘋狂，但是我卻還不想和他打架，是以我連忙轉過頭去，不去看他。

要知道在瘋狂的情緒之下，就算兩個人多望幾眼，也會打起架來的。

曼中尉在我大聲呼喝之後，總算又有了講話的機會，她道：「而且，最大的幸事，是它從來也沒有看到過彩虹的照片。」

曼中尉講到這裡，我的心中便陡地一震，我失聲叫道：「曼中尉，你是說

——」

曼中尉點著頭：「是，你明白我的意思了，由我做出來的酸牛奶，那就該由我自己喝掉，我的想法就是那樣。」

基地司令罵道：「他媽的，你的辦法是甚麼？」

我忙道：「曼中尉的意思是，電腦根本不知道他通信的彩虹究竟是甚麼樣子的，曼中尉她可以充作是彩虹，讓它去『看』！」

基地司令和副司令一齊轉過頭，向那兩個專家望去，那兩個專家緊皺的雙眉舒展了開來，道：「這是多麼奇妙的主意！」

基地司令道：「那你還不去改裝？」

曼中尉陡地立正，敬禮，奔了開去。

我們幾個人則在電腦控制室中團團亂轉，很要命，曼中尉去換衣服，怎麼去了那麼久！

其實，曼中尉只不過去了七分鐘，但是，等到她換上了便裝，又回到控制室來的時候，我發現曼中尉的神色雖然蒼白，但是在換上了便裝之後，她卻也十分嫵媚。

我替她理了理頭髮，道：「你應該裝得快活一些，你的臉色太蒼白了，你應該去喝一點酒。」

司令大聲道：「行了！行了！或許電腦喜歡臉色蒼白的女孩子，你別胡亂出主意來！」

我問道：「電腦的觀察點在甚麼地方？」

一個顧問道：「推電視攝像管來，和電腦進行聯繫。」

立時有兩個女軍官，推了一具十分高大的電視攝像管來，專家用熟練的手法和電腦聯在一起，一個專家來到字鍵之前，道：「讓我來通知電腦，它的心上人來了，叫它好好看看。」

曼中尉就站在電視攝像管前，從那樣的情形看來，倒像是電視台在招考新人，一個神情緊張的少女正在試鏡一樣，不明情由的人，是決想不到事情那麼嚴重的。

另一個專家扳下了許多掣，攝像管上的紅燈亮了起來，電腦上的各種燈也閃耀不停，在剎那間，電腦的全部工作突然都自動停頓了。

曼中尉也在那時，在她蒼白的臉上努力擠出一個微笑來。

電腦的文字帶突然以超常的速度將文字帶送了出來，一個專家拉起了文字帶，讀道：「你太美麗了，比我想像中更美麗，我要你一直陪伴著我，別離開我，否則我會發狂的。」

等到那專家讀出了文字帶上，電腦表示滿意的話之後，我們都大大鬆了一口氣。

但文字帶還在不斷地傳出來，那顧問也不住地拈起文字帶，讀著文字帶上電腦的「話」。

在經過了剛才如此緊張氣氛之後，這時再聽那位專家讀文字帶上的那些「話」，實在給人以十分不調和的感覺。

因為那座電腦剛才還在威脅著要不顧一切施放由它所控制的長程核子飛彈毀滅全世界，但此際那專家唸出來的，卻全是對一個年輕女性的讚美詞，世上最感情豐富的人，只怕也難以對著他心愛的女子有那樣動人的讚美的。

那種讚美，簡直可以使任何一個女子聽了，打從心底下高興出來。

我看到曼中尉的臉上有著興奮的緋紅色，當那位專家讀到「我願意永遠和你在一起，你千萬別欺騙我，我們一直廝守著……」的時候，曼中尉竟低聲道：「我會的，你放心，我會永遠陪著你的。」

基地司令和副司令兩人弄平了他們的將軍制服，我們都已從瘋狂的夢幻情緒中回到現實中來了，我對剛才的行動感到抱歉，而司令和副司令竟然也因為剛才的粗言感到抱歉。

是以我們各自相互一笑，互相說了一聲對不起。

也沒有再說甚麼，剛才的一切，誰都願意將它當作一場惡夢一樣。

曼中尉在她的座位上坐了下來，敲打著字鍵，我們也不知道她和電腦在「說」些甚麼，但是可想而知，多半是一些山盟海誓的語言，因為電腦的讚美詞是如此之動聽，曼中尉總不能無動於衷的。

那兩位專家則巡視著電腦的工作，電腦正常的工作又已開始進行了，當他們巡視完整個電腦工作之後，頻頻說道：「太奇妙了，真太奇妙了，電腦的工作效率和它的靈敏度，竟超過了設計時的兩倍。」

我呆了一呆：「兩位，人若是戀愛成功，也會使他的情緒開朗，判若兩人，這樣看來，電腦和人腦不是一樣麼？」

那兩位專家並沒有立時回答，只是和我並肩向外走去，我們出了第七科，在長長的走廊中向前走著。

那兩位專家在快到走廊的盡頭時，才停了下來，一個道：「衛先生，你剛才提出來的問題，我很難回答，在理論上來看，電腦只不過是一具由許多許多電子管組成的機器，當然和人腦不同的，人腦有生命！」

另一個專家卻苦笑了起來，道：「但是，生命是甚麼？生命並不是一種存在的物質，生命根本是虛渺到無可捉摸的。一個活人和一個死人，在物質上沒有絲毫不同，但是一個活，一個死，卻又大不相同，我們以為電腦沒有生命，又怎樣證明它？」

首先回答我問題的那位沈默了半晌，才道：「這問題太複雜了，現在，我們不能決定電腦是不是有生命，但是都至少已知道了知識的積累，即使在電腦之中，也可以產生新知識，這實在是一件十分危險的事，如果一旦電腦的思想範疇超出了人類的思想範疇之外……」

他講到這裏，沒有再講下去，我和另一個專家也都不出聲，他說的雖然還是很遙遠將來的事，但是，它遲早總會來的，不是麼？

事情到這裏，本來已可以告一段落了，但是還有兩件事，卻是要補充說明的。

第一件，那具電腦的「戀愛史」並沒有繼續下去，國防部下令拆除電腦，首先便是在它「熱戀」的時候，解除了它的自動電源，然後將電腦拆成了幾百萬件零件，將之化整為零，作別樣的用途。

曼中尉和那五位女軍官都受到了相當嚴厲的處分，曼中尉還被開除了軍籍。

第二件要說的是彩虹，當我回家之後，我第一件事就是找到彩虹，將一切經過源源本本告訴她。

我以為她聽了之後，一定會十分難過的了。

但等我講完之後，卻發現她若無其事，我正在大感詫異間，一個高大、黝黑、英俊的年輕人突然到訪，我一看他，便認出他是甚麼人來了，他就是那軍事基地聯絡處的那位上尉，他渡假來了，看他和彩虹的情形，他們的感情已很不錯了。

這或者可以算是喜劇結束吧！

〈完〉

倪匡珍藏限量紀念版 32

衛斯理傳奇之異寶

作者：倪匡
發行人：陳曉林
出版所：風雲時代出版股份有限公司
地址：10576台北市民生東路五段178號7樓之3
電話：(02) 2756-0949
傳真：(02) 2765-3799
執行主編：劉宇青
美術設計：許惠芳
業務總監：張瑋鳳
出版日期：2023年12月倪匡珍藏限量紀念版一刷
版權授權：倪匡
ISBN ：978-626-7369-18-0
風雲書網：http://www.eastbooks.com.tw
官方部落格：http://eastbooks.pixnet.net/blog
Facebook：http://www.facebook.com/h7560949
E-mail：h7560949@ms15.hinet.net
劃撥帳號：12043291
戶名：風雲時代出版股份有限公司

風雲發行所：33373桃園市龜山區公西村2鄰復興街304巷96號
電話：(03) 318-1378
傳真：(03) 318-1378
法律顧問：永然法律事務所 李永然律師
北辰著作權事務所 蕭雄淋律師

行政院新聞局局版台業字第3595號 營利事業統一編號22759935

定價：340元

國家圖書館出版品預行編目資料

衛斯理傳奇之異寶 ／ 倪匡著. -- 三版. --
臺北市：風雲時代出版股份有限公司，2023.11
面；公分　倪匡珍藏限量紀念版

ISBN 978-626-7369-18-0（平裝）

857.83　　112015924